BILL
GATES

良石 王永军◎主编

比尔盖茨告诉我们什么

致全球所有领导的

7条忠告

吉林科学技术出版社

图书在版编目(CIP)数据

致全球所有领导的7条忠告/良 石,王永军主编.—长春:吉林
科学技术出版社,2008.12

(比尔·盖茨告诉我们什么)

ISBN 978-7-5384-4054-6

Ⅰ.致… Ⅱ.①良…②王… Ⅲ.企业领导学—通俗读物

Ⅳ.F272.91-49

中国版本图书馆 CIP 数据核字(2008)第 192003 号

比尔·盖茨告诉我们什么

致全球所有领导的 7 条忠告

主　　编:良　石　王永军

责任编辑:王　楠　　**封面设计**:胡椒设计

出版发行:吉林科学技术出版社出版、发行

印刷:北京市兆成印刷有限责任公司印刷

开本:787mm×1092mm　　1/16

印张:12.5　　**字数**:200 千字

版、印次:2009 年 1 月第 1 版第 1 次印刷

定价:25 元

ISBN 978-7-5384-4054-6

版权所有　翻印必究

如有印装质量问题,可寄本社退换

社　　址:长春市人民大街 4646 号　　　**邮编**:130021

发行电话:0431－85635177　85651759　85651628　85677817

网　　址:www.jlstp.com

实　　名:吉林科学技术出版社

国的，又是怎样在世界首富的位置上霸占了那么多年？在他事业最巅峰的时刻，他急流勇退，从帝国的位置上退了出来，并把自己的全部财产捐给了慈善事业，这又是一种什么样的精神和财富观？这一切，注定成为人们关注的焦点。通过对比尔·盖茨一丝一缕的剖析，真正了解他的思想精髓到底是什么。让我们从他的事迹中寻找人生的真谛。

正如人们所说，不管你崇拜他也好，憎恨他也罢，你都无法漠视他，而这正是比尔·盖茨的魅力。

编者

2008 年 12 月

前　言

　　提起比尔·盖茨和微软公司，想必很多人已经耳熟能详。20岁时创办微软，31岁时成为世界有史以来最年轻的亿万富翁。他在1997年时，就拥有个人资产510亿美元，在短短的20多年时间里，他创造的财富比传统的汽车大王、石油大王、钢铁大王和金融寡头在200多年时间里创造的家族财富还要多。按1995年的国民生产总值算，比尔·盖茨的财富相当于全世界总额的1/365，介乎第38位的委内瑞拉和第39位希腊之间，胜过乌克兰和葡萄牙以下的上百个中小国家。比尔·盖茨可谓富可敌国，假如他是一个国家，他将是地球上第39个最富有的国家。

　　无疑，盖茨是电脑天才，是管理天才。在商业史上，从来没有哪位创业家像比尔·盖茨一样，那么年轻就如此成功，也从来没有人像他一样，用那么快的速度不但使自己霸占了首富的位置那么多年，也使那么多的人成为了富翁。他以自己卓越的经营智慧而名噪天下，他的创业经历成为世界各大学校工商管理的范例。然而，比尔·盖茨也曾经是一个默默无闻的普通人，但他却凭借自己无与伦比的智慧和他雄心勃勃的野心开创了人生的传奇：从著名的哈佛大学退学，到创立微软，再到成为有史以来最年轻的亿万富翁……并连续数年占据世界首富的位置，成为所有追梦人的榜样。

　　那么，是什么成就了比尔·盖茨？比尔·盖茨又有什么与众不同？他究竟擅长什么？他是怎样成就微软帝

目　　录

■ 急流勇退　豁达的人生态度

"我不能再挡道了，我离开后，会有人填补我留下的空白。"

■ 尊重生命　输了健康赢了世界又如何

"没有任何一件东西比健康更重要，从事医疗保健事业更是如此。计算机技术对我而言是一个非常有吸引力的领域，该领域的发展十分重要，然而与健康相比，财富和高技术都只能名列其后。"

目 录MULU

■ 散尽家财 超脱的财富观念

"如果你已经习惯了享受，你将不能再像普通人那样生活，而我希望过普通人的生活，我害怕享受。"

四 不做小草 要做挺拔的橡树

"不管做什么事，都要弄它个登峰造极，不到极致，决不心甘。"

MULU目 录

五 我爱我家　情感与事业的选择

"从我父母亲的身上我看到了自己未来家庭的模式。我们一家人总是相互沟通，一起生活…整个家就像是一个团结的集体。我自己的家也一定要像这样。"

六 经营之道　善"变"才能出奇迹

"在飞速发展的市场，保持不败的惟一选择就是不断创新"

目 录 MULU

七 管理之魂　优秀人才是企业的生命

"如果把微软 20 个顶尖人才挖走，那么微软会变成一家无足轻重的公司"

一、急流勇退　豁达的人生态度

"我不能再挡道了，我离开后，会有人填补我留下的空白。"

52 岁隐退意味着什么

"我不能再挡道了，我离开后，会有人填补我留下的空白。"
2008 年 6 月 27 日，美国微软公司创建人之一的比尔·盖茨向 800
多名微软代表发表演说，正式宣布辞去微软执行董事长的全职工
作，兑现了他 2 年前的承诺。

告别仪式在微软位于美国华盛顿州雷德蒙德总部的会议大厅
举行。来自全球各地的微软代表聚集一堂，最后一次聆听比尔·
盖茨以执行董事长的身份谈论微软的过去、现在和将来。

比尔·盖茨说，他从今天开始不再管理微软的日常事务，他
原本负责的日常管理工作将交由鲍尔默等人负责，不过他卸任后
仍将担任微软非全职的非执行董事长，会继续关心微软的事业。
他说："我确实在想，如果我不担任微软的全职工作，微软才会
新人辈出。"

在热烈的掌声中，鲍尔默把一本以比尔·盖茨签名为内容的
纪念册作为礼物送给他，两人热烈地握手拥抱，激动的泪水夺眶
而出。此时，全场人士站立鼓掌，比尔·盖茨当众擦去了眼泪。
鲍尔默充满激情地说："我们拥有了无与伦比的机会，而这个机
会是盖茨给的，为此我要深深地感谢比尔。"

比尔·盖茨隐退无疑是从公司利益考虑的，他的这种勇于放
弃的精神值得人们钦佩。谁都知道，人的精力是有限的，尤其是
随着年龄的增大，曾经积累起来的观念、思想很难改变，再加之
社会不断向前发展，其速度远远超过个人的更新速度。因此，企
业管理者往往在到达一定年龄后，会受其固有观念的影响，在企

BIER GA

002

比尔·盖茨告诉我们什么
——致全球所有领导的7条忠告

WOMENSHENME

业决策上很难再适应市场的需求，这就是中国很多家族企业之所以不能长命的原因。

当然，真正优秀的企业家，不仅仅应该"身前"干得漂亮，处理好"身后"事同样重要——让企业后继有人。做到这一点，50岁退休也好，60岁退休也罢，都不是问题。

然而，在中国人眼里，52岁应该说正值年富力强，而比尔·盖茨却选择了离开微软，离开他一手打造的帝国，这对于很多有权利欲望的人来说是很痛苦的一件事。微软是一个经济帝国，用富可敌国来形容一点都不过分，很多国家的总经济收入还远远比不上比尔·盖茨的财富呢。作为这经济帝国的国王比尔·盖茨，其权利自然不会小，在权利的顶峰突然退下来，那种失落的滋味不是一般人能够体会的，官做得越大，失落感也就越大。有的人就十分贪恋权欲，不到闭眼的那天，就是舍不得丢权。中国历代的皇帝大多是这样。在我们国家，即便是当今有完备的退休制度，但执行起来还是十分困难的。很多企业老总不会因为年龄大而自觉隐退。相反，他们的权利欲望会随着年龄的增大而增大，不要说只有50岁，就是到了70岁，哪怕拄着双拐，他们也不甘心把手中的权利交出来，而且还加紧揽权，什么党组书记、董事长、总经理全一人兼任，以便实现"官本位"的梦想。

但比尔·盖茨能急流勇退，应该是给我们的干部，特别是国有、私营企业的老总们上了一课。为了国家或企业的利益，也更为了自己身体的健康，要有"退"下来的勇气与决心。

比尔·盖茨的辞职，从客观上给我们提供了一种新的企业管理知识。尤其是家族企业，除旧推新才是企业发展的法宝，才能使企业活得更长久。盖茨辞职是不媚权恋官的具体表现。孔子曾经说："六十而耳顺，七十而随心所欲。"趁早退位，让年轻人能够更好地展现自己的才华，不是更好吗？而那些总觉得"姜是老的辣"、自恃走的桥比年轻人走的路还多的倚老卖老的顽固派们，做着升官发财的梦，占着企业的重要职位，不仅严重阻碍了企业的进步，更主要的是不能安享晚年。何苦呢？

罗素说过："人类最大的、最主要的欲望是权力欲和荣誉欲。"古往今来，权力是最难摆脱的诱惑，但比尔·盖茨却超越了这种欲望。经过几十年来的呕心沥血，他一手创建了强大的微软帝国，但就在这样的巅峰时刻，他来了一次漂亮的转身，在年仅 52 岁之际淡出微软。这样的急流勇退，这样的睿智通达，为世人留下了太多的遐想。

人生智慧

创业者终将离开自己心爱的公司，这是一条不可抗拒的自然规律。从企业的百年大计考虑，从全体员工的未来命运考虑，盖茨顺时应势退出岗位，更显其英雄本色，也是大智慧的完美体现。

放弃，是一种智慧

放弃，是一种人生智慧。有时不一定是用来兑换财富，但却可以换来快乐、充实。这些对我们的生活同样具有宝贵的意义。常言道，"明者远见于未萌，智者避危于未形。"只有学会放弃，才能使自己更宽容、更睿智。放弃不是噩梦方醒，不是六月飞雪，也不是优柔寡断，更不是偃旗息鼓，而是一种拾阶而上的从容、闲庭信步的淡然。

美国东部时间 2006 年 6 月 15 日下午 4 时左右，微软公司正式对外宣布，从 2008 年 7 月开始，公司董事长比尔·盖茨将不再负责公司的日常管理，设立两年的过渡期，是为了确保权力的顺利交接，两年以后，比尔·盖茨将继续担任微软董事长兼重点开发项目顾问，并依旧是微软的最大股东。比尔·盖茨当天还辞去了公司首席软件设计师一职。比尔·盖茨要引退的消息立即引起了全世界媒体的关注，美联社、法新社、英国广播公司等西方主流媒体纷纷对此事进行了突出报道。几乎所有的美国媒体都不约而同地认为，比尔·盖茨的引退意味着一个时代的结束。

世界著名投资专家沃伦·巴菲特这样评价比尔·盖茨："如果他卖的不是软件而是汉堡，他也会成为世界汉堡大王。"言下之意，是比尔·盖茨成就了微软。事实上，也的确没有哪一位企业领袖能像比尔·盖茨一样，始终将自己的光芒覆盖在企业之上。对微软来说，比尔·盖茨不单单是一位企业高管，而是微软品牌的延伸。在微软内部，所有员工都将他视作英雄一般。他们相信，只要比尔·盖茨在，微软神话就不会终结。员工们已经习惯了在每件事情上必须获得比尔·盖茨的点头认可，而微软内部不断进行的组织架构调整，都是为了减少摆在比尔·盖茨面前的文件数量。也许正是因为意识到了这一点，比尔·盖茨才决定"放权"，他希望把连接在"微软"和"盖茨"之间的等号抹掉，让微软成为一个真正的品牌，而不再是个人崇拜的符号。于是，他开始了一个多年的、分步骤放权计划。6年前，他就将首席执行官职位交给了合作伙伴、多年好友鲍尔默，而这一次，他退出得更为彻底。

比尔·盖茨辞去微软首席执行官一职，把公司管理大权交给好友鲍尔默，自己则转而担任微软首席软件架构师。据说，比尔·盖茨后来开董事会时继任者鲍尔默多次提出和他理念相悖的方案，比尔完全不予反驳，完全不束缚新执行官的手脚，这一点是绝大多数"中国式领导"望尘莫及的气量，只有伊丽莎白一世的"无为治国"能与之并论。

并非麻烦不找比尔·盖茨，而是他不计较成败的虚名，得让且让，当挑战之拳挥来时，他又从一招太极推手轻松应付。因为比尔·盖茨知道，就算自己聪明绝顶，那个"盖茨的微软"已经为世人熟悉、为对手熟悉，他的选择是不让公司为自己的权力欲而陷入僵化，尽管自己有时不能认同鲍尔默的观点，但他知道那些将会为公司带来不一样的变化，可以带来更多的活力，这也是能够让微软立于不败之地的重要一点，于是他选择了叉起双手、默不作声。

当然，放弃不仅仅是一个标的取舍，而更考量人的智慧。放弃对金钱的渴求，放弃对权势的觊觎，放弃对虚荣的纠缠。只有当机立断地放弃那些次要的、枝节的、不切实际的东西，你的世界才能风和日丽，你才会豁然开朗地领悟"小舍小得，大舍大得，不舍不得"的真谛。

人性如此，总是要有所得，以为拥有越多，越快乐。可是，有一天我们忽然惊觉：不快乐，正是因为渴望拥有的东西太多了，或者太执着了，不知不觉中我们已经执迷于某个事物上了。其实，人要该放手时就放手，不可执迷太深，"失之东隅，收之桑榆"，放手才可以减轻一些麻烦和折磨，才会让自己的目光从一点收回而转向大千世界，去开拓另一片光芒。

佛说，"苦海无边，回头是岸。"苦海是什么，岸又在哪里？宦海无边，不知放弃欲望的诱惑，难逃牢狱之灾；股海无边，一门心思等着飘红，何如见好就收；情海无边，情深缘浅的苦熬，不如轻轻地留下一个背影。有一首诗意味深长：每一份感情很美，每一程相伴都令人迷醉，不能拥有的遗憾更感缱绻，收拾心情，继续走吧，错过花，你将收获雨……比尔·盖茨放弃了世界首富的虚位，却获得了世界最伟大的慈善家的称号；放弃了在微软的权力，却赢得了坦荡的心境和大度的气概。

不懂得放弃的人，总将生活中的不如意绕在心灵的枝杆上，就像北方腊月的浓雾，挥之不去。就这么一味地自怨自艾，自暴自弃，于是青春美丽的容颜与悠悠岁月擦肩而过，恰如风拂水面，雁过长空，就像苏东坡的一声长叹："事如春梦了无痕"。

懂得放弃的人，是静下心来当一回医生，为自己把脉，重新点燃自信的火把，照亮人生中不如意的症结，然后分析与其失之交臂的原因，并根据自身的特点选定一个目标，努力掌握一门专长，多看一些使人奋发的书籍，开阔视野，荡涤一下容易浮躁的心灵。放弃，既是遍历归来的路，又是重登旅程的路，也是对未来满怀憧憬的路。千万朵智慧的灯火灿烂着温柔和明朗的天空，牵出生命音乐般轻柔的翅膀及春光明媚的季节。

人生智慧

放弃是人生的一部分，每个人都会经历，或是由于外界逼迫，或是自己内心激战的结果。放弃并非全是愚蠢的决定，更多的则是表现的一种智慧。学会放弃也可以作为一个人成熟的标志，当你当机立断的放弃那些次要的、枝节的、不切实际的东西，选择了另一片光明时，你便学会了成熟。

选择是人生的必修课

选择是人生的第一课，也是人终生的必修课。要做出正确的选择，没有敢于放弃的心理是不行的。项羽敢于破釜沉舟，才有了以一当十，置之死地而后生的结果；王羲之敢于放弃高官，才有了放浪形骸的举止和翩若惊鸿、婉若游龙的一代书法；陶渊明敢于放弃五斗米的俸禄，才有了归隐南山、遁世蛰居的惬意；孙中山有了敢于放弃做秀才的理想，才有了做大总统的结果；比尔·盖茨敢于放弃学业，才有了做微软总裁的结果。放弃并不意味着失去，反而多了一份潇洒，多了一份自信，也多了一份收获。

敢于选择，勇于放弃，是人生的一大智慧。比尔·盖茨哈佛休学，这是世人皆知的故事。他虽放弃了学位，却并没有放弃人生的责任——创建公司、实现梦想，那时的比尔·盖茨已经立下了让计算机傻瓜化的理想，一个改变全人类生活方式的诺言。

佛家有言："舍得，舍得，有舍才有得。"比尔·盖茨放弃学业而选择创办微软就是一个很好的例子。

比尔·盖茨在湖滨中学学习时就是一个电脑迷，经常无心上其他课，每天都泡在计算机中心。从 8 年级开始，他就和同学一起帮人设计简单的电脑程序，以此赚取零用钱。比尔·盖茨的好朋友保罗·艾伦（后来和比尔·盖茨一起创立了微软公司）回忆说："我们当时经常一直干到三更半夜，我们爱死了电脑软件的工作，那时候我们玩得真开心。"

1973 年，比尔·盖茨以优秀的成绩获得了普林斯敦大学、耶鲁大学和哈佛大学的入学许可。比尔·盖茨选择了哈佛。原因很简单，在哈佛立校三百多年来，一直是美国顶尖科学家和领袖人物的摇篮。有数不清的精英在哈佛锻炼成才：7 位美国总统、12 位副总统、33 位普利特奖获得者、37 位诺贝尔奖获得者、数十位跨国公司总裁、十几位最高法院大法官以及众多的国会议员，在全美的 500 家最大财团中 2/3 的决策经理毕业于哈佛商学院……

然而，比尔·盖茨一进大学自尊心便受到重大的打击。他发现周围所有同学都和他一样聪明。西雅图的神童，在这里只是最普通的一个。可是在哈佛大学，盖茨仍就没有改变他中学时的习惯。在喜欢的科目上不知疲倦，对不喜欢的科目不屑理会，很少参加学校的活动。所以，在大一的时候比尔·盖茨的总成绩只是个 B。虽然他的入学考试中数学得了无可非议的 800 分，但这依然使他十分的沮丧。

1975 年 5 月，比尔·盖茨想退学并希望能和好友艾伦一起创办一个软件公司，由于父母的极力反对，比尔·盖茨没能马上退学。比尔·盖茨的母亲还专门安排当地一位白手起家的千万富翁斯托姆与盖茨交谈，劝说他打消开公司的念头，继续他在哈佛的学业。

然而，比尔·盖茨认为个人电脑时代已经到来，这正是他大展身手的好机会。他还用极富激情的语言描绘了未来远景。斯托姆被打动了，衷心地说："任何一个对电子学略有所知的人，都应该明白这确实存在，并且新纪元确已开启。"有了斯托姆的鼓励和指点，比尔·盖茨退学的念头更坚定了。虽然他直到 1977 年初才真正办理退学手续，但当时他的心早飞走了。对他来说，这所名牌大学已经只是一个负担，而不是助跑器。

两个月后，盖茨与艾伦合作创建微软公司，公司的名称来源于在与密特斯公司签约准备合同文本时，无意识写下的这样一句话："保罗·艾伦和比尔·盖茨为做微型软件（MicroSoft）而工作。"这个微软的公司名号让比尔·盖茨很是得意了一把。微软公司成立时，比尔·盖茨正好 20 岁。

其实，人生就是一个不断选择的过程，往往鱼和熊掌不能兼得。见什么要什么，想什么要什么，被事物所迷的心态不是人生最本质的意义，更不是最明智的选择。那些试图抓住身边每一个机遇从不放过的人是辛苦的。事实上，它不但不能使你真正拥有，反而会加重你心灵的负担，缩小自由的空间，以致后来被形形色色的诱惑所迷失方向。

应该说比尔·盖茨果断的退学这件事并非一时心血来潮，而是经过反复思考才决定的。盖茨敏感地意识到，计算机的发展太快了，等大学毕业之后他可能就失去了一个千载难逢的好机会。

他热爱的只有他的电脑，只有在电脑前他才觉得自己是伟大的，只有在电脑前他才感觉得到自己的价值，对于这个还有点孩子气的年轻人，电脑意味着他全部的事业。他的敢于选择，勇于放弃，为他开创软件王国的霸业拉开了序幕。

当然，放弃的过程是痛苦的。人的天性犹如野草，规矩和知识犹如一把锄头，放弃的精神则是利斧与铁铧。我们放弃了自由，收获的却是饱满和喜悦。如今我们中的许多人都处于人生的十字路口，面对前途我们该做出怎样的选择呢？鱼和熊掌的道理至简至易，生活的难题却是难以分辨何为熊掌何为鱼。既然分不清，就该果断地放弃其中的一种，不管它是鱼还是熊掌。如果不懂得放弃，那么到时候恐怕我们丢失的不仅仅是熊掌，还包括鱼。所以，选择错了没有关系，只要有鱼在，我们还是有机会的，况且鱼和熊掌在价值上也非一一对应的关系。一条鱼当然比不上一只熊掌，十条鱼，一百条鱼，一千条鱼呢？如果我们不再想熊掌，专心致志于鱼，那么收获鱼和收获熊掌又有何区别呢？

在失去熊掌的时候，我们可以向隅而泣一阵子，也可以悲伤地寝食难安。但一定要记住，哭过之后，看看鱼还在不在。如果擦干眼泪之后发现鱼也不在了，那才是最大的悲哀。所以，在失掉了熊掌之后，便集中精力去拿属于自己的鱼，别在奢望熊掌——那已经是不属于自己的东西。

人生智慧

"鱼与熊掌不可兼得"，这是众人皆知的道理，然而并非每个人都能做到，比尔·盖茨便是深刻理解到了这一点，所以虽然过程有点痛苦，但是他仍然果断地放弃了哈佛的学业，才成就了今天的微软。

认清自我，不权责越位

子曰："不在其位，不谋其政。"意思就是不在这个职位上，就不谋划这个职位的事务。不仅在政治生活中，在现代企业管理中也是个很好的被广泛运用的模式。居于什么位置，就担当好自己的职责；不在那个位置，就决不操那份闲心。如果自己的事情都还做不好，却总是想着别人的事情，谋算着别人的位置。越俎代庖，结果谁的事情都没有做好，反而违背了立位设官的初衷。

2008年5月28日，在《华尔街日报》举办的第六届"D：完全数字化大会"开幕之前，微软董事长比尔·盖茨在接受外界采访时表示，微软今后是否会重新向雅虎提出收购请求，将完全由公司首席执行官（CEO）史蒂夫·鲍尔默说了算。

在会议开幕之前，有记者要求比尔·盖茨就微软—雅虎收购案今后的走向发表看法，盖茨对此回答道："我对此无可奉告，鲍尔默将会就此给予更准确的回答。在微软是否收购雅虎这件事情上，决策权在鲍尔默手中。"并表示，他今后80％的时间将用于比尔及梅琳达·盖茨基金会的慈善工作当中。

在谈及与鲍尔默的关系时，盖茨表示，自己与鲍尔默"并肩战斗了18年"，因此十分相信鲍尔默的工作能力。

早在2000年1月时44岁的比尔·盖茨把自己担任了19年的微软CEO的职位交给同样年纪的好友史蒂夫·鲍尔默，自己仍任董事长，以及新头衔"首席软件架构设计师"，并表示："现在史蒂夫是一把手，我是二把手，我提出的建议虽然举足轻重，但做决定的是史蒂夫。"

人不是万能的，自己不处在那个位置上，对那个位置上的事情就没有体验，而且所知的经验也不够，不可能在短期内把事情做好。历史上许多大臣退职以后，不问政治。像南宋有名的大将韩世忠，因秦桧当权，把他的兵权取消以后每天骑一匹驴子，在西湖喝酒游赏风景，绝口不谈国家大事，真如后人有两句名诗所说："英雄到老皆皈佛，宿将还山不论兵。"这就是"不在其位，不谋其政"的执行者。

诸葛亮治理蜀国，什么事都亲自过问，杨容曾经劝谏他说："作为丞相，您治理方面应有体统，上下不能侵犯。"诸葛亮不听从。蜀国虽然得到治理，可是自己却费心劳神而丧生。虽然责任感太重，以致于尽心努力去做，却实在不能得到最好的治理，不能达到无为而治的妙用。

据史书记载，有一天元顺帝在欣赏宋徽宗的书画，称赞不已，而奎章阁学士进来说："徽宗是位多才多能的人，惟独一件事没有才能。"顺帝问什么事，他回答说："惟独不能当皇帝。他身体受侮辱，国家受破坏，都是不能当皇帝所造成的。凡是当君主的，重要的就是能当好君主，而徽宗却不是这样的。"

在《北窗炙裸记》中周正夫说："宋仁宗百事不会，只会做官家。"一个做帝王的人，只要当帝王就够了；一个做宰相的人，只要会做宰相就行了。所以，仁宗在史载中称他为明君，而历史称丙吉为名相，就是君守君道，臣守臣道的例子。

丙吉是汉宣帝时著名的丞相。一次丙吉出门，碰到一群人在路上斗殴，手下的人以为丙吉要管，不料他就像没看见一样照样赶自己的路。走了不远，当他看见一群牛在路上行走累得口吐白沫时，却立刻停车向赶牛人细察因由。随从对丞相的这一做法困惑不解，于是问他是何道理。丙吉回答说：那群人斗殴，自有地方官吏惩治，丞相的职责不在于管理官吏，不能被小事缠住，所以不去过问；现在正值春耕季节，天气还不很热，可牛走路还口吐白沫，我担心是不是节气失调。风调雨顺才会国泰民安，像这样关系到国计民生的大事，是本职所忧虑的，所以要过问。

在我国的一些企业当中，也经常会有企业老板从外部聘请经理人的情况出现，这一方面的原因是有的企业老板感觉到自己带动企业进一步发展力不从心，希望借助外来经理人的力量打造更规范且适应市场的企业行为，实现持续性发展；另一方面是企业老板想通过经理人的引进解决短期问题（如销售业绩的迅速提升），达成跨越式的发展目标。客观地说，这两种出发点都是中小企业老板思维水平的提升使然，是一个重要的进步。但是，好的出发点却大多并没有得到好的结果。因为老板一放权就会感到心慌。

老板放权心慌主要有两点原因，一是不敢放，即对外聘的经理人心里没底，不放心将自己辛辛苦苦打下的江山交到经理人手中，尤其作为本来家底就不厚实的企业，实在是折腾不起，担心一旦出现失误可能就会使企业陷入困境，甚至走向死亡；二是不想放，老板怕失去自己对企业的控制，丧失在企业中的权威，甚至可能会受制于手中掌握大量市场资源的经理人，这对长期在企业内部一言九鼎的企业老板来说是个相当大的挑战。

尽管在外聘经理人方面存在着一定的风险，但老板必须要明白，引进经理人的目的是为了用其专业的知识和技能提升企业的运营能力，带动企业进一步发展。狭隘一点说，是为了解决包括老板在内的中小企业现有的内部人员无法解决的问题。因此，我们必须要赋予经理人一定的权限，为其提供施展的空间，否则就改变了这种引进的初衷，更浪费了资源，无益于现状的改变和企业的发展。

> **人生智慧**
>
> 若是自己的事情做不好，却总是想着别人的事情，谋算别人的位置。越俎代庖，结果谁的事情都没有做好。违反了各司其职的道路，大大降低了效率。

在"退"上欠火候就要吃亏

比尔·盖茨说，在微软成长史上，有四家公司把微软当成眼中钉：IBM、Sun、网景和甲骨文。因为把竞争融入企业血液的微软将触角伸到了这个行业的每一个角落，并常常把对手们斗得狼狈不堪。所以，当人们在为比尔·盖茨和微软飞速发展而惊叹时，对手们早已对其恨得咬牙切齿。在很多人眼里，比尔·盖茨简直就是魔鬼。他们甚至愤怒地以垄断为名将微软告上法庭。

1998年，微软终于遭到历史上最让人头疼的麻烦：司法部和20个州共同起诉微软阻碍公平竞争，微软由此开始卷入一场长达四年之久的反垄断纠纷。

比尔·盖茨本可以将整个案子交给公司的律师处理，而不必与对手们正面交锋。但被一名法官比作拿破仑的比尔·盖茨，选择了亲自应战。他交待员工，要更加勤勉地工作，万万不可因为官司耽误了公司的发展大计。而他自己，却充当起公司的首席法律战略家，坚定地冲到了反垄断诉讼案的第一线。

后来的事实证明，这个从法律专业辍学的哈佛学生，在审判中吃了大亏。不仅如此，案件原本可能庭外和解，比尔·盖茨却

并不接受，他固执地认定："法定权利胜过公共关系"。明知可能会在法庭上耗时数年，他也宁愿让法庭来裁定。

微软树敌颇多，官司中自然有源源不断的证人到场，他们对提供不利于微软证据的行为乐此不疲。形势对微软很是不利。当时的大法官本已做出拆分微软的判决，然而不知是微软命不该绝，还是气数未尽，共和党布什政府一上台即让比尔·盖茨获得意外转机：新人把控的司法部不再坚持将微软一分为二，微软与美国司法部达成了和解。

反垄断诉讼案结束后，微软获得相对满意的结果，但四年多的折腾也让自己遍体鳞伤：高层主管大量流失，员工士气低落，媒体头版长篇累牍的负面报道。比尔·盖茨也被扣上冷酷无情、骄傲自大、动辄发怒、缺乏可信度等帽子。可以说，比尔·盖茨在这件事情上没有及时领悟到退的真谛，以至于使自己吃了大亏。

自古以来，人的进退原本就不是件容易处理的事，尤其是"退"字。但是，不管个人的主观愿望如何，只知进不知退，在"退"上欠火候，可能就会使一生功绩毁于一旦，身败名裂，遗恨终生！战国时代有一位叫商鞅的政治家，仕秦孝公时，以历史上有名的"商鞅变法"的功绩奠定了自己的地位，同时巩固了秦国的统治。然而，他后来却遭到了五马分尸的极刑，使一世荣华顿时化为乌有，死后仍骂声不绝。晚年的商鞅最大的不幸，就是触逆了原来是他强有力的靠山的孝公。当初，他在孝公的支持下断然采取了极其严厉的政治改革措施，这虽然为秦国政治清明、富国强兵做出了根本性的贡献，但是改革也触动了新兴地主阶级的利益，一时间朝野上下树起了数不清的政敌。变法期间有孝公支持，政敌们对他无可奈何，但是危险是很大的，当时他已使孝公感到了威胁。据说，孝公生前曾故意要传位于商鞅，以试其心。

《战国策》中有载："孝公疾起，传位商君，商辞而不受。"可见商鞅已见疑于主子，这时他本该主动从位子上退下来，隐遁避险。据《史记》载，有位叫赵良的人引用"以德者荣，求力者咸"之典故力劝商鞅隐退，可是商鞅不以为然、固执己见，或许他想看看自己一手改革的政治是否能够进展下去。他这样的判断思考逻辑显然过于天真。孝公已将他驾空，下面政敌正伺机报复，他在台上一日，生命威胁就大一日。秦孝公去世后，新王即位，反对派们再也用不着"投鼠忌器"了，纷纷策谋陷害他，他终于被以谋反罪名处以极刑。

也许，商鞅的例子比较特殊，也并非所有"商鞅式"的人物都要惨遭如此毒手。但是，凡是在进退上处理不当者大多不得好的下场。相反，处理得当者却能名垂千古。

至于隐退与否，也是因各人性格不同而定。从最后的理想结局来看，当然是"功成身退"、"告老还乡"能保平安，此乃"天之道"也。

人生智慧

常言道"盛极必衰，物极必反。"这是事物发展的必然规律。然而，真正能够懂得其深刻含义的人又能有几个呢？

不愿为虚名所累

当今社会有很多事业有成的人，常常在各种名誉下生活得很苦很累，失去了常人生活的乐趣，总是想着自己的一言一行、一举一动都要符合自己的身份，这就像给自己带上了名誉的枷锁，失去了生活的自由，也失去了生命的本质。

比尔·盖茨在一次高层会议上曾抱怨道："我希望，我不是（首富）。这个虚名并没有为我带来任何好处……因为它，你会变得毫无隐私可言。"

比尔·盖茨是一个传奇，头上层层叠叠地笼罩着光环：全球首富、软件业霸主、最慷慨的慈善家、20世纪最有影响力的人……然而，在这些璀璨光环背后也附着重重阴影。有人说，他是"软件业里的撒旦"；有人说，他是"带你过河，然后吃掉你的狐狸"；还有人说，他是数字时代从未遭遇过"滑铁卢"的拿破仑。有人喜欢他，也有人憎恨他，但绝对没有人会忽视他。

如今，比尔·盖茨交出了权力，捐出了金钱，人们对他的关注再也不是"撒旦"或"狐狸"了。而对他最多的评论则是最慷

BIERGA

013

比尔·盖茨告诉我们什么

致全球所有领导的7
条忠告

WOMENSHENME

慨的慈善家。

明祸福之道，离是非之地，这是自古以来就应懂得的道理。在这方面，战国时期的范蠡可谓是为比尔·盖茨做了一个很好的榜样。

灭吴之后，越王勾践与齐、晋等诸侯会盟于徐州（今山东滕县南）。当此之时，越军横行于江、淮，诸侯毕贺，号称霸王，成为春秋战国之交争雄于天下的佼佼者。范蠡也因谋划，官封上将军。灭吴之后，越国君臣设宴庆功。群臣皆乐，勾践却面无喜色。范蠡察此微末，立识大端。他想越王勾践为争国土，不惜群臣之死，而今如愿以偿，便不想归功臣下。常言道："大名之下，难以久安。"现已与越王深谋二十余年，既然功成事遂，不如趁此急流勇退。想到这里，他毅然向勾践告辞，请求隐退。勾践面对此请，不由得浮想翩翩，迟迟说道："先生若留在我身边，我将与您共分越国，倘若不遵我言，则将身死名裂，妻子为戮！"政治头脑十分清醒的范蠡，对于世态炎凉，品味得格外透彻，明知"共分越国"纯系虚语，不敢对此心存奢望。他一语双关地说："君行其法，我行其意。"

事后，范蠡不辞而别，带领家属与家奴驾扁舟，泛东海，来到齐国。范蠡一身跳出了是非之地，又想到风雨同舟的同僚文种曾有知遇之恩，遂投书一封，劝说道："飞鸟尽，良弓藏，狡兔死，走狗烹。越王为人，长颈鸟喙，可与共患难，不可与共享乐，先生何不速速出走？"

文种见书，如梦方醒，便假托有病，不复上朝理政。不料，樊笼业已备下，再不容他展翅起飞。不久，有人乘机诬告文种图谋作乱。勾践不问青红皂白，赐予文种一剑，说道："先生教我伐吴七术，我仅用其三就已灭吴，其四深藏先生胸中。先生请去追随先王，试行余法吧！"要他去向埋入荒冢的先王试法，分明就是赐死。再看越王所赐之剑，就是当年吴王命伍子胥自杀的"属镂"剑。文种至此，一腔孤愤难以言表，无可奈何，只得引剑自刭。

范蠡的智慧不仅在从政方面，也表现在对时局大势的判断方面。在他看来，从政和务农、经商，事虽殊途，其理却有相通之

左侧竖排：

BIER GAI　014　比尔·盖茨告诉我们什么——致全球所有领导的7条忠告

WOMENSHENME

处。范蠡的聪明才智在于他把握其中的奥秘，使其同归于一，从而能左右逢源，立于经久不败之地。范蠡早年曾师事计然，研习理财之道。他认为：（1）由于供、求上的有余和不足，促使物价有贵、贱变化，因此应随时掌握社会余缺及需求。譬如，旱则备车乘，涝则备舟楫。（2）农、工、商三业，均有各自的重要地位，又相互联系。比如米谷价格，谷贱则挫伤农夫的生产兴趣，谷贵则损害工商的切身利益。损害工商则财源不出，挫伤农夫则田野得不到垦辟。米谷价平，则农工商俱利。平粜齐物，则关市不乏。这就是治国理财的大道。（3）和贮之理，务必妥善保管，还要及时周转。以物易物，勿使容易腐败的东西积压日久。（4）倘知何物有余，何物不足，便知孰贵孰贱。物贵到极点必反贱，物贱到极点必反贵。物贵时，要及时卖出，要像弃粪土一样；物贱时，要及时买进，像收集珠玉一样的珍惜，一定要让钱财如流水一样通行无阻。

远在春秋时期，范蠡竟具有如此完备的经济思想和商业理论，无疑是十分难得的。正是由于此，他到齐国之后，便隐姓埋名，自称鸱夷子皮，改业务农。他想：越国用计然之策既能称霸强国，我用此术也必能齐家致富。于是，他举家同心协力，躬耕于海畔，不久便累积家产数十万。

齐人见范蠡贤明，欲委以大任。但范蠡却喟然长叹说："居官至于卿相，治家能致千金，久受尊名，终为不祥。"

于是，他散其家财，分予亲友乡邻，然后怀带重宝，悄然出走。范蠡辗转来到陶（今山东定陶西北），再次变易姓名，自称为朱公。他认为陶居天下中心，四通八达，便于交易，遂以经商为业，每日买贱卖贵，与时逐利，十九年间，三致千金。时人凡论天下豪富，无不首推陶朱公。

看来，名誉毕竟是人的身外之物。其虽然很重要，但是与人的生命相比其会逊色很多。为了追求名誉而影响、伤害健康，甚至送掉性命，这是舍本逐末，是最愚蠢的选择。

不过，几乎没有人不喜欢鲜花和掌声。在成长的过程中，你肯定也会多次和鲜花、掌声打交道。如果你沉迷其中，并且为了保护这份荣誉而愿意损失其他一切，包括健康的话，那就是一种愚蠢至极的行为，而你的这份虚荣心最终会使你丧失一切。

面对荣誉，应该保持清醒的头脑，我们要懂得珍惜荣誉，也要为自己争取荣誉，但不能被荣誉打垮，不能被荣誉所累，否则你就逃不脱荣誉的怪圈了。

人生智慧

要想不为虚名所累，做自己想做的，要想追求自己的人生目标，就不要被眼前的花环、桂冠挡住道路，因此比尔·盖茨毫不犹豫地抛开了身外之物，走自己的路，干自己的事，获得真正的荣誉。

知进是其勇，知退乃其智

"美酒饮到微醉处，好花看到半开时。"做人就要得意时莫忘回头，着手处当留余步。此所谓"知足常足，终身不辱，知止常止，终身不耻。"

比尔·盖茨在反垄断案中的强硬和激进，使他和微软都被看成了令人憎恨的侵略者。在"盖茨＝微软"的年月，为让公司不再那么容易留下话柄，比尔·盖茨一直在考虑以怎样地方式才能更好地淡出微软。

2000年1月，比尔·盖茨把CEO一职让给亲密战友史蒂夫·鲍尔默，自己退居二线担任微软公司董事长兼首席软件架构师。不过，他依然保持领导权力，对公司众多问题作决策。

反垄断案结束后的第一时间，他们宣布为微软重新定调，改变过去那种"新创企业模式"——在新创企业模式下，微软确实曾经唯增长率和利润是从，过分强调赢得竞争而不顾竞争对手死活。

比尔·盖茨和鲍尔默开始"重造"公司，先是领导人，接着是业务架构，然后是新员工类型，最后是闻名业界的企业文化。

在鲍尔默的主宰下，经过四年官司的微软从青春期步入了成熟期。2002年6月，鲍尔默在一份变革备忘录中指出，微软仍然要富于竞争性，但同时必须清楚自己在市场上和行业中的位置，那意味着要成为更多其他公司的合作伙伴而非敌人。微软开始尝试与全球的客户、伙伴、行业和政府打造一种新的关系。

本以为在媒体构建企业形象是偏离公司要旨的比尔·盖茨，也开始意识到树立良好公众形象的重要价值。不喜交际的他立即开始在主流媒体频频现身并变得亲切。在他的专访中，狡猾而幽默的外交辞令俯首可拾。

微软中国高层曾向《IT时代周刊》透露，在决定参加外事活动前，比尔·盖茨总是习惯于先搞清这对微软的价值："我为什么要见他？这对微软有什么好处？"而会面一旦开始，他转身就能给对方一个可掬的笑容，并极力向对方展现内心莫大的热情。

识时务者为俊杰，微软实用主义风格的妥协战略也延伸到了中国。这个坚定的知识产权捍卫者，着眼长远，不但容忍了中国对其软件的盗版，而且跟政府建立了十分密切的关系，帮助当地推进软件产业的发展。这些努力显然十分奏效，原本在这个庞大市场"水土不服"的微软取得了各方面的重大突破。

常言道，"君子好名，小人爱利。"人一旦为名利驱使往往身不由己，只知进，不知退。尤其在中国古代的政治生活中，不懂得适可而止，见好就收，无疑是临渊纵马。

清代中叶，曾国藩领一支湘军攻打太平天国，金陵收复了，可曾国藩与清廷的关系却变得微妙而紧张起来。那时，曾国藩集东南半壁江山军政大权于一身，湘军总数已达30万，仅曾国藩直接指挥的军队就有12万之多，这是一支谁也调不动，只听命于曾国藩的私人武装。清政府感到最大的威胁就是手握重兵的曾国藩，于是疏远冷淡他。曾国藩也感到了顾命大臣功高震主的问题，对自己权位日隆，频添畏惧心理。现在摆放在他面前的是两条路：一是带着这支军队反清，取而代之；二是撤散湘军，自解兵权。第一条路，他不敢，也不愿，那就只有第二条路可走了。

曾国藩解散湘军的目的是为了远权避祸。但为了做得不露痕迹，他找了一个表面的理由说湘军暮气太重，锐气全消，已不可用。

同治三年（1864年）七月初七，即攻破金陵后20天，曾国藩上《贼酋分别处治粗筹善后事宜折》，提出"臣统军太多，即拟裁撤三四万人。"七月十三日，遣撤曾国荃部 25000 人，同日撤萧庆衍全军 9000 人。十月中旬，奏报裁军 20000 余人。到同治五年夏，除水师改编为经制兵长江水师，陆军尚留下鲍超、刘松山万余人外，其他曾国藩直属湘军先后撤裁完毕。其后，鲍超部亦解散，仅留刘松山部奉命援陕，不再隶属曾国藩。如此干净彻底的裁军，清廷的畏忌心理自然消除。

曾国藩远权避祸的另一做法是劝曾国荃称病回乡。郭嵩焘说："侯相兄弟克复金陵，竟犯天下之大忌，群起而力诋之。"

其实，矛盾的焦点人物是曾国荃，群言嚣嚣，主要是针对着他的。曾国荃为人"傲"，自从带吉字营出征，战功累累，但与诸将的矛盾也愈益深刻，如与彭玉麟、杨载福有事相商，往往"声色俱厉"。诸将极为不满，又碍于曾国藩情面，于是不断出现"告去"的情况。曾国荃"贪"，连曾国藩也说他"老饕名遍天下"。如这个问题不解决，早晚会生出事情。于是，曾国藩苦心告诫曾国荃急流勇退，称病回乡。

曾国荃总算听了阿兄的劝告，在攻占金陵两个多月以后就以"遗体温疮、彻夜不眠"为由，奏请开缺回原籍，带着成箱的金银财宝，回湘乡自享清福去了。有此"远权避祸"之策，曾国藩才有不败人生。

有时候，认清自己比拥有目标更重要。认清自己是要找准人生新阶段的低谷。一个人处于事业的阶段性峰顶时，往往看不到自己心灵的谷底，也不可能积蓄力量再上险峰。在峰顶上，脆弱的心灵很难得到休养生息。惟有清醒才能找到下山之路，重新回到山下。

许多企业家在关键时刻急流勇退，寻找新的发展领域，"退一步，进两步"才能获得更多的成就。在中国独特的商业环境下，急流勇退应该是一种明哲保身的人生哲学。虽然事业的珠峰有时无法攀登，但那些攀到顶峰却又不知道该如何下山的人才是最可悲的。在人生的道路上，只有那些登到顶峰而又安全下来的人才是最明智的。顾城曾对山顶上的人写下这样的诗句：下山吧/人生需要重复/重复是路……这是一位登顶而未下山者的华丽遗言。

比尔·盖茨告诉我们什么 致全球所有领导的7条忠告
019

人生智慧

任何人不可能一生总是春风得意。人生最风光、最美妙的往往是最短暂的。"人无千日好，花无百日红。"所以，见好就收便是最大的赢家。

十年磨一剑　苦心培养接班人

古人云："凡事预则立，不预则废。"意思是说，做事情要想成功则一定要预先做好准备工作，按照计划，按部就班地做好每一项，未雨绸缪才能遇事不乱。当然，一个企业也是一样，要想基业常青，除了要保持核心竞争力，就是要有一批卓越的接班人。

2008年6月27日，比尔·盖茨宣布从7月开始彻底退出微软。事实上，为了今天的退出，他花了整整10年的时间来苦心培养接班人——这个人就是他的哈佛同窗史蒂夫·鲍尔默。

盖茨在四年之前曾私下对鲍尔默说他想离开，并在两年前公开宣布了将于今年正式退休的计划。他在最近几年一直在说："我已经是微软的第二号人物了。我不再是微软的决策者。"

鲍尔默1980年加入微软，是盖茨聘用的第一位商务经理；随后负责公司营运、操作系统开发等工作；1998年跃升为总裁，负责微软日常管理；2000年被任命为首席执行官。盖茨自己则改任公司首席软件设计师，为他20年来的得力助手充当配角。而鲜为人知的是，这场角色换位令这一对有史以来最成功的商业搭档一度几乎分道扬镳。

盖茨雇用鲍尔默之后，他们的友谊也经历了严峻的考验和磨合。鲍尔默不会跟盖茨一团和气，他会针锋相对。他一上来招募新员工就和盖茨争得面红耳赤。因为他想立即从30人规模招募到80人，盖茨则声称，公司不能负债经营，银行必须有足够维持公司一年的钱。两人各不相让，最后还是盖茨让了步。还有一次，微软没能在最后期限前研制出Windows软件，盖茨曾气愤地说，如果视窗软件不能在年底前上柜台销售，他就要鲍尔默走人。

鲍尔默回忆说，那时他负责研制视窗操作系统。当时Windows1.0失败了，Windows2.0也不成功，直到推出了Windows3.0微软才大获全胜。盖茨可以指出一行代码里有什么错误，而鲍尔默可以指出某个软件是否具有市场潜力。

"我历来就是拉拉队长，管理着一群天才。"鲍尔默表示。1998年7月，鲍尔默出任微软总裁的职位，除了首席技术官继续向盖茨汇报外，包括首席运营官在内的高管都开始向鲍尔默汇报。

盖茨自己也承认，整个2000年两人的关系一直比较紧张，而且这种紧张关系一直持续到2001年。后来，盖茨开始对自己进行了反省。他知道，鲍尔默将心思都放在团队和为实现共同目标而努力上。他的结论是，自己才是最需要改变的人。了解了这些之后，盖茨开始在会议上保留他的不同意见，在重要决策上尊重鲍尔默的意见。

有一次，盖茨和鲍尔默共同接受采访，两人谈到创建微软时，鲍尔默眼里含着泪水说："这有点儿像生儿育女，盖茨生出了孩子，而我就像是孩子小时候带他的一个保姆。我们在一起共事其乐融融，这很好。我的意思是，这很重要，不过这……"

"……这就是我们做的。"盖茨笑着说。

正如他的妻子所说："盖茨曾经多次跟我说过，如果史蒂夫不呆在公司，他是无法放下微软公司的；如果史蒂夫做得不好，盖茨也不会放心退休。他永远不会。"如今，比尔·盖茨放手了，看来，他还是很相信史蒂夫的。如果说创业是由于他那带着眼镜、看上去十分文弱的外表下隐藏了一颗极富冒险精神的心，那么，今天的隐退则是来源于他豁达的人生态度和高瞻远瞩的眼光。

所谓"凡事预则立，不预则废"，接班人的选择和培养宜早不宜迟。企业最起码要在现任高层管理者计划退休前4年就开始着手实施高层接班人计划。通用电气的前CEO韦尔奇用了7年的时间斟酌挑选他的接班人；雀巢CEO包必达从上任第一天开始就已经着手培养接班人。

近些年来，以 GE 公司首席执行官韦尔奇让位，新 CEO 伊梅尔特成功主政为代表，有计划、有条理地为组织寻找最高执行长官的接班人理论在西方获得了较快的发展，并在实际执行中趋于成熟。

但是，在我国由于传统文化对企业文化的影响，企业向来没有公开讨论和制定接班人计划的习惯。中国企业界和经济理论界对企业接班人计划的探讨最早源于 2004 年，中国企业发生了诸多企业家的"突然退休"和企业家的意外身亡事件。这些企业突然发现自己没有一个具备足够能力来掌舵并引领该企业继续奔跑的领军人，由此带来的企业内外部的震荡非同小可，中国企业的接班人计划的缺失也因此异常凸显。调查显示，中国 90％以上的企业没有明确的接班人计划，缺乏科学的接班人培养机制。除了普遍缺乏接班人培养意识以外，中国企业还存在接班人素质差，家族接班人分歧导致分裂，企业高层接班人无法脱离前任掌控等一系列问题。如果说前几年，接班人的话题只是概念，那么现在"接班人"问题已经是许多企业的当务之急了。

现在回头看，实际上盖茨对于今天的隐退早就计划好了。他采取的是"渐退策略"，1998 年，让鲍尔默担任微软总裁；2004 年，又把首席执行官（CEO）职位交给鲍尔默，这样逐步加大鲍尔默肩上担子的分量，使后者有充分的时间熟悉全盘事务，更有利于平稳过渡。事实证明，这种策略是成功的。盖茨宣布即将隐退后，包括华尔街在内的外界对微软的这种变化反响不大，微软的股票在纳斯达克股票市场上并没有出现大的震荡。

人生智慧

选择接班人是一个艰难的事情，而培养一个优秀的接班人更非一朝一夕之功。十年树木，百年树人，企业要顺利实现新老传承，必须早做准备培养和储备人才。

我对总统位子不感兴趣

盖茨接受采访时曾说："我很确定，我永远不会成为政客，我不喜欢（这个职业）。"据说，美国曾出现一个自发组成的民间团体，呼吁盖茨参加2008年美国总统选举，并且还为此建立了一个名为"比尔·盖茨做总统"的网站进行宣传造势，但不久该团体就停止了一切宣传活动。原因是盖茨注意到了这个网站，他对这些民众的做法表示理解，但同时也表示自己对于竞选美国总统没有一点兴趣。

中国有一句古话叫"学而优则仕"，就是说你书读得不错，可以去当官。现在这句话好像有点过时了，目前时髦的做法是"学而优则商"、"商而优则仕"。"商而优则仕"也不是什么新鲜的玩意了。古人也早已开了先河。这其中最著名的莫过于吕不韦了。

吕不韦，阳翟（今河南禹县）人，战国后期著名政治家，担任秦相国13年，为秦最后统一六国奠定了基础。但吕不韦最初却是从经商一步一步走向政治的。

吕不韦长期依靠贩贱卖贵，积累了千金的家产。但他不满足于大商人的地位，一直在寻找机会投身政界。秦昭王42年，他在邯郸经商时得知秦质子子楚十分可怜。原来，子楚是秦昭王太子安国君的庶子。

吕不韦拿出全部家产，一半供给子楚优裕的生活和结交宾客，另一半全部买成珍宝奇物，亲自带到秦国，献给安国君宠幸的华阳夫人，使安国君答应，正式以子楚为嫡子嗣。

吕不韦又把自己娶的已怀孕的赵姬献给了子楚。据说，赵姬隐瞒了怀孕的事实，到12个月时，生下儿子，取名政，就是后来的秦始皇。母以子贵，赵姬被子楚立为夫人。

子楚继位后，为庄襄王，吕不韦为丞相，封文信侯。三年以后，庄襄王死，13岁的太子政继位，吕不韦被尊为相国，敬称为"仲父"。

秦王政十年十月由于嫪毐事件的牵连，吕不韦被免去相国职务，最后落了个饮鸩酒自尽的结果。

这是中国古代的一个故事，不知比尔·盖茨是否看到过，或者听说过。但关于意大利总理贝卢斯科尼的故事比尔·盖茨一定知道，不然，他怎么对政治那么不感兴趣呢。

贝卢斯科尼在没有从政前也是意大利的亿万富翁，曾是意大利第二大私人集团———菲宁韦斯特集团的总裁。旗下是一个庞大的商业王国，包括几乎与意大利国家电视台平分秋色的全国最大的 3 家私人电视台，5 家大周刊，一大批软性期刊，一个每年出版 1000 种新书的出版社，两家连锁大百货公司，一家保险公司，一家投资公司，还有一支世界上最著名的球队———意大利 AC 米兰队。集团有 300 多家公司，雇用员工 4 万余人，年营业额高达百亿美元，在意大利名列第三位，其家族财富估计在 15 亿美元左右。

贝卢斯科尼并非出身名门望族，父亲是一名普通的银行职员。因此贝卢斯科尼是靠个人奋斗、白手起家的。这一点倒和比尔·盖茨很相似。只是比尔·盖茨对总统的位子并不感兴趣。这一点比不上贝卢斯科尼。但贝卢斯科尼自从当上总理就没有顺心过，而这一点又似乎没有比尔·盖茨聪明，因为有关他的家产和纳税的官司就一直没有断过，以至于他居然说，一直关注政客举动的意大利法官们都患有"精神紊乱"，甚至说他们与一般的意大利人人种有异！

贝卢斯科尼最初经商是从房地产开始的，及至上世纪 80 年代中期才开始进入新闻传播业。当时，正赶上传播媒介"大爆炸"时代，贝氏全力投资到影视、广告和出版业。经过数年艰辛努力，贝卢斯科尼最终成为全意大利最大的媒介巨头。

对于他从政，意大利人一直是议论纷纷，一位米兰的时装设计师说："他的集团摇摇欲坠，他从政是为了挽救自己。"又有人统计：贝卢斯科尼旗下的菲宁韦斯特集团债台高筑，达 20 多亿美元，一旦银行收紧信贷，就立即有崩溃的危险。而贝卢斯科尼本人则解释说，现在的意大利政治现状极不合理，很多政治家都不负责任，都有一种说了跟没说一样的说话艺术。因此，现在已经到了由那些诚实而有能力的企业家和实业家来掌管国家命运的时候了。

然而，他在经营中出现的钱的来历以及纳税问题一直成为他遭调查的重点，就连任总理期间也没有消停过。看来他真的很烦，他的日子也不是那么好过。

相对于这一点，比尔·盖茨倒是有清醒的认识，或许是深谙自己的个性，或许是政界有太多的诱惑和陷阱，对政界看得太透彻了。盖茨称："我很确定，我永远不会成为政客……我不喜欢（这个职业）……我更能胜任目前的工作。"创造了商界神话的盖茨似乎并不愿遵从"商"而优则"政"的一般规律，对从政一事丝毫提不起兴趣。

然而，对政治不感兴趣并不等于不关心政治。2007年4月，盖茨史无前例地与另一名亿万富豪联手斥资6000万美元打政治广告，为的是使教育问题成为2008年总统大选的重要议题。这项宣传计划被命名为"强大的美国学校"，宣传内容包括建立更有效力和更一致的国家课程标准，延长学校授课时间和学年时间，通过奖励优秀教师和其他措施提高教学质量等。据悉，该宣传广告是总统大选中最昂贵的单项内容广告之一。盖茨表示，他不会倾向于任何一个总统候选人，而是要通过这种宣传引起他们的关注，提出解决教育问题的办法。

盖茨在接受《福布斯》网站的采访时，当被问及他认为下届美国总统应当如何使国家保持竞争力和创新能力，他表示，新总统必须作出大量有关科学政策的重要选择。因为它们所带来的影响和利益是深远的，"选择正确的政策方针，从而促进能源创新和其他科学创新是非常重要的事情"。

人生智慧

深知政坛凶险的盖茨，只想"吾将上下而求索"把"我的生活目标是建立计算机世界"的单一人生目标奉献给人类社会，并不想把自己的人生观建立在破坏世界和谐的政治争斗中。

二、尊重生命　输了健康赢了世界又如何

BIERGA

025

比尔·盖茨告诉我们什么

条忠告
致全球所有领导的7

WOMENSHENME

"没有任何一件东西比健康更重要，从事医疗保健事业更是如此。计算机技术对我而言是一个非常有吸引力的领域，该领域的发展十分重要，然而与健康相比，财富和高技术都只能名列其后。"

事业和健康谁更重要

微软成立的前五年，公司里都是技术人员，没有管理人员。随着公司的不断壮大，1980 年，即比尔·盖茨创建微软的第六个年头，他以 5 万美元的年薪和 7％股份的合同聘请鲍尔默担任总裁个人助理。

这也是鲍尔默成为微软第一位非技术受聘者。从此，鲍尔默就开始了他在微软的职业生涯。

盖茨和鲍尔默无论是在专业上还是在性格上都是互补的：盖茨是学电脑专业的，擅长软件设计，而鲍尔默则是学 MBA 的，擅长管理；盖茨性格内向，言语不多，而鲍尔默则性格外向，喜欢发表激动人心的演讲。他们两个可谓是珠联璧合、相得益彰，正是在他们两人的领导下，微软公司从一个名不见经传的小公司成为今天垄断电脑操作系统和办公软件的全球性软件帝国。

随着公司的不断发展壮大，比尔·盖茨认识到仅靠一人之力就是累死也不会把公司做强做大的，于是就找来了好友鲍尔默。无疑，盖茨是明智的。但在国内，改革开放 20 多年以来，也涌现出了一大批的企业家群体，他们也被主流经济文化逐渐认同为"经济脊梁"，而使得他们总是被"精明强悍"、"春风得意"等众多极富"欢颜"与"悦心"的辞藻包围着。而作为拥有金钱、事业、名誉、地位的他们，也被大众认为理所应当地拥有着世间最

惬意的生活和最多的幸福。

然而，耀眼的光环却遮盖不住频频曝光的这个群体中蔓延的焦虑、孤独和苦闷。他们中有的透支身体，疾病缠身；有的因为承受不了压力而自杀；有的由于过度的疲劳而猝死在岗位上……人们困惑了：在常人眼中集财富、幸福于一身的他们到底怎么了？这不得不引起人们对企业家健康的关注，事业与健康到底谁更重要呢？

2005年4月10日，被誉为"视觉艺术家"的陈逸飞因劳累过度引起上消化道出血在上海华山医院去世，享年59岁，在离他60岁还有4天的时候就结束了生命。

无疑，陈逸飞的去世和很多企业家的意外去世一样，是因为玩命的工作。他起步于画家，取得巨大成功后，广泛涉足电影、时装、环境、建筑、传媒出版、模特经纪、时尚家居等多种领域。

对于《理发师》剧组的许多工作人员来说，陈逸飞留给他们最后的印象，除了"一丝不苟地敲定各项工作议程，甚至连各种各样繁琐的道具都要一一过目"外，就是"日以继夜地催促着别人，也催促着自己把每件事情都尽可能地做到完美的程度"。在他们眼中，这个气质儒雅但满面疲倦的"完美主义者"，在对待工作的态度上，实在是太勤奋、太认真了。

陈逸飞曾说过："我一下飞机就赶去公司。"护士们说他"连洗脚时都要工作"。不可否认，过分追求完美细节的性格让他无法从工作中脱离出来。

从早年怀揣不到一百美元去美国闯荡奋斗开始，"事必躬亲"这四个字就深深地刻在他大脑中——他说："我喜欢这种前进中的状态。'开步走'这三个字，就是先把脚拎起来，一脚踩出去，退不回来了。"这句陈逸飞先生自己说过的话，最终成为自己的写照：输了健康，即使赢了世界又怎样？

然而，我们看到的最后一幕是：一个叫陈逸飞的艺术家，带着一身的才华，戴着一枚叫"劳累过度"的勋章，将生命永远地定格在冰凉的59岁上，这个日子，离他的六十大寿仅有四天。实在让人痛惜，然而痛惜之余，更应该痛定思痛。究其原因，是其"事必躬亲"以至劳累过度造成的。其实,作为老板大可不必具体处理繁琐事务,而应授权下属或职业经理人来全权处理。也许在此过程中,下属能够创造出更科学、更出色的解决办法。难道只有把权限控制在自己手中才能避免失控吗?事实上,只要保持沟通与协调,采用类似"关键会议制度"、"书面汇报制度"、"管理者述职"等手段,失控的可能性其实是很小的。

老板不简单地等同于一般的管理者,老板属战略思维,要思考的应是全局性的、综合性的问题。老板的真正作用在于恰当处理组织的协调问题,发挥组织成员的潜能。为了调动组织全体成员的积极性和创造性,齐心协力完成组织目标,老板要善于决策,善于授权。

正确的授权有诸多有利之处:(1)可以减少工作负担,使老板集中精力处理更重要、更大的问题;(2)正确的授权是对下属的一种信任,有利于充分发掘下属的创造性;(3)正确的授权有利于"发现人才、锻炼人才、培养人才";(4)正确的授权有利于团队建设,有利于各级管理者之间、管理者与员工之间的协调、团结;(5)正确的授权有利于避免专断,降低决策错误的发生。

总之,一个成功的企业老板,要学会"用精神统领人"、"用思路指导人"、"用制度约束人"、"用满足需要激励人"。也就是说,成功的管理不需要老板事事亲为,而是通过适当的授权,让下级充分发挥积极性和创造力,从而实现自己的目标。

人生智慧

健康和事业,为什么到了生命的尽头,才会豁然明白?"身体才是革命的本钱"这句话虽然老生常谈,却是传世名言。

与健康握手,让幸福长伴

爱默生曾说过:"健康是人生第一财富。"拥有健康的人,才拥有希望;拥有希望的人,才能拥有一切。健康是你最重要的本钱,是你幸福生活的基石。健康的重要性无可比拟,也无可替代。

大家知道，比尔·盖茨从哈佛放弃学业始创微软电脑公司，白手起家，连续 13 年登上世界首富的宝座。1995 年 8 月，比尔·盖茨推出"视窗 95"（windows95），仅在美国当天就销售了 40 余万套，给全世界带来了巨大的震撼，被誉为"软件领域的爱迪生"。他既是发明家，又是企业家，更是天才的推销商，尤其让人羡慕的是，他还有一个健康的体魄。

比尔·盖茨生于 1955 年 10 月 28 日，据他母亲回忆，盖茨是一个精力非凡的孩子，从婴儿起就如此，他会独自使摇篮不停地摇摆上几个小时。时至今日，他的这项无意识运动像迈克尔·乔丹在飞向篮筐时喜欢吐舌头一样闻名世界，他常常在椅子上晃来晃去，肘部置于膝上。

比尔·盖茨童年时热爱户外运动，他想方设法让父母同意他参加"童子军 186 部队"。"186 部队"经常在丛林中徒步旅游野营，有一次在长达 50 英里的夏日行军中，他表现出了坚韧不拔、锲而不舍的精神。他脚上穿的那双新皮靴，根本不适应一天 8 英里的行程，但他却坚持走完了这次一周之久的旅行。

健康的重要性毋庸置疑，但关键是你是否时刻把健康放在心上，你又是否真正做到了使身体健康。我们经常会在媒体上看到一些精英英年早逝的现象。54 岁的爱立信（中国）有限公司总裁杨迈由于心脏骤停而突然辞世；60 岁的麦当劳公司首席执行官吉姆·坎塔卢波因病猝死。两个商业巨子就这样倒下了，如流星一样灿烂却短暂的人生，给世人增添了无数的遗憾。当然，这也是对世人的一种残酷的警醒。他们不是不知道健康的重要，而只是为了他们自认为的更重要的事情而牺牲了身体健康。从外面看他们的确风光无限，但他们的身体和心理健康状况却往往糟糕透顶。特别是 30～50 岁的职业经理人和企业老板，他们创造了大量的社会财富，却丢失了自己最宝贵的财富——生命！

没有了生命，一切都是枉然。无论是为一日三餐奔波的平民百姓，还是星光耀眼的成功人士，健康都是其幸福生活的基本保证。最基础的往往是最容易被忽视的。很多时候我们都对健康很漠视，直至失去之后，才亡羊补牢，悔之晚矣！

所以，无论怎么强调健康的重要性也不过分。想想为什么林妹妹的"木石前缘"输给了宝姐姐的"金玉良缘"，不就是因为身体不好吗？其实，聪明的人都是善于管理自己身体的人。因为他们知道，拥有健康，一切才皆有可能。

英国首相布莱尔从中学时代开始就活跃在运动场上。他是一个相当出色的校橄榄球队队员，还当过校板球队队长，以后又喜欢上了篮球和网球。现在，布莱尔定期游泳、打网球、上健身房。每到周末，布莱尔夫妇就会带着4个孩子到位于伦敦郊外的一座16世纪的古堡呼吸乡野的清新空气。有时，布莱尔一家就在这里同保镖们摆开架势，展开一场别开生面的家庭足球大赛。当他们踢得精疲力竭、满身大汗时，又一同跳进露天游泳池游个痛快。布莱尔曾说："我现在的身材跟大学刚毕业时一样标准。"

首相的工作肯定繁忙，但布莱尔始终热爱运动。运动不仅让他拥有健康的身体，也让他尽享生活的情趣。因此，不要以"忙"为借口而忽视健康。关键不在于你从事何种工作，而在于你对待健康的态度。

世界卫生组织的研究表明，人体健康有60％取决于人们的日常生活方式。选择怎样的生活方式，不仅仅是工作能力和生活品质的体现，更是决定你身心健康的关键所在。也许我们不能改变环境，但我们可以改变自己。

其实，很多人都相信健康之道，却不懂健康之窍。健康之窍到底何在呢？首先你应当确立一个信念，爱自己甚于一切。爱惜自己的身体，爱护自己的心灵，做好自己的守护神。无论什么原因都不要伤害自己，更要保护自己不受别人的伤害。

爱惜自己的身体，起码要拥有以下几点生活习惯。

一种规律的生活。早睡早起，定时锻炼，活力充沛，成功不远！

一种合理的饮食习惯。节制饮食，营养搭配，好吃会吃，受益无穷！

一种最适合自己身体的锻炼方法。要正确估量自己的身体状况和承受能力，寻找最适合、最有效的锻炼方法。记住，适合自己的才是最好的！

一种活泼开朗的合群性格。性格决定命运，命运源自性格。乐观起来，积极起来，你就会发现这个世界其实很美好，而你自己其实也很幸运！

一种能调节身心的业余爱好。业余爱好能让你的生活多姿多彩，也能让你忘却烦恼，使你的整个身心都沉浸在一种难以描述的喜悦当中。

一种正确对待疾病的态度。人难免要生病，讳疾忌医是愚蠢的。疾病也是弹簧，你弱它就强，你强它就弱。永远不要在疾病面前低头，相信自己能够战胜病魔！

一张永远微笑的面孔。微笑拥有强大的力量，它能感染别人，更能照亮你自己。所以，尽量微笑吧，让世界因你而温暖。

方法无限多，你要善加选择。空想没效果，关键还是怎么做。养成良好的生活习惯，保持健康的身心，让自己的生命之花长久地绽放！

人生智慧

其实，无论你想干什么，身体是你惟一的本钱。没有健康的身体，万事皆休。健康是幸福生活的基石，也是你展翅高飞的依托。

会放松才能更好的工作

很多追求成功的人，都舍不得停下脚步放松自己。在他们看来，放松是对工作的一种不负责任和对时间的严重浪费。他们以为，只有永不停歇才能早一点获得成功。即使已经精疲力竭、油尽灯枯，他们依然不愿停止。这的确是难能可贵，但决不是明智之举。

世界首富比尔·盖茨是有名的工作狂，但他却懂得一张一弛的文武之道。当"3.0"程序编写工作圆满完成后，微软公司在西雅图一家著名大酒店举行庆祝活动。在大酒店室内四轮溜冰场上，乐队正奏出火暴的摇滚乐。溜冰场中央，身穿套头衫、牛仔裤、脚蹬耐克运动鞋的比尔·盖茨正在旋转、飞奔，表演各种花样动作。100 多位和盖茨一样打扮的小伙子、姑娘，背靠溜冰场的镶木墙板，目不转睛地看着旋转、飞奔的盖茨，大家都被他无比高超的溜冰技巧惊呆了。他们没有想到，看上去这么瘦弱的老板，居然还有这么一手。这就是比尔·盖茨，不但知道怎么去工作，更知道怎么让自己在紧张的工作之余去放松。

有些人常常为了追求成功一味地往前冲，很少停下来休息片刻，认为那是在浪费生命。其实，如果你不懂得享受生活，那你才是真正在浪费生命。你一心往前追求成功，却不肯回过头来看一看。也许就在你回头的瞬间，你就会发现成功的秘诀。

有一个高僧带领一群弟子研究佛学。其中有一个弟子非常刻苦用功，经常挑灯夜战。不料，学习进行到一个很重要的阶段时他居然生了一场大病。尽管非常艰难，他还是坚持追随老师继续上课。在他看来，生命苦短，为追求智慧，绝不能浪费任何时间。高僧劝告他说，其实智慧不一定就在前面啊，说不定它就在你的身后。只要放松身心，随着自然的节拍，也能得到智慧。

其实，懂得放松，就是一种难得的智慧。从效率看来，必要的放松是更快实现目标的手段。放松不是放纵，而是养精蓄锐，是为了以一种更快的速度奔跑。放松自己，让自己的身体和大脑好好休息一下。即使是上帝在开创宇宙万物的时候也会休息一天，何况是有血有肉的你我？不要让自己整天处于过度疲劳和极度紧张之中，休息休息，善待自己。毕竟健康才是人生第一大要务，放松自己，让健康一生相伴。

很多人会抱怨，整天忙都忙死了，哪有空闲去放松？真的就没有时间去放松吗？果真如此的话，那一定是你不懂得合理安排时间、更不会充分利用时间的缘故。

要想放松自己，首先应当合理安排自己的时间。给自己制订一个工作和休息时间表，并严格执行它。工作的时候就努力工作，放松的时候就无牵无挂地放松。保证自己有足够的放松时间，不要无限地延长工作时间而让自己变成一台工作的机器。

其实，放松并不一定非要你空出一大段时间来，它往往需要你见缝插针、见机行事。工作累了，你可以换个坐姿，也可以想想以前的开心事；眼睛疼了，你可以做一套眼保健操；午休时，你可以读几篇美文，也可以看几则笑话；等人的时候，你可以闭目养神；坐车的时候，你可以戴上耳机听听音乐，让自己沉浸在音乐的海洋里。

聪明的人不仅知道抓紧时间工作，更懂得抓紧时间放松。自我放松的方式多种多样，你不必跟风逐浪，只要是你喜欢的又适合你的都可以。

老张是一位成功的证券分析师。他不仅懂得如何高效率地工作，更知道如何放松自己、享受生活。老张的一大爱好是阅读。对老张而言，阅读能把他从证券的厮杀战场带到温馨的港湾，能让他享受一份难得的宁静。除了阅读，他还有其他的休闲方式。相比圈内人喜欢的那些时髦运动，老张更喜欢鸟语花香。他不仅养花种草，还养了很多宠物。因为他认为跟它们打交道的时候是一种很平静、很悠闲的境界，这让他在工作的重压之后有种很放松的感觉。

只要有心，我们每个人都可以找到自己喜欢的放松方式。如果你喜欢安静、独处，你就可以读书看报；如果你喜欢热闹，你就可以约上几个朋友喝上一杯，或者去唱卡拉 OK。当然，你也可以选择一些对你有补充作用的放松方式。如果你从事的职业特别伤脑力，那你就完全可以做一些运动型的放松活动，比如跑步、登山、旅行等；而假如你是运动员，那你的休闲也可以是睡眠、听音乐、看电影等。总之，不要把放松看成你生活中的奢侈品，而是把它作为你日常生活中不可或缺的一部分。

善于放松的人一定是善于享受生活的人。同一件事，在有些人看来是一件苦差事，而在另一些人看来则是一种难得的放松。比如说做家务，你不要觉得家务活又脏又累，你完全可以这样想：已经在办公室坐了一天了，回家干点活既锻炼身体，又能放松神经，更能有助于建设幸福家庭。何乐而不为呢？

人生智慧

一张一弛，文武之道。会工作，也要会放松。放松是为了接下来跑得更快，也是为了生活得更愉快。工作是人生一大乐趣，放松则是另一大乐趣。仅有工作的人生是枯燥乏味的，一味放松的人生是空虚堕落的，只有平衡了工作与放松，人生才是愉快而有意义的。

压力是健康的杀手

大家都熟知一个"浅显"的道理：不会休息的人就不会工作。同样的道理，回避压力恐怕是天方夜谭，关键是要适时释放压力，这样才能在竞争中游刃有余，在压力下挥洒自如。

在微软工作过的人都知道那里工作的紧张程度。尤其是那些程序编制人员工作紧张，有时没日没夜地干，一连几天都没有休息。因此，他们平时需要以体育活动来平衡他们紧张的脑力劳动。公司给每个雇员赠送一张免费的体育俱乐部会员证，可以随时到附近一家体育俱乐部去锻炼身体。这家俱乐部有开阔的运动场和溜冰场，公司雇员可以到那儿打棒球、橄榄球和排球，而且公司园区内还建有一个小巧的人工湖，大家称他为盖茨湖，喜爱游泳的可以随时到那里游泳健身。

盖茨这样做的目的也十分明显。因为微软的员工大多数因为工作压力大，空闲时间少，一有空闲时间就是睡大觉，健康处于"亚健康"的状态。多给自己一点时间，投入在健身锻炼上，一来可提高自己的身体素质，有更好的体魄去迎接工作中的挑战；二来还可以减少目前乃至将来在医疗和保健品上的支出，这笔花销可不是个小数目。从这个意义上看，投资健康，积极健身也是另外一个角度上的理财。

压力，持续不断的压力，不但使人的大脑长期处于高度紧张状态，而且长期得不到充分休息的大脑还影响着自主神经系统，影响着内分泌系统，导致人体生物钟混乱、内分泌失调、电解质紊乱、胃肠功能低下、心律不齐，从而种下各种疾病的祸根。

企业家经常要面对激烈的竞争格局，背负着社会的重任，家庭的希望，一方面不得不对自己严格要求，对事业抱有较高的期望值；另一方面又不得不承受着从生理到心理的种种危机，希望通过勤奋来弥补体能的下降、知识的缺陷、能力的不足。因此，一些企业老板时常是身不由己地卷入到压力之中。

BIERGA
033
比尔·盖茨告诉我们什么
一条忠告
致全球所有领导的 7
WOMENSHENME

心理学家研究发现，每天一点的持续压力对我们健康的影响远远超过偶尔发生的灾难事件。日常生活中的压力往往存在已久，而人们却又在有意无意地忽视它，两者的反差往往导致在身体无法承受压力时突然崩塌，酿成悲剧。

2008年4月29日，涌金系掌门人魏东由于承受不了巨大的压力，当着家人的面，选择用结束自己生命的方式来逃避痛苦。魏东的辞世在整个金融界内引起了轩然大波。如果用财富衡量一个人的成功，魏东无疑是许多人的榜样。这位生于1967年的年轻富豪正是虎狼之年，麾下涌金系控制九芝堂、国企证券、涌金集团三家上市公司，个人资产超过70亿元。

显然，压力已经成了企业家这个精英阶层的隐形杀手。在魏东的遗书中，强迫症成了罪魁祸首。据其亲友介绍，魏东是一个追求完美、渴望成功的人，他"决不允许自己出错"。他可以接受别人的负面，但不接受自己的负面，可谓"宁叫天下人负我，我决不负天下人"。由此可见，魏东也一定是多疑的，但他与枭雄曹操不同，曹操疑的是外人，而魏东怀疑的对象却是自己，这就是强迫症——习惯性地对自己不能确定。单就强迫症而言：过分拘谨，做事犹豫不决，缺乏果断力及创新精神，往往过分注意细节，力求一丝不苟，追求十全十美。在处理事物时，往往有不安全感，不确定感，不完善感。不难想象，当一个人长期生活在这样的环境之中，心理难免在重压之下出现畸变。

2005年1月3日，陕西金花集团副总裁、ST金花副董事长徐凯在西安某酒店上吊自杀，终年56岁……惨痛的教训不胜枚举。2007年8月，广东佛山利达玩具有限公司老板张树鸿因所产玩具在美国检出含铅超标而被召回，在自己工厂的仓库一角自缢身亡。

逝者已去，唯求安息。但魏东之死留给我们的却不应该仅仅是扼腕叹息。企业家这个光鲜群体的健康问题又一次成为热议的焦点。

马克思说过，"一个国家只有在劳动6小时，而不是劳动12小时的时候，才是真正的富裕。财富就是可以自由支配的时间如此而已。"由此可知，人不可能用消耗时间的方式创造出自有支配的时间。这是一个零利润的过程，说明了"财富"的外在性与虚无性。人与人生来具有相差无几的寿命，即天生均富。

然而，我们的企业家总是有太多的工作要做，时间可能被秘书安排的满满当当，一举一动都由不得自己做主了，自己完全成了一个赚钱的机器。以至于有些企业家常常感叹何时才能在午夜零点之前睡觉，何时才能有一次"睡到自然醒"。尤其是那些正值壮年的创业者，他们总希望为自己一手打造出的企业帝国多贡献一份力量，总认为休息是退休之后的事情。然而，即便他们身体"看似"依然健康，但心理上却已经达到了崩溃的临界点。

企业经营不善是压力，外界环境突变是压力，心理上孤独也是压力，脆弱的生命在各式的压力面前显得不堪一击。更何况常年高强度的工作状态，已经让企业家这个群体身心处在了亚健康的状态。当我们的企业家在感慨："忙，实在太忙了"的时候，其实应该更多地想到，他们不仅仅是企业的领导人，更是家庭的主心骨。他们也是父母，也是儿女，更重要的，他们也需要对自己的生命负责。

比尔·盖茨大概把这一切都看透了，所以在 52 岁的时候就主动地离开了他的办公桌。退休，退掉的不仅是权力还有忙碌和压力，得到的是休闲，获得的是他之前无比羡慕的自由时间。我国的很多企业家对盖茨的退休和裸捐十分赞叹，但同时也表示自己尚且做不到。这也就意味着他们还得承受压力，无法自由享受休闲。就这一点而言，盖茨依然比他们富有，而且更加富有。

人生智慧

人生是一次长跑，衡量生命的价值，不在于你在压力下能够跑得有多快，而在于你最终能够离开起点多远。

健康是左，财富是右

有时，我们很迷惑。钱真的很重要吗？为了钱，真的可以什么都不计较吗？经常听到有人说，40 岁前我们是在用命赚钱，40岁后用钱买命。但钱真的能买来生命吗？

条忠告
致全球所有领导的 7
比尔·盖茨告诉我们什么
035
BIERGA
WOMENSHENME

2005年8月，年仅46岁的艺术家高秀敏因心脏病突发与世长辞。同月30日，影坛巨星年仅42岁的傅彪因患肝癌在北京去世。

2007年5月13日，《红楼梦》中林黛玉的扮演者陈晓旭抛开了自己的亲人和亿万家产在深圳病逝……

这些熟悉而响亮的名字，因为各种疾病就这样离开了我们。深深的不舍与痛惜之后，我们听到这份如此沉重代价换来的对于健康关注的警钟在急鸣，同时也向以追求财富为人生第一要义的社会普通大众发问：如果健康是左，财富是右，你愿意选择左还是右呢？在财富和健康的选择上，比尔·盖茨给我们做出了一个很好的榜样。

盖茨是有名的工作狂，这是世人所知的。他常常数十个小时一动不动地呆在电脑前面编写着一串串枯燥无味的代码，但很少有人知道他在发展事业的同时还特别注意健身。因为在他的理财观中，健康比赚钱更重要。

四轮旱冰是最富有挑战性和刺激性的，它是盖茨的最爱。另外，他所喜欢的运动还有跳舞。一位女证券分析师从上个世纪八十年代便与盖茨有来往，她评价道："他的脚一踏进舞池，整个人就陶醉了。"

盖茨的姐姐是当地的女子网球冠军，在姐姐的亲自教授下盖茨也成了一名出色的网球手。后来，他养成了一种习惯，为了既能运动又不浪费宝贵时间，有时他用握球拍的那只手练习写一些毫无意义的字词以协调腕部肌肉，有时甚至在同他的下属们开会时也会在纸上乱涂乱画，身体在椅子里前仰后倾。

盖茨爱好运动，注重健身的习惯让他在毫无规律的编程生涯中继续保持着健康的体魄。许多年前，人们形容刚刚创业时候的盖茨有着一张长不大的娃娃脸。当时，许多竞争对手就是被这个外形清瘦、头发蓬乱、带着头皮屑的大男孩的那张诱人上当的面孔所迷惑。如今，成为了一个令人敬畏的商业巨子的他在合理的健身运动中，那张脸依旧显得年青。

健康是福，健康是财富，这是毋庸置疑的。健康不存在，谈何奋斗？健康是生命力的主要源泉，是成就事业的先决条件，是工作的原动力，是生活快乐的基础，于社会、家庭、个人都至关重要。因为缺乏身体的条件而不能实现梦想，乃是一生中最痛苦的憾事。如果健康永远地离你而去，就会觉得整个世界都是没有意义的，都是令人难以忍受的。这就是健康的力量！

有位知名的企业家曾经说过："我只有真正得了这个严重的病，躺在手术台上，把自己的命交给手拿手术刀的医生的那一刻起，才真正体会到健康的重要性，生命是那样的脆弱，人在生病的时候是那么的无助。之前，我也说我知道健康的重要性，也知道抽烟喝酒不好，也知道不按时吃饭不好，也知道半夜不睡不好，但真正做的时候却又是另外一回事，因为我没有真正的体会到病来如山倒的可怕。现在，我终于知道了，所以现在我做得比谁都好。可惜的是，身体经过这场浩劫，永远也不可能回到过去那个生龙活虎的状态了，我知道的还是太迟了。"

其实，健康是需要靠平时不断维护的，花费1元钱的保健 ＝ 8元钱的治疗 ＝ 100元的抢救费用。

其实，这个道理很简单，一般人都知道，就像一部新买的自行车，用的时候爱惜点，经常保养一下，查一下，上上油，就不大会坏了，这个保养费用只要1元。而有的人，用了以后就不管了，让它淋雨生锈，等骑不了了才去修理店修一下，这个修理费是多少呢？8元。还有人车子骑不动了还硬骑，直到最后哪个地方扭曲变形了或干脆断了才送进修理店，重要零件可能只好换了，这个费用是多少？100元。

现在流行的说法是："年轻时用身体赚钱，年老时用钱买身体。"这种说法好像颇为符合残酷的现代社会，但问题是用身体的健康去赚钱值不值？用钱能不能买回健康的身体？没错，离了钱人将寸步难行。但如果你的眼里只有钱，那你就是十足的金钱奴隶；如果你拿自己的身体去换钱，那你就是百分百的傻瓜。你用尽了力气去赚钱，到头来却没有力气去花钱，你岂不是白忙活了一场？再说，虽然金钱可以买到很多东西，但惟独健康是个例外。健康好比是一个定额的账户，透支只会让你的身体变得千疮百孔，任何灵丹妙药都不能让其复原。先进的医疗技术只能减少你的疼痛，延长你的寿命，却无论如何也不能还你一个健康的身体。

比尔·盖茨曾经说过，人们总是过高地估计未来两年的机会，而过低地估计未来五年的机会。人不要只看到眼前的机会，有时候向远处看，你会发现许多机会正在一步步向我们走来，机会越多成功的可能性就越大。既然如此，我们又何必以牺牲健康为代价，把"宝"全押在今天呢？

人生智慧

以健康为代价换取金钱，实在不能算是明智之举。我们不能坐井观天，目光短浅，而应当站得高，看得远。因为只有保持健康的身体，才有资本去实现更高的理想。

不能赢了事业输了健康

人们每天谈论的话题都围绕着金钱、财富、事业、权势，关注的也是这些生不带来、死不带走的东西。如何让生活删繁就简，让财富带给我们快乐而不是负担，如何在利益的面前保有一隅心灵的宁静，这些都值得我们每一位去认真地思考。有一位 46 岁猝死的大学教师留下了这样的座右铭："宁可三日不食茶食，不可一日不求进取。"他长期坚持学习到深夜，每天早晨 6 点起床做 100 个俯卧撑。过于强烈的成就动机透支了他的健康，乃至生命。

常言道，会玩的人才会赢。盖茨在工作之余有许多爱好，特别喜欢冒险运动。微软刚创业时，设在新墨西哥州的阿尔伯克基，他买了一辆保时捷 911，常常驾车在沙漠中飞奔；他曾因半夜在街上疾驶而入狱，靠艾伦把他保出来；微软搬到西雅图后，他 3 次因超速而被警察撕了罚单，有两次是在同一条街上被同一位警察抓住的。有时，盖茨在完成了一项软件程序设计后就会和朋友开着高速轿车风驰电掣地上路，时速达 120 迈。

在学习飞行时，第一次盖茨像大多数试飞的学员那样，所驾驶的滑翔机起飞后不久就撞到了沙丘的侧坡。等到第二次的时候，盖茨就根据教练的指导使滑翔机平稳地落在陡峭的沙丘底部。虽然后来他有过无视不能翻转滑翔的规定，结果被挂在距沙丘底部百米处的一处荆棘上的历险，但总起来说他还是比其他人更快地学会了飞行。虽然他的健身方法与众不同，但是他表示，就他本人而言，健康比财富更重要，而且他希望这一观点同样被其他人所接受。

许多人的一生就是这样，追逐这个，追逐那个，没完没了，可到头来没一样真正属于自己。如果一个人的追求不能使生命更灿烂，反而更加沉重，那它又有什么意义呢？

比尔·盖茨曾说过："我为那些非常富有的人的突然死去感到耻辱。"

2004年11月7日，均瑶集团迎来了一场几乎灭顶的灾难。这一天，他们失去了年仅三十八岁、前途灿烂耀眼的董事长。很多人都记得，当消息传来时每个人原本的表情都被茫然和惊慌所掩盖，没有一个人知道当王均瑶突然离开这个世界、突然离开这个集团时，会导致一个什么样的后果；也没人明白今后这个集团是否还可以真实地存在。因为在员工们的眼里，王均瑶就代表着集团本身。

在常人眼中，他已经不再需要"几近不要命地工作"。很多人都对他的拼命和劳累感到震惊和不可理解。但事实却是，随着事业的台阶一步步地推向巅峰时，王均瑶也在极度兴奋地跟随这个庞大的机器运转，"他把自己也看成了一枚螺丝钉"。同样是"螺丝钉"，别人可能还有松懈的一天，但王均瑶的弦却是时刻都紧绷着。2003年，他在考察浦东的一块商业开发地时，曾经自己拿着地图开着车前往实地勘测，并还用自己的脚一步一步地去丈量。他的死，不光给企业家带来"在企业发展到相当规模之后，仍然'事必躬亲、拼命三郎'是否是可取的管理方式"的疑问，最重要的是给同行敲响了一个惊天的警钟：要钱，还是要命？

王均瑶当年的敬业程度自然不必赘言。当年的他"只要离开集团数日，回来之后找他审批签字的人就会排成长队"。和很多企业家一样，王均瑶的事业与成就无疑是以类似的过度操劳和透支健康作为代价而换取的。他的死，也引起了人们对中国企业家健康状况的极大关注：一方面，当然在于他掌握着大量的社会资源，其命运关系到身后企业的兴亡和类似家族企业的生存状态；但更重要的是另一方面，也就是王均瑶的死并不是孤例，而是已经逐渐变成了一个现象。它反映出的是中国企业家，尤其是民营企业家在精神和体力上普遍的过劳状态。

他们在成就个人辉煌的同时，也付出了沉重的代价。意味着一个生命的消失，一个家庭的散裂，一个梦想的破灭，一个已经删除并永远无法复制的人生，以及亲人之间核反应链式的无尽痛苦。

作为一个时代的传奇，总资产35亿元，"胆大包天"的年轻民营企业家王均瑶离我们而去。他的离去给中国企业界留下了"天才短命"的宿命神话。之后不久，南民，年仅37岁，如日中天的浙江富豪英年早逝，人们的第一感叹几乎都是"又一个王均瑶"！这种方式不应该是民营企业家的宿命，因为在大多数情况下，与事业相比，生命的价值毕竟要高上一筹。

人的精力是有限的，成功的人不一定要不分日夜地工作。在提高工作效率的前提下，适当地放松和休息是非常有必要的。如果确实忙不过来，就聘请有能力的人来帮你打理事业。那种赢得奖牌和利润，最后却输了身体的人，是算不上真正意义上的成功。要想实现可持续成功，一定要学会休息，做到有张有弛。看来，培养一些业余的兴趣和爱好是非常必要的，不但可以使生活丰富多彩，还能缓解繁重的工作压力。

人生智慧

善待自己的生命才是最大的事业。人的精力是有限的，成功的人不一定要不分日夜工作。你离功名和利益远些没关系，健康和快乐比任何财富都重要。

钱是赚不完的，生命却是有限的

人生在世，难免要与功名利禄、荣辱得失打交道。许多人是以荣誉和功利名禄为人生最高理想，目的就是为享荣华富贵并福祐子孙。总之，人活着就是为了寿、名、位、货等身边之物。对于功名利禄，可说是人人都需要。但是，与生命相比，所有这一切都是次要的。也就是说，没有生命也就没有了一切。所以，每个人都要好好珍惜生命，尊重生命。

2008年6月27日，美国微软公司创建人之一比尔·盖茨向800多名微软代表发表演说，正式宣布辞去微软执行董事长的全职工作，并表示今后80％的时间将用于比尔及梅琳达·盖茨基金会的慈善工作当中。

比尔·盖茨的退休很有勇气，也很有远见，这是一种大智慧的表现。退居林下的他空间更大了，而且也更自由了。裴多菲的"若为自由故，两者皆可抛"，足以说明自由对于人的重要性。人是不能做金钱奴隶的，这点比尔·盖茨很理智，如果继续做下去，金钱会更多，再做十年除了金钱的数字在增加外，又有什么呢？

人生是有限的。谁都不知道自己生命的休止符号定格在哪一个时间点上，中国人把寿命比作气数，气数已尽，也就是走完了自己的一生。有些人很有钱，但缺了气数，年纪轻轻就走了；有些人并不富裕，日子过得平平常常，却很有气数，活得很长，把一次生命用足了也是值得的。

曾看到一个哲理故事，一个富翁到海边旅游，见到一个渔夫躺在风景宜人的沙滩上晒太阳，便问渔夫：为什么不出海打鱼？渔夫反问：为什么每天都要打鱼？富翁说：这样可以多赚钱啊！渔夫又问：赚那么多钱有什么用？富翁答：赚够钱后就可以享受生活，去旅游、去海滩晒太阳……渔夫哈哈大笑：我现在不是正躺在海滩上晒太阳吗？富翁顿时无语。

然而，现实生活中有不少长寿者却是在轮椅上或在病榻上度过的，有的还是在输液瓶下度过的，而且这种状态还维持多年，这能说是快乐吗？所以，仅形式上活得长还是不够的，还要有质量才行。那么，怎样才是有质量的活法呢？

首先要健康，年纪上去了难免有病，但行动要自如；其次衣食无忧，一般生活所需的费用够用就可以了；第三保持愉悦心情，也就是心理足够年轻。快乐其实很简单，但又不是谁都能做到的。

041
—— 条忠告
致全球所有领导的7
比尔·盖茨告诉我们什么
BIERGA
WOMENSHENME

　　诸葛亮可谓是一代英杰，赤壁之战等广为世人传诵之作，莫不显示其超人智慧和勇气。然而，他却日理万机，事事躬亲，乃至"自校簿书"，终因操劳过度而英年早逝，留给后人诸多感慨。诸葛亮虽然为蜀汉"鞠躬尽瘁，死而后已"，但蜀汉仍最先灭亡。这与诸葛亮的不善授权不无关系。试想，如果诸葛亮将众多琐碎之事合理授权于下属处理，而只专心致力于军机大事、治国之方，"运筹帷幄，决胜千里"，又岂能劳累而亡，导致刘备白帝城托孤成空，阿斗将伟业毁于一旦？从诸葛亮身上，我们可以将阻碍授权的认知因素归纳为：对下属不信任、害怕削弱自己的职权、害怕失去荣誉、过高估计自己的重要性等等。最终落了个"出师未捷身先死，长使英雄泪沾襟"的下场。

　　有人说：欲成大业，身体是最大的资本。没错，健康的确是生命力的主要源泉，没有健康，生趣则索然，效率则锐减，生命也会因此黯淡。而个人成功的秘诀，就埋藏在自己的脑海里、神经里、肌肉里、志向里、决心里。作为一个人，体力和智力是最要紧的东西。因为体力和智力决定了人的精神状态、生命力和做事的才能。而体力和智力的强弱，则依赖于一个健康的身体。因此，一个人能有健康的思想和健康的身体，本身就是一大幸福。健康的身体是体力和智力的载体，是成就任何事业的基石。所以，欲成就大事者，必须要珍惜自己的身体，保持身体健康，增强自己的体力，发展自己的智力，并汇集全副的精神，对体力和智力做最经济、最有效地利用。

　　一个人要想完成对于整个生命的成功紧密联系的大事业，那么他就必须付出全部的力量，否则结果只能是失败。如果你有强健的身体，不论做什么事情，都不会陷于被动，而会完全出于主动，出于自告奋勇。这样，工作就不是出于被动和勉强，你就会坚强有力，专心一意，最终必定会有独特的开创性成就。因为强健的身体里蕴含着伟大的创造力，强健的身体可以增加人们各部分机能的力量。所以，做起事情来与那些体质衰弱者相比自然效率就更高、更有成就。

　　古今历史上有重大成就的人物，往往都把健康放在第一位。美国总统西奥多·罗斯福之所以能力挽狂澜，实行"新政"，并获得成功，是由于他拥有健康这一资本。他曾经说过："我本是体弱多病的孩子，因为能够注意锻炼，身体就日趋健康，精神日见充沛，所以做每一件事，必定能达到预先确立的目的。"

犹太人是世界上最会赚钱的商人，然而犹太人并不是只知赚钱的工作狂和守财奴。恰恰相反，他们注重饮食，更注重充分的休息和享受生活。犹太人很知道少休息少活几年和多休息多活几年中的利弊。因此，他们懂得保护自己身体健康的重要意义。犹太人多是商人，同普通人相比，有一个特点就是忙，因为钱永远是赚不完的，付出越多的时间，就可以赚到越多的金钱。但是，如果休息和工作发生了冲突，该怎么办？犹太人会毫不犹豫地放弃工作，选择休息。对于犹太人来说，身体健康才是根本。

人生智慧

金钱固然重要，但是健康才是我们应放于第一位的，因为健康的身体是体力和智力的载体，是成功任何事业的基石。

健康，人生最大的财富

法国物理学家居里夫人说：幸福的基础是健康的身体。这句话一语道破了其中的玄机。人的一生是福是祸，是喜是愁，是贱是贵，比起人的生命都是微不足道的，只有拥有健康的身体才是幸福。

《道德经》云："吾所以有大患者，为吾有身，及吾无身，吾有何患？故贵以身为天下，若可寄天下；爱以身为天下，若可托天下。"意思就是说，我之所以有大患，是因为我有身体。如果我没有身体，我还会有什么祸患呢？所以，珍贵自己的身体是为了治理天下，天下就可以托付他；爱惜自己的身体是为了治理天下，天下就可以依靠他了。

面对工作的压力，很多人总是来也匆匆去也匆匆，忙得不亦乐乎。有的是被生活所迫不得不四处奔波；有的是为了骄人的业绩而不停地忙碌；有的人为了拥有更多的财富呕心沥血，最严重的情况是有一些企业的精英甚至为了事业过度劳累而英年早逝。

比尔·盖茨告诉我们什么

043

一条忠告
致全球所有领导的 7

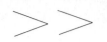

人们工作的目的是为了更好地生活，人们创造财富的目的是享受人生，而不是单纯为了创造而创造。以牺牲健康为代价去赚钱敛财是不值得的。

比尔·盖茨在工作之余就很懂得享受生活。热爱运动的他在闲暇时间往往通过一些户外的活动来获得放松。当他的老朋友史蒂夫·鲍尔默结婚的时候，盖茨以"微软"总裁的名义放他一个礼拜的假，并且还和他的妻子梅林达兴致勃勃地接受了鲍尔默新婚夫妇的邀请，一起到寒冷的阿拉斯加玩狗拉雪橇，度特殊的蜜月。让鲍尔默大为感动的是，盖茨夫妇对零下30度的严寒没有半句怨言，并且乘着雪橇一跑就是50多公里。

每个人的人生都只是一次单程旅行，人们常说黄泉路上无老少。能够拥有今天就是拥有生命，是自己惟一能够确知的生命，尽量利用今天使自己对某件事情感兴趣，培养一种爱好，以高昂的兴致来过今天，享受今天盛开的玫瑰。因为今天的你是健康的，并因为拥有健康而感到幸福。

马克思在读大学时就曾接到父亲这样的一封信："……祝你健康，在用丰富而有益的食物来滋养你的智慧时，别忘记，在这个世界上，身体是智慧的永恒伴侣，整个机器的状况好坏都取决于它。一个体弱多病的学者是世界上最不幸的人。因此，望你用功不要超出你的健康所能容许的限度。此外，每天还要运动运动，生活要有节制。我希望，每次拥抱你的时候，都会看到你是一个身心越来越健康的人。"

人的一生很短暂，需要我们做的事情却很多。但唯有健康是最重要的。如果我们在年轻时过度地透支自己的身体，在老年时疾病就会找上你，就会让你为此付出代价。无论何人，只要能拥有一个健康的身体，能够做自己想做的事情，这就是福，这就是人生最大的快乐。

身体健康是革命的本钱，健康的直接表现形式是生命。而生命对于每一个人来说只有一次，一个不懂得保持健康、珍惜生命的人，将注定一无所有。有位智者说得好：财富是留给孩子的，权力只是暂时的，名声乃是以后的，只有健康才是属于自己的。所以，我们在艰苦奋斗、争取成功的征途中务必要注意保持健康。

BIER GA
045
比尔·盖茨告诉我们什么
条忠告
致全球所有领导的7
WOMENSHENME

企业家的身体和企业一样，要学会预防风险。而最有效的方法就是定期体检，半年一次，及时发现问题，及时采取措施。其次，企业家需要培养健康的生活方式。很多企业的企业家成功之后，很快就成为公众人物，各种各样的应酬、公司的问题都成为了他们的负担。因此，学会健康的生活方式，重视自己的健康，合理安排和调节自己的生活方式，是企业家面临的一门非常重要的功课。现在很多企业家都有一个误区，就是总是想拼命地创造财富，或者把自己沉浸在理想的一个工作世界里，但对于自己的健康却忽视太多。一个健康的企业家，也应该有健康的生活方式，这样才可以造就健康的企业。再次，企业需要建立好的公司管理结构。难道企业就一定要独裁，一定要企业家事必躬亲才可以发展壮大吗？宗庆后 50 块钱以上的单子都要亲自签字，汇源的总裁都交给副总裁去签字，但是娃哈哈和汇源却都是目前成功的企业。这说明，好的企业不仅仅依赖于好的企业家，更需要建立好的公司管理结构，包括合理的授权、系统的人力资源结构、建立好的管理制度等。目前，绝大多数的中国民营企业依然延续着家长式的、包办一切的家族管理，随着企业的发展壮大，其弊端也暴露出来，一旦企业家身体撑不住，企业就会有麻烦，但是再强的人也无法承受企业所面临的全部压力和挑战。因此，一个好的企业家，还应该是一个好的教练，能够培养一个团队来承受企业的重压。

没有一个健康的身体，再蓬勃的事业、再幸福的人生又有何意义呢？看看万科集团的董事长王石吧，每年都抽出 1/3 的时间来登山、漂流、滑雪、飞伞等，但是万科却依然是房地产领域的领先企业，王石的影响力和万科的品牌也在不断发展。企业家不仅需要经营企业的智慧，还需要经营人生的智慧，健康是经营一切的基础，企业家和老板们该思考一下了。

我们希望每一个职业人都能够去关注自己身体的健康，关注自己的心理健康。工作是美丽的，其实健康是幸福的，而不仅仅是奋斗是幸福的。现在强调一种可持续的发展，你要明白，不要过于珍惜自己的工作时间，应该去珍惜自己的休息时间，休息是为了你更好地、高效率地去工作。

| 人生智慧 |

只有强健的体魄、充沛的体力、旺盛的精力、聪慧的智力，才能成为你成就大事业的最得力助手，才能成为推动事业的最大动力和最根本的保证，这是一条铁的法则。

用生命换取财富是愚蠢的

拥有 500 亿美元个人资产的世界首富比尔·盖茨在接受路透社电话采访时表示，他建立的比尔及梅琳达·盖茨基金会非常关注健康问题。该基金会每年都可以从微软公司收到 6 亿美元的资助，用以发展公共保健事业。

盖茨的基金会将与美国国家卫生研究所共同启动一个名为"全球健康挑战"的运动，召集全球最顶尖的科学家，一同研究人类社会所面临的疾病问题。盖茨说："没有任何一件东西比健康更重要，从事医疗保健事业更是如此。计算机技术对我而言是一个非常有吸引力的领域，该领域的发展十分重要，然而与健康相比，财富和高技术都只能名列其后。"

在上帝的眼里，显然只有生活与工作实现平衡的人生才是丰富而多彩的。小王是某企业的主管，白天在公司，晚上在报社工作，周末还到补习班、大学走学，一天睡眠很少超过三小时。他追求的人生目标：第一是成功，第二是金钱，第三是家庭。至于健康，则根本不列入考虑范畴。由于长期超负荷工作，他的体质虽然显著变弱，但他依然自认体健如牛，无论大病小恙根本就不会找到自己。不幸的是，在一次例行的身体检查中他才知道自己患了血癌。在住院接受化疗期间，他开始反思自己过去几年的生活和工作，意识到自己的人生目标顺序应该重排，家庭与健康才是首要的。

长期的过度工作必然会有损健康。健康才是长久工作的基石。亿万富翁约翰洛克菲勒所拥有的名望不光是钱财，还包括健康与长寿。

由于标准石油公司日常管理的巨大压力，在洛克菲勒的身上出现了一些过度疲劳的早期症状，在医生和家人的奉劝之下，他慢慢地将自己的生活重心从工作转向了日常生活，并为自己总结了一套养生之道。

洛克菲勒在给伊莱扎的信中写道："我现在天天吃芹菜，因为我知道芹菜对神经很有益处。"他尽量把下午的时间消磨在福里斯特山中，"享受伊利湖令人心旷神怡的空气"。洛克菲勒对草药和其他民间疗法表现出强烈的兴趣，还向一位助手建议，每天早餐前吃一片桔子皮会有助于戒烟。

对于 19 世纪 80 年代纽约上层社会风行的购置游艇热，洛克菲勒一贯是持抵制态度，却对装有暖气设备的马厩中的骏马非常喜欢。下班后，他时常与弟弟威廉赛上一圈，身边还坐着兴奋不已的小约翰。洛克菲勒十分喜爱赛马，有一次他对儿子说："昨天我跑了 4 圈，两天加起来一共跑了大约 80 英里。"

著名的金融家摩根，在人们看见他的大多数时间里，他或者在休假，或者在娱乐，他每周的工作时间不到 30 小时。人们大为不解，就问他为何如此轻松却赚到了那么多的钱。他回答说："那其实是工作的一部分，只有远离市场，才能更加清晰地看透市场。那些每天都守在市场的人，最终会被市场中出现的每一个细节所左右，也就失去了自己的方向，被市场给愚弄了。"

现代社会是一个充分讲求效率的社会，残酷的竞争和快节奏的生活让人们意识到：效率就是生命。很多人为了追求有成就的事业，为了追逐梦想与利益而不停地奔跑，好像上足了弦的发条一样拼命工作。洛克菲勒认为，人的生命应当依附于身体，借此才能展现人生的多姿多彩，不要以为自己的健康体魄是天生始然，并因此毫无忌惮地透支身体能量，牺牲与家人团聚的时间。

看看我们的企业家，他们有的拥有无穷的才华，拥有超人的智慧。也正因为如此，他们的智慧和才华自然就成为了整个企业运作的核心，光芒四射，除了他们自己，再也找不出第二个人能够如此卓越的带领企业的发展。如果自己不亲自参与，整个企业的体系就会被打乱，很多决策无法形成，也无法执行，这在很多知识型企业，竞争激烈行业的很多中小企业较为普遍。他们为了彰显不尽的才情，为了更大的荣耀、辉煌和成就感，拼命的工作着。另外，还有的企业家白手起家，创立庞大的家业，大权独揽，没有良性的管理架构的支撑，没有人去承担应该承担的职责，很多事情都需要亲自处理，每天超负荷工作，一发不可收拾，直至身体崩溃、垮掉，这在很多大型企业、家族企业较为普遍。

有调查表明，中国企业家和创业者一般每天要工作14个小时左右，他们在成就个人成就的同时，却也付出了沉重的代价。其实，这种趋势对于中国企业家来说并不是一个好现象。因为很多精英的猝死再次向每天日理万机的企业家、老板们发出了警告：企业的负责人需要学会放下自己身上的包袱。但是，如何才能够让一个企业家放下包袱呢？如果企业家智慧过人，他就难免会有施展才情的无限欲望；如果企业家大权独揽，他可能想放松也很难。因此，从根本上来说只能从健康意识、公司管理结构等方面来缓解一些压力。

在犹太人的生活中，有这样一个不成文的规定，每个安息日，即从星期五的日落到星期六日落的24小时中，他们会放下任何事情，给自己放假。有一人对他们的这个规矩很不解，于是问一个犹太人："你工作一小时可赚钱80美元以上，如果每天休息一小时，一个月就少赚2400美元，一年就将少赚2.88万美元，你认为这样做值得吗？"

这名犹太人的回答令人十分意外："假如一天工作8小时不休息，一天可赚640美元，那我的寿命将减少5年，按每年收入20万美元计算，5年我将减少100万美元的收入；假如我每天休息一小时，那我除损失每天1小时80美元外，将得到5年每天7小时工作所赚的钱，现在我60岁，假设我按时休息可活10年，那么我将损失28.8万美元，28.8万美元和100万美元谁大呢？"

如果你还在透支自己的健康，不妨多看看犹太人教给我们的生命与财富的计算方式。没有充分的休息就没有最佳的工作状态，犹太人的精明之处就在于他们懂得如何计算休息与工作之间所产生的最终利弊得失。

人生智慧

生活的追求永无止境，真正的智者懂得权衡利弊，做出最恰当的选择。追求固然重要，但在健康面前它也只能退而居其次。

三、散尽家财　超脱的财富观念

"如果你已经习惯了享受，你将不能再像普通人那样生活，而我希望过普通人的生活，我害怕享受。"

从首富到首善的华丽转身

　　2008 年 5 月 12 日，中国汶川发生 8 级地震，各国政府、慈善机构和国际友人纷纷伸出了援助之手，而其中盖茨基金向灾区捐款 2500 万美元。2008 年 7 月微软董事长比尔·盖茨退出日常管理工作，转而把精力专注于慈善事业，并宣布把自己 580 亿美元的个人财产捐给慈善事业。无疑，这使他成为了世界上最慷慨的慈善家。

　　但比尔·盖茨并非天生就是慈善家，他曾经对慈善毫无兴趣，被称为最抠门的富翁。当时，要求他捐赠金钱、回馈社会的呼声日益增高，并成为一股强大的社会压力。有的报刊发表文章，历数美国各大富豪家财若干和捐献若干，然后笔锋一转，直指比尔·盖茨身为世界首富，竟一毛不拔，真是岂有此理。但比尔·盖茨照样我行我素，对所有这一切置若罔闻，不屑理会。可盖茨的家人越来越感到局促不安了。对那些大报大刊含讥带讽的酸语凉言，可以装没看见、没听见，可是当地社区的舆论压力总不能完全置诸脑后吧。比尔的父亲老盖茨在当地算得上一位德高望重的退休律师，他的母亲玛丽在西雅图地区也是一个有头有脸的社会活动家，对慈善事业一向相当投入。人们对儿子的指责使他们觉得颜面无光。在这种舆论笼罩下，母亲还怎么劝别人慷慨解囊，投入慈善事业呢——你自己的儿子做得怎么样？

　　"他母亲和我一直在推动他、劝告他，作为一个好的公民，一定要为社会做些事。"老盖茨后来回忆说。但比尔·盖茨却听

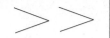
不进去。尽管他非常爱他妈妈，有时实在觉得妈妈的唠叨让他不耐烦，便大声回嘴说："妈妈，妈妈，我有一个公司要管理。我为社区能做的最好的事情，就是让这个企业成功。"在比尔·盖茨看来，每个人有每个人回馈社会的方式，自己从事的高科技事业，不就是给人类造福？再说，微软公司解决了数万人的就业，推动了相关产业的繁荣，带动了美国经济的活跃，这难道不是对社会的贡献？

然而，1993年比尔·盖茨和梅琳达的非洲之旅使他对慈善事业有了新的认识……

1993年秋天，比尔·盖茨和当时还只是女友的梅琳达以及其他几个朋友一起到非洲去旅游。梅琳达相貌乍看并不出众，但是却非常聪慧。更重要的是，她还有一颗仁爱的心。这次非洲旅游，本来是一次休假，一次轻松愉快的游玩。但谁也没想到，当地人的生活引起了他们心灵的震撼，也从此改变了许多人的命运。

在扎伊尔，当时由于殖民主义统治的后遗症以及政府腐败、通货膨胀，他们走过的一个个城镇都死气沉沉——狭窄街道两旁的商店全钉上了木板，犹如鬼城。他们看到光着脚的妇女不得不头顶着水罐、怀抱着孩子走几英里的路到市场去；在小小的露天市场，几个妇女把少得可怜的一点儿蔬菜放在地上卖，再没有其他东西。梅琳达后来在《商业周刊》记者采访时回忆说，"看着妇女们走啊走，那种景象确实震撼了我们。我们曾经一路上用目光搜寻走路的妇女，就是为了看她们是否穿着鞋？——没有，她们全是赤脚。"妇女的困境使包括盖茨在内的每一个人终生难忘。

在非洲其他各地，他们在路上还看到了无数饿得皮包骨的孩子……这一切让盖茨和梅琳达心烦意乱。

但真正使他决定投身慈善事业的是母亲的去世，这彻底的改变了他。

1994年，就在比尔·盖茨和梅琳达结婚后不久，比尔·盖茨挚爱的母亲玛丽便因乳腺癌去世了。当时，有超过1000名哀悼者参加了她的追悼会。在会上，西雅图市长诺姆·赖斯称她是"非凡的市民领袖和慈善家，献身社会公益事业的斗士和杰出人士"。当时的场面很是令人感动，也让比尔·盖茨感触很深。盖茨的父亲当时就快要从律师岗位上退休，他和儿子讨论在哪些方面提供社会援助，随后他建议成立一个基金会，他可以帮助打理。1994年，威廉·盖茨基金会在他的地下室里创立了，很快众多邮件蜂拥而至，邮差都开始抱怨了。到年底，这个基金会收到了9400万美元捐款。

1995年，在纪念玛丽逝世一周年时，他们捐赠给华盛顿大学1000万美元，建立玛丽·盖茨奖学金。玛丽一向非常重视教育，这笔奖学金使很多大学本科生受益。盖茨和梅琳达还捐献了100万美元给西雅图的福瑞德·哈金森癌症研究中心。

从此开始，以前那个一毛不拔的"吝啬鬼"一反常态，开始大笔捐赠，"挥金如土"了！直至捐出自己的全部财产，不给子女留一分钱。可以说，这完成了他人生意义上的又一次重大转变。

人生的转型，其实就是人生的重新定位，这是大方向上的完全改变。尤其是那些从成功中走出来的人生开放者，往往都富有人生的创造力，善于人生转型。换句话说，他们善于抓住能使自己整个人生命运都发生重大改变的机会，并且因为拥有人生"创造力"，往往能使自己的人生有个翻天覆地的蜕变。

我国著名的乒乓球运动员邓亚萍，凭着刻苦的精神13岁夺得全国冠军，19岁夺得奥运会金牌。但很少有人知道的是她在运动生涯结束后，还进行过一次艰难却值得佩服的人生转型。

众所周知，运动员因为职业原因没有时间系统地学习文化知识，退役之后往本领域方向继续工作，这几乎成了一个"定例"。心态开放的邓亚萍就不信这个邪，也偏偏不走这条路："临近退役时，我便开始设计自己将来的路，有人认为运动员只能在自己熟悉的运动项目中继续工作，而我就是要证明：运动员不仅能够打好比赛，同时也能做好其他事情。哪天我不当运动员了，我的新起点也就开始了。"

邓亚萍1997年退役进入清华大学攻读英语专业，她的起步比任何人想象的都要艰难——她连背完26个英语字母都很吃力。但她相信勤能补拙："我给自己制定了学习计划，一切从零开始，坚持三个第一：从课本第一页学起，从第一个字母、第一个单词背起；一天必须保证 14 个小时的学习时间，每天 5 点准时起床，读音标、背单词、练听力，直到正式上课；晚上整理讲义，温习功课，直到深夜 12 点。"最终，心态开放的邓亚萍不但顺利完成了四年大学的学业，还留学英国诺丁汉大学并获得硕士学位，最后进入英国剑桥大学经济学专业攻读博士学位，还成为了北京申奥的形象大使，完成了惊人的人生开放转型历程。

> **人生智慧**

人生转型是我们每一个人都要面临的问题，也是人生的一门大学问。善于人生转型者，善于"创造新人生"者，往往能获得人生的跨越式发展，实现人生突围。

尽舍钱财，成天下之大善

1999 年《福布斯》评选，盖茨居世界亿万富翁首位，纯资产850 亿美元。而当时葡萄牙的国民生产总值是 840 亿美元，爱尔兰是 810 亿美元。按当年的国民生产总值，他一个人的财产就是匈牙利、冰岛和卢森堡三个国家的总和。与世界级大公司相比，他也毫不逊色：按市场价值论，曼哈顿银行是 620 亿美元，福特汽车公司 600 亿美元，麦当劳 570 亿美元，都少于比尔·盖茨一人的家产。然而，盖茨在接受一家电视台的采访时，曾表示要捐出他所有的财产，并把 80％ 的时间投入到慈善事业中。

无疑，盖茨的人生是成功的人生。事业的巨大成功为他带来滚滚财源的同时，也为他带来了极高的知名度。而秉着"来之于社会，用之于社会"的理念，盖茨又将创造的巨额财富全部捐献给了慈善事业。

不久前，国内富豪还在为抗震救灾到底该捐多少而斤斤计较，甚至至今仍有少数富豪的捐赠款没有全部到位。与比尔·盖茨相比，这些富豪要学习的实在太多太多。

盖茨把巨额财富看成是巨大的权利，同时也是巨大的义务。盖茨不但为慈善事业捐出了全部财产，而且还传递出"以最能够产生正面影响的方法回馈社会"的慈善理念，为国内富豪们好好地上了一堂财富课。在中国，富豪人数随着改革开放和中国经济的快速发展迅速增加，每年的胡润富豪榜中我们都能够看到许多身家过亿的大富豪，他们财富的增长速度令世界咂舌。但是，他们对慈善事业却没有表现出应有的热情，不热衷于做慈善事业。这归根结底是财富观念的落后，与盖茨的财富观相比，我们的富豪大多把财富视为追求名利、追求个人价值的手段和目的，挣钱是为了光宗耀祖，是为了子孙后代，是为了出人头地。

在这种财富观念下，要他们拿出大部分财产，甚至全部财产来做慈善事业，是很困难的。国内富豪们最要学的，就是盖茨的财富观，只有富豪们真正意识到巨额财富的巨大社会义务的时候，才能承担起更多的社会责任。

国内富豪之所以死守着自己的巨额财产，一方面是为自己富足生活的考虑，更受用于人们对财富拥有者顶礼膜拜的无上虚荣。他们生怕一旦失去财富，自己的人生就会从天堂跌入地狱，就会感受世态炎凉。这也说明，这些富豪们胸襟还不够豁达，他们在今后的慈善之路上还有很长一段路要走。

另外，国内的福利保障和鼓励慈善捐赠的法规不完善也是一方面的原因，这在一定程度上影响国内富豪热衷于慈善的积极性，但更主要的是国内富豪"留财为后"的陈旧意识在作怪。

也许在今后的 100 年中，人们提及盖茨时，多半会提及他的13 年蝉联世界首富的尊崇，提及他建立的软件帝国而对世人生活方方面面的影响，提及他哈佛高材生半途辍学的魄力，更不会忘记提及他将全部财富反馈给社会的慷慨。

对盖茨的崇拜者来说，盖茨从企业家到慈善家的转型无疑强化了他作为资本英雄的个人魅力。美国洛杉矶加州大学三年级学生文森特对记者说，他一直对盖茨的所作所为抱着一份羡慕和崇敬，而盖茨此次的举动"会让那些一夜暴富后忘乎所以，醉心于购买飞机、游艇、豪宅供个人享乐的精英们汗颜"。即便是那些一直憎恨微软垄断者形象的批评人士，这一次也似乎找不到指责的理由了。在硅谷一家软件公司上班的程序员马克自称是微软公司的一贯反对者。他在接受记者采访时说："作为世界上最富有的人，赚钱已经不是盖茨考虑的事情。他的财富可以让他做任何想做的事情。很显然，他的兴趣已经发生了转移。"

在捐款后，特别是在媒体的炒作之后，创业者们不得不反思创业的目的，成功者们不得不反思财富的归宿，打工者不得不反思工作的价值，旁观者不得不反思评判的尺度……

比尔·盖茨在世界上的重大影响，除了盖茨创办的微软公司和世界巨富的头衔外，还因为盖茨是世界上最大的慈善家。盖茨的传奇人生，不但在于其不断创造财富的激情人生，更在于竭力践行慈善事业的精彩人生。

人生智慧

其实，财富本身没有罪孽，创造财富同样是件善事，我们需要屏住浮躁的气息，做问心无愧的事情，而不是攀比、炒作或冷漠。

身外物，不奢恋

人们常说，钱财乃身外之物，生不带来，死不带去。然而，又有几个人能真正的做到呢？

托尔斯泰讲过一个故事：有一个人想得到一块土地，地主就对他说，清早你从这里往外跑，跑一段就插个旗杆，只要你在太阳落山前赶回来，插上旗杆的地都归你。那人就不要命地跑，太阳偏西了还不知足。太阳落山前，他是跑回来了，但已精疲力竭，摔个跟头就再没起来。于是，有人挖了个坑就地埋了他。牧师在给这个人做祈祷的时候说："一个人要多少土地呢？就这么大。"

其实，我们每一个人所拥有的财物，无论是房子、车子……无论是有形的，还是无形的，没有一样是属于你自己的。那些东西不过是暂时寄托于你，有的让你暂时使用，有的让你暂时保管而已，到了最后，物归何主，都未可知。所以，智者把这些财富统统视为身外之物。

比尔·盖茨是世界首富，也是世界上最慷慨的慈善家。在公众卫生和教育上的投入也超过任何政府。

1994 年，创立了威廉·盖茨基金会。1999 年 8 月 23 日，当比尔·盖茨再次宣布捐巨资给慈善基金会之后，他的"威廉·盖茨基金会"一跃成为美国五大基金会之首，基金会总资产达 171 亿美元。

1997 年创立了盖茨学习基金会，是为教育改革、大学奖学金及全美图书馆因特网接入等事项提供资助的慈善机构。随后，他合并了威廉·盖茨基金会和盖茨学习基金会，诞生了比尔及梅琳达·盖茨基金会，他向这个基金会捐赠了他在微软的大部分个人股权，令全部捐款额增至 210 亿美元。他父亲表示，如果说他在此之前的慈善行为表现"极好"，"那么这次称得上不可思议"。

他们非同寻常的基金会是全球最大的慈善团体。该基金会自 2000 年成立以来，仅在全球卫生事业上就投入了 60 亿美元，目前的年支出超过了世界卫生组织。基金会所获捐款的确太庞大了，只要善加利用，该遗产会一直延续下去，甚至在微软被世人遗忘很久以后。

盖茨夫妇与其他重要慈善家的不同之处，在于他们成为慈善家时都相对还很年轻。大多数基金会创始人在退休前，既没有时间也没有精力做这项工作。盖茨夫妇的主要目的是减少全球的不平等现象。在美国，实现这一目标的主要手段是推动教育改革，给穷困阶层拨款。在其他地方，则是利用科学解决发展中国家最棘手的一些问题：包括疟疾、肺结核和艾滋病等"被忽视"的疾病。

1993 年，他们夫妻俩到非洲度假，在那里他们亲眼目睹了贫困和疾病。"在结婚时，我们想到退休后投身慈善事业。"梅琳达说。"对问题了解得越多，我们就越投入。疾病不等人。"

对于金钱，盖茨向来信奉"取之于社会，用之于社会"。他已经建立了两个慈善基金会——"盖茨学习基金会"和"威廉·盖茨基金会"。前者侧重于数字时代的公众网上图书馆的建设；后者侧重于人类的健康。盖茨为基金会投入了巨额的资金，光是 1999 年前半年，他就投入了 80 亿美元。盖茨还透露了一个小秘密，那就是要把他的两个慈善基金会合并成一个名叫"比尔及梅

BIERGA

055

比尔·盖茨告诉我们什么

——条忠告
致全球所有领导的 7

WOMENSHENME

琳达·盖茨基金会"的慈善机构。盖茨说："在过去的几个月时间里，我已经投入了不少的股份，所以现在慈善基金的总数额已经达到170亿美元。"盖茨此举对美国的慈善事业起了极大的推动作用。美国《慈善月刊》杂志的编辑斯塔西·帕尔默说："大家都知道盖茨多次表示愿意把自己的收入捐给社会，但谁也没有想到他的动作会这么快，也从来没有人像他这么年轻时就愿意把如此巨额的钱捐给社会。"

1999年8月，英国《星期日泰晤士报》发表文章，披露老盖茨在接受采访时宣布，比尔·盖茨计划捐出他按照当时的计算所拥有的1000多亿美元的财产，只留给他的孩子每人1000万美元，捐款主要用来帮助那些遭受艾滋病和疟疾困扰的病人。《星期日泰晤士报》援引老盖茨的话说："我的儿子因为其财富受到很多不公正的偏见和批评，但是我很乐观，大量捐献已经证明了我们的慷慨。我们不在乎这些指责。"

当初老盖茨夫妇一再催促盖茨履行一个公民回馈社会的"义务"，还为之焦虑不已。比尔·盖茨后来的所作所为，远远超出了他们以及所有人的想象，让老盖茨喜出望外。在接受由卡内基公司颁发的慈善事业奖章时，老盖茨以一个"自豪的父亲"的身份，热泪盈眶地说："我现在只有一个愿望，就是希望他（比尔·盖茨）的母亲也站在这里，看到这一切……"

古希腊哲学家科蒂说："一个人生活上的快乐，应该来自尽可能少的对外来事物的依赖。"这个世界物欲无穷，而人生却太有限。一个人想要贪占天下所有的东西，灾难就来了。物欲为己，此生不宁；物欲为后，子孙不旺。古人早已告诫过我们："以德遗后者昌，以财遗后者亡。"一个人要顺其自然地、平淡地看待物质的享受，得之无喜色，失之无悔色。什么都想得到的人，结果可能什么都得不到，甚至连自己已经拥有的也会失去。一个平淡对待自己生活的人，可能会意外地收到惊喜。

欲望无穷，但人生却是有限的。在一个人的有限人生过程中永远在追求，无论是贪婪的，还是不贪婪的，总会到最后的那一瞬间才会知道自己最终的目标是什么？

| 人生智慧 |

人生短暂几十年，赤条条来，又赤条条去，何必物欲太强，贪占身外之物？"身外物，不奢恋"是思悟后的清醒，它不但是超越世俗的大智大勇，也是放眼未来的豁达襟怀。谁能做到这一点，谁就会遇事想得开，放得下，活得轻松，过得自在。

钱要用在刀刃上，绝不乱花一分钱

节俭是我们中华民族几千年来一直提倡并保持下来的传统美德，影响着所有中国人的行为。两千多年前的《左传》中就有"俭，德之共也；侈，恶之大也。"的论述。对于生活富足的人来说，基本的物质并不是他们的主要追求，他们所追求的是怎样实现人生的价值。而对于那些生活艰苦的人，能够解决温饱问题已经是他们最大的满足了。

大仲马说："节约是穷人的财富，富人的智慧。"这句话说得好，因为节约本身就是一个大财源。范仲淹当宰相后，仍睡木板床，铺旧棉被，用旧瓷器，吃家常饭。一次他生病，皇帝前去探视，看他太清苦，特赏给他一套精美的睡具和器皿，他没有用，皇帝问他为什么，他说："我身为宰相，俸禄很多，我一铺张，下面的官员就会效仿，朝廷风气会变坏。"皇帝听后夸他："真宰相。"

节俭是一种美德，古今中外的杰出人士莫不提倡，简朴的生活可以让人远离物欲的侵扰，过一种更为纯粹的生活。

世界首富比尔·盖茨在结婚后，经常会与妻子梅琳达选择肯德基或是到一些咖啡馆就餐。

一次，盖茨与梅琳达来到一家墨西哥人开设的食品店，这里被公认是西雅图最实惠的商店。刚一进店门，盖茨就被"50%优惠"的广告词吸引，在不远处的葡萄干麦片的大盒包装上的确写着这样几个字。

盖茨似乎不敢相信这个标价。因为同样的商品在本地的一些商店要比这里的价格高出一倍。盖茨想得知它的真伪，便上前仔

细端详。当他确认货真价实时，才付钱买了下来，并告诉梅琳达："看来这里的确如同人们所说的那样，我今天很高兴自己没有被多掏腰包。"

盖茨几乎很少回家吃午餐，通常他会在公司以汉堡包当午餐，这已经成为他的习惯。有一次，办公室来了一位新秘书，名叫里卡，为了庆祝她的生日，盖茨特意带着她和米丽亚娜·露宝与其他几个职员来到一家高级饭店，每个人都点了酒与风味菜肴，只有盖茨点了酒与汉堡包。梅琳达后来抱怨说："你为什么不点些菜，你那样会让里卡感到难堪的。"盖茨笑笑说："我就喜欢吃汉堡包，没想那些。"

平日里，如果没有什么特别重要的会议，比尔会选择便裤、开领衫以及他喜欢的运动鞋，但是这其中没有一件是名牌。他有时还会光顾一些很有特色的异国小商店，"淘"一些异国的特色商品。即使是花几美元钱，比尔·盖茨也要让它们发挥出最大的效益。

我国的大文学家欧阳修曾经说过："下之用力者甚勤，上之用物者有节。民无遗力，国不过费。"意思是说，节俭利于家邦。明太祖朱元璋抑奢倡俭，使得国家富强，人民安居乐业。与此相反，清代慈禧太后穷奢极欲，铺张浪费，致使大清朝走向衰亡。节俭对于治国的重大作用是显而易见的。同样，对于一个企业来说也是很重要的。

盖茨还把这个节俭的传统带到了微软。在微软，人们运用金钱更是精打细算、锱铢必较，花钱一定讲究实效。微软刚刚创业时，兼任微软总裁的魏兰德将自己的办公室装饰得非常气派，比尔看到后非常生气，认为魏兰德把钱花在了这上面是完全没有必要的。他认为，如果形成这种浪费的作风，不利于微软的进一步发展。

尽管微软今天已是一个雇用将近 5 万人的公司，但还是一直保持像刚创业的样子，一直维持"创业维艰"的心态。微软的员工都非常懂得节俭。因此，一些人称这是微软的"饥饿哲学"。盖茨告诉他的员工："我们赚的每一分钱都来之不易，是我们的血汗钱，所以不应该乱花，应花在刀刃上。"

早在 1984 年微软就开始逐渐走向成熟，这年在美国凤凰城举办了一届电脑展示会，盖茨应邀出席。主办方事先给盖茨订了张头等机舱的票，盖茨知道后没有同意他们的做法，然后硬是换成了经济舱。还有一次，盖茨要到欧洲召开展示会，他又一次让主办方将头等舱机票换成经济舱机票。主办方认为，比尔坐头等舱便于与其他业界人士进行沟通，但是比尔知道后大发脾气，他隔一会儿就走到展示会主持人面前，向他索要 200 美元。因为头等舱与经济舱的差价正好是 200 美元，并且还气生生地说："这 200 美元我不向他要，向谁要？"

在私人的金钱花费上，盖茨非常节制，但是在事业上有时他会不惜重金让自己的产品打入市场。起初微软公司的 DOS、Windows 软件是搭配在个人电脑上的，这样可以让电脑的购买者产生一种想法：这些软件是完全免费的，最终使 Windows 系统软件在市场上的占有率高达 90％。在微软推出 DOS 的时候，IBM 虽然与其选择的几家软件公司进行了合作，但是操作系统都是作为配件选购的，消费者可以自行决定购买哪种产品。

尤其是在竞争激烈的时候，盖茨会不惜一切代价取得市场，那时他并不在乎钱的问题。在占领 DOS 市场的时候，其他软件价格都在 50～100 美元，而比尔会以接近免费的低廉价格，即 1.5 美元推出自己的产品。正是由于微软公司操作系统的普及，客户会认为这些系统整合得很好，便会一同购买微软公司的其他软件。

当互联网逐渐发展起来的时候，微软为了与网景抢占网络浏览器软件市场，盖茨决定免费赠送客户大量的软件、使用手册与免费的电话服务。相比之下，网景的行销则显得很保守。虽然这会让微软一时亏损许多，但是却由此获得了大份额的市场。凡是做过营销的人，都会明白这些，产品销路不畅的问题对一些小公司来说特别重要。如果以很低的价格出售自己的产品，对他们来说也是非常危险的。但是比尔更清楚，一旦自己的产品成为行业标准，将会产生不可估量的价值，所以他一直告诫梅琳达不要为了在营销上少花钱而绞尽脑汁。

节俭与否和贫富并无直接的联系。也许，穷时节俭是不得已的，只为渡过困难；但富时节俭是主动的，是对自己一种有意识的磨练，是一种"居安思危"的好作风，是一种优秀的品德，可以磨炼我们的意志，使我们受益终生。三国时诸葛亮曾在《诫子书》中说过："静以修身，俭以养德。"这正体现出节俭对于提高自身道德修养的重要作用。事实上，自古以来凡品德高尚者大都注意勤俭节约。

人生智慧

比尔·盖茨在生活中遵循他的那句话用钱："花钱如炒菜一样，要恰到好处。盐少了，菜就会淡而无味；盐多了，苦咸难咽。"而在营销上，只要利于公司发展，绝不会为少花钱而费尽脑汁。

在巨富中死去，是一种耻辱

曾经有人为盖茨算过一笔账：他所拥有的财富可以买 30 多架航天飞机，或 344 架波音 747 飞机，拍摄 268 部《泰坦尼克号》，买 15.6 万辆劳斯莱斯的本特利大陆型豪华轿车。对这一大笔财富，盖茨一直在寻找一个最好的花钱方式。在"五十知天命"时，他为自己找到了人生后半程的道路——做一个慈善家。实际上，近年来他已经把大约 20% 的时间投入到了基金会的工作中，行善的足迹遍布世界 100 个国家。他的财富被用于解决当今世界最迫切的问题：贫穷、无知与疾病。而盖茨对慈善事业的热衷，也带动了一大批高科技行业的财富人士为社会公益事业慷慨解囊。美国一位对慈善事业颇有研究的学者认为，盖茨即将实现的转型代表了美国社会一种重要的文化变迁，并将激励更多致富后的人，在造福人类的同时完成自身的精神升华。

金钱是适应商品交换的需要而产生的，随着商品经济的高度发展而逐渐成为财富的象征。中国人，不乏有坚韧的毅力和吃苦耐劳的精神，很多富豪都经历过掘到第一桶金的艰难，而且在成为富豪的道路上，也体现了他们的聪明才智。

"穷则独善其身，达则兼济天下"，这是我国古代仁人志士的理想。然而，目前中国内地的富豪数量不少，其中某些人不是吝啬的"守财奴"，就是挥霍无度的"暴发户"。尤其在年轻一代中，财富又多用于对时尚的追求，对享乐的贪婪和虚荣的爱慕，促使了整个社会趋向浮华和奢靡。但这些富豪们对慈善事业却相当"冷漠"，中华慈善总会曾做过一项统计，该会所获捐赠的70％都来自国外和港台地区，内地富豪的捐赠不到15％。而据报道，在美国，其中最富有的美国人中20％所捐赠的钱，占了全部慈善款的三分之二。

在我国，拥有了钱，也就拥有了至高的身价。但是，在把赚钱当作一项事业的时候，有多少人会想到"取之社会，用之社会"呢？他们更多的是让自己的下一代继承财富，一代接一代地留予子女享用，而很少以慈善的方式回馈社会。

这使人们不禁想起巴尔扎克笔下的葛朗台，其荒唐的举止，变态的心理读来令人目瞪口呆，啼笑皆非；其丑恶的灵魂，贪财如命的本性在世人面前暴露无遗。

葛朗台一生只恋着金钱，从来只是认钱不认人。侄儿查理为父亲的破产自杀而哭得死去活来，他居然说："这年轻人（指查理）是个无用之辈，在他的心里是死人，而不是钱。"在葛朗台看来，查理应该伤心的不是父亲的死，而是他不仅从此成了一贫如洗的破落子弟，而且还得为死去的父亲负四万法郎的债。

人死是小事，失去财富是大事。妻子要自杀，葛朗台根本无所谓，而一想到这会使他失去大笔遗产，他心里就发慌。于是，他千方百计地抢夺了女儿欧也妮对母亲财产的继承权，并惺惺作态许诺按月付100法郎的"大利钱"。可一年下来，他一个子儿也没舍得给女儿。太太生命垂危之际，他惟一的思考是治疗"要不要花很多的钱"。葛朗台把爱奉献给了金钱，而把冷漠无情留给了自己。他花了两三年的时间，用"他的吝啬作风把女儿训练成熟"，而且"变成了习惯"，他这才放心地把伙食房的钥匙交给她。欲守财，必吝啬。吝啬，是一切守财奴共有的特征。

葛朗台是个占有狂。他抢夺女儿的梳妆匣，像老虎扑向睡着的婴儿一样。他担心女儿分去他手中一部分家财，"在女儿面前打哆嗦"，完全失去了常态。晚年患了"疯癫"，只能坐在轮椅上

靠人推来推去，但他还亲自看藏着金子的密室。教父给他做临终法事，他竟想把镀金的十字架一把抓在手里。他临死时最依恋的不是惟一的女儿，而是将由女儿继承的那笔财产，并吩咐女儿要好好代为管理，等到她也灵魂升天后到天国与他交账。

为了抓着几百万财产的大权，他对自己的亲生女儿也决定巴结、哄骗，直到"利用女儿的感情占了便宜"。他表面上关心太太的疾病，骨子里却担心遗产被分割。一度，他对妻子、女儿"百依百顺，一心讨好"，也是为了将家财集中到自己手里。葛朗台的种种伪装，掩盖了的是一颗利欲熏黑的心。

葛朗台是个刽子手。一次，他发现女儿把600法郎送给查理，就大发雷霆，立刻把女儿囚禁在冷室，只给她冷水、面包。他因怕破费，竟不肯请医生给妻子看病，加重了妻子的病情。他专横冷酷，阴险毒辣，为了财产竟然逼走侄子，折磨死妻子，不许女儿恋爱。在守财奴的词典里，除了金钱，是没有什么亲情、人性、道义可言的。

在葛朗台的一生中只有两个字：金子。金子，浸透了他卑鄙的灵魂，支配了他一生的行为，占有了他全部的生命。他做过的种种丑恶的表演，都说明他是个爱金如命的守财奴。

卡内基曾经说过，"在巨富中死去，是一种耻辱。"而我们的富豪们，有几人不是在对财富的留恋中死去？

事实上，在美国有一大批包括盖茨、巴菲特在内的富豪认同这一理念。富有的人应该比一般人更有社会责任感，更知道财富对社会的意义。盖茨把巨额财富看成是巨大的权利，同时也是巨大的义务。我们不能要求所有的富人都具有这样的价值观、财富观，然而与盖茨的财富观相比，中国的一些富豪确实应该反思。

人生智慧

在巨富中死去，是一种耻辱。人，不应该让金钱浸透灵魂。死守金钱是错误，当然，奢侈享用也不可取，我们可能达不到盖茨的价值观，财富观，但我们应该反思。

在名利面前，绕开走

名与利对于人类来讲是一种永远的诱惑。常言道，"人为财死，鸟为食亡"，在名利面前人们往往会丧失理智，铤而走险。其实，名利有时候会令一个人的生活放射出美丽的光彩，但那不过是烟火似的灿烂。如果站在人生的尽头再回首，相信每一个人都会顿悟：名利如水自指缝间流逝，如云烟在眼前飘散。多少豪富之人成为金钱的奴隶，成名之人又叹"高处不胜寒"，他们为了名利耗费了一生的精力，最终使生命中最纯真的快乐丧失殆尽，这是不是可悲而苍白的人生？

也许比尔·盖茨深知这一点，因此不论在生活中还是在工作中，有问题出现时盖茨都不会首先想到用钱来化解一切。他甚至没有自己的私人司机，也从没有包机旅行过。

比尔·盖茨也很少关心钱的问题，也不在意自己股票的涨跌。钱既不会改变他的生活，也不会使他从工作上分心。他经常会告诉那些向他求经的朋友："当你有了1亿美元的时候，你就会明白钱只不过是一种符号而已，简直毫无意义。"盖茨非常讨厌那些喜欢用钱摆阔气的人。

对于物欲与浮躁，盖茨始终保持一颗清醒的头脑，即使在微软开始成为业界营业额最高的公司时，比尔的这种作风也没有改变过。1987年，盖茨与温布莱德在一家饭店约会，助理为他在该饭店订了间非常豪华的房间。盖茨一进门便发呆了，一间大卧室、两间休息室、一间厨房，还有一间特大的用于接见客人的会宾厅。比尔简直气蒙了，对着服务员大骂道："是哪个混账东西干的好事？"

正如他在《花花公子》杂志上公开发表的言论那样："如果你已经习惯了享受，你将不能再像普通人那样生活，而我希望过普通人的生活，我害怕享受。"

人心不能清净，是因为物欲太盛。欲望是无止境的，尤其是现代社会，物欲更具诱惑力。如果管不住自己的欲望，任它随心所欲，让各种欲望在内心深处滋生蔓延，杂念丛生，纠结缠绕，

BIER GA

064

比尔·盖茨告诉我们什么

——致全球所有领导的7条忠告

WOMENSHENME

就必然给人带来痛苦和不幸。物欲、利欲、私欲、贪欲、野心等等心理杂念像垃圾一样在心里堆放，让心感到非常的沉重和劳累。心理杂念造成的压力，给人们带来无穷的烦恼和苦闷，甚至是不幸和灾难。

人生在世，有许多人每天都在为柴米油盐而操劳，为蝇头小利而乐而忧，更有甚者为金钱的纠纷而反目成仇。许多人都说金钱是身外之物，然而从古到今为金钱铤而走险者不计其数。

不可否认，人生在世，无法离开金钱。也不可否认，不管积累多少金钱，离开人世时一分也不能带走。因此，在赚够了生活费用之后，仍是一味追求金钱就会失去人生的价值。唐代诗仙李白在《将进酒》一诗中写道："天生我才必有用，千金散尽还复来。"这是对金钱的绝妙写照。人生在世，贵在富而有德。富而无德则会危害众生，历史上吝啬的守财奴与挥金如土的暴发户下场都是极其可悲的。

对于生带不来、死带不去的金钱，与其说是身外之物，倒不如说是天赐之物。一个人要想活得潇洒豁达，就必须冲破金钱的束缚，以"天生我才必有用，千金散尽还复来"的心态面对生活上的压力，积德行善，修心养性。广积众德者必将财源滚滚，大德之士命系于天，衣食丰满而健康安泰。

我国春秋时期，鲁国有个宰相，叫季文子，他身居高位，却以俭为荣，从不铺张浪费。他家的住房非常简陋，也不多用仆人。

他叮嘱家人说："不要搞浮华，讲排场。饮食粗茶淡饭就可以了，衣服不脏、不破就很好。"

有一天，他有公务出门，让他的侄儿备车。等了一会儿不见动静，就径直向马厩走去。

刚到马厩门口，他就看到侄儿慌慌张张地将青草盖在马槽上，显出不安的样子。

季文子纳闷，问道："你在干什么？"

侄儿吱吱唔唔说不出话来。季文子上前一看，原来马槽里有粮食。季文子十分生气，说："我已经说过，不许用粮食喂马，有充足的草就可以了。许多穷人衣食都成问题，你竟还如此浪费!"

侄儿点点头,说:"你说的道理我懂,我只是怕别人嘲笑我们。"

季文子回答道:"被嘲笑又如何,简朴生活才是美德。"

幕僚仲孙站在一旁,不以为然地说:"大人做宰相这么多年了,出出入入连一件像样的绸缎衣服都没有。喂的马,不给粮食,只给草吃。你每天乘坐瘦马破车,难道不怕别人笑话,说你太小气了吗?"

季文子听了仲孙的话后,严肃地说:"你之所以这么认为,是因为你没有懂得节俭的意义。一个有修养的人,他可以克制贪念,因为他知道节俭可以使人向上。相反,一个人铺张浪费,必然贪得无厌。一个国家的大臣如能厉行节俭,艰苦奋斗,上行下效,百姓齐心,这个国家必然会越来越强大。"

季文子句句在理的一番话,说得仲孙哑口无言。他红着脸不好意思地低下头去。

利欲与浮躁是人心灵的蛛丝网,有多少人因图一己之欲而贪赃枉法,见利忘义,慷国家之慨,饱自己私囊;有多少人利用不义之财,挥霍无度,放浪形骸,昏昏然,飘飘然,而最终落得身败名裂,银铛入狱,成为无耻的罪人。他们被熏心的利欲吞食,给自己及家人造成无法解脱的压力。因此,真该绕开物欲与浮躁。

| 人生智慧 |

淡泊名利是人生的一件好事,它意味着你在一定程度上摆脱了物质的枷锁。相反,那些成为物质奴隶的人,虽然有房有车,未必比你幸福,因为"金钱并不等于快乐"。

不是为钱而工作,钱让我感到很累

钱只是一个桥梁,而并非是最终的归属。如果单纯的为钱而生活的话,即使你是亿万富翁,在心灵上你也是个贫者。生活本身就应该是富有情趣的,不懂得生活的人就谈不上成功。

BIERGA
065
比尔·盖茨告诉我们什么
致全球所有领导的7
条忠告
WOMENSHENME

比尔·盖茨告诉我们什么

——致全球所有领导的7条忠告

WOMENSHENME

　　有人推算，比尔·盖茨的财产净值大约是 466 亿美元。如果他和他太太每年用掉一亿美元，他们要 466 年才能用完这些钱——这还没有计算这笔巨款带来的巨大利息，那他为什么还要每天工作？

　　同所有的企业家一样，盖茨也在进行分散风险的投资。他除了拥有股票与债券外，还进行房地产投资，以及其他行业投资。虽然盖茨是个经营天才，但是他从不认为自己的理财更胜一筹，所以他聘请了一位"金管家"——小他 10 多岁的劳森，盖茨除了让他管理自己 50 亿美元的私人投资外，还让他管理比尔及梅琳达·盖茨基金会的资金。

　　盖茨总是告诉妻子，自己努力工作并不只是为了钱。对待这笔巨大的财富，他从没有想过要如何享用它们，相反在使用这些钱时却很慎重。他不喜欢因钱改变自己的本色，过着前呼后拥的生活，他更喜欢自由自在地独立与人交往，甚至见到熟人时还像从前一样热情地与他们打招呼："哦，你好，让我们去吃个热狗如何？"

　　比尔·盖茨在事业上的巨大成功，与他的个性有着很大的关系。在梅琳达刚踏入微软的时候，她就被告知，比尔是个非常特别的人。他曾经对妻子说："我不是为钱而工作，钱让我感到很累。"

　　一些心理学家发现，金钱在达到某种程度之后就不再诱人了。人生的追求不仅仅只有满足生存需要，还有更高层次的需求，有更高层次的动力驱使。其中，自我实现的需要层次最高，动力最强。

　　当一个人做他适宜且喜欢的工作，在工作中发挥他最大的才华、能力和潜在素质，不断自我创造和发展，他就满足了自己自我实现的需要。有自我实现驱动的人，往往会把工作当作是一种创造性的劳动，竭尽全力去做好它，使个人价值得到确证和实现。在自我实现的过程中，他将体会到满足感如同植物发芽般迅速膨胀。

　　斯蒂芬·斯皮尔伯格的财产净值估计为 10 亿美元，不像比尔·盖茨那么多，不过也足以让他的余生享受优裕的生活了，那为什么他还要不停地拍片呢？

美国 Viacom 公司董事长萨默·莱德斯通在 63 岁时开始着手建立一个很庞大的娱乐商业帝国。63 岁，在多数人看来是退休、尽享天年的时候，他却在此时做了很重大的决定，让自己重新回到工作中去。而且，他总是一切围绕 Viacom 转，工作日和休息日、个人生活与公司之间没有任何的界限，有时甚至一天工作 24 小时。你认为他哪来的这么大的工作热情？

还是看看萨默·莱德斯通自己对此的看法："实际上，钱从来不是我的动力。我的动力是对于我所做的事的热爱，我喜欢娱乐业，喜欢我的公司。我有一种愿望，要实现生活中最高的价值，尽可能地实现。"

就是这种自我实现的热情，使他们热衷于他们所做的事业，而非单纯地为了名和利，甚至当他们可以控制生活的时速时他们的脚还是不会离开油门。

"时间走到了今天，能让我感兴趣的不是赚钱，如果我必须在我的工作和拥有很多财富之间选择的话，我会选择工作，我觉得领导着成千上万的聪明能干的人要比在银行里拥有一大笔资金更能令人激动。"盖茨对于微软的事业始终充满了激情。"每天早晨醒来，一想到所从事的工作和所开发的技术将会给人类生活带来的巨大影响和变化，我就会无比兴奋和激动。"

在盖茨看来，一个成就事业的人，最重要的素质是对工作的激情，而不是能力、责任及其他。他的这种理念，成为一种微软文化的核心，像基石一样让微软王国在软件世界傲视群雄。"我从来未想过我会变得富有，这根本不是我的梦想，时刻激励着我向上的是一种创造与众不同的愿望。我希望成为一个成功的事业者。"

对于人生的真正意义的追求，能够使我们热血沸腾，使我们的灵魂燃亮。这种追求并不仅仅局限于一般意义上的维持生计，它在更高层次上与我们身边的社会息息相关，并且能够满足我们精神上的最终需求。

只有在追求"自我实现"的时候，人才会激发出持久强大的热情，才能最大限度地发挥自己的潜能，最大程度地服务于社

会。这种热情不只是外在的表现，它发自内心，来自你对自己正在做的某件工作的真心喜欢。

我们谈的不是瞬间的热情（这种偶尔的热情每个人都体验过），而是可以驱动一个人达到不凡成就的持久热情。相比那些被薪水所驱动的前行者而言，为满足"自我实现"这一人类最高需求而奋斗的人只占少数。所以说，持久的热情在一般人当中就像钻石般少有。

热情是梦想飞行的必备燃料。这种燃料一旦被点燃，将让你的引擎在飞行期间生气勃勃地持续运转。有史以来，热情驱使着世界上最杰出的人士，为追求"自我实现"而在他迷恋的领域里到达了人类成就的巅峰，同时推动着社会的进步。就让热情也为你做同样的事吧。

即使你还没有达到自我实现的境界，你也不要麻痹自己——告诉自己工作就是为了赚钱。不要对自己说："既然老板给的少，我就少干，没必要费心地去完成每一个任务。"或者安慰自己："算了，我技不如人，能拿到这些薪水也知足了。"而应该牢记，金钱只不过是许多种报酬中的一种，你所追求的是自我提高，所以要保持积极的工作态度。消极的思想会让你看不到自己的潜力，会让你失去前进的动力和信心，会让你放弃很多宝贵的机会，使你与成功失之交臂，也永远无法达到自我实现。

一个欧洲观光团来到非洲一个叫亚米亚尼的原始部落。部落里小伙子穿着白袍盘着腿安静地坐在一棵菩提树下做草编。草编非常精致，它吸引了一位法国商人。他想：要是将这些草编运到法国，巴黎的女人戴着这种小圆帽和挎着这种草编的花篮，将是多么时尚、多么有风情啊！想到这里，商人激动地问："这些草编多少钱一件？"

"10 比索。"小伙子微笑着回答道。

"天哪！这会让我发大财的。"商人欣喜若狂。

"假如我买 10 万顶草帽和 10 万个草篮，那你打算每一件优惠多少钱？"

"那样的话，就得要 20 比索一件。"

"什么？"商人简直不敢相信自己的耳朵！他几乎大喊着问，

"为什么?"

"为什么?"小伙子也生气了,"做10万件一模一样的草帽和10万个一模一样的草篮,会让我乏味死的。"

商人还是不能理解,因为在追逐财富的过程中,许多人忘了生命里金钱之外的许多东西。或许,那位荒诞的亚米亚尼小伙子才真正领悟了人生的真谛。

人生智慧

有时,赚钱是为了活着,但活着绝不是为了赚钱。假如人活着只把追逐金钱作为人生惟一的目标和动力源泉,那人将是一种可怜的动物。

我只是财富的看管人

如果没有一个合理的金钱消费观,那么你的事业就不可能有更长远的发展。不能因为有了一点成绩,就可以挥金如土了,要把金钱用到合理的地方上去,让金钱发挥更有意义的作用。

"我只是这笔财富的看管人,我需要找到最合适的方式来使用它。"这就是比尔对金钱最真实的看法。什么是最合适的方式?他说:"我和妻子希望以最能够产生正面影响的方法回馈社会。"他把他那580亿的财产全部捐给了慈善事业。

比尔·盖茨确实是一个与众不同的人,单从他对待金钱的态度上就可以看得出来。对他而言,创业是他人生的旅途,财富是他价值量化的标尺。

在生活中,比尔·盖茨也从不用钱来摆阔。一次,他与一位朋友前往希尔顿饭店开会,那次他们迟到了几分钟,所以没有停车位可再容纳他们的汽车。于是,他的朋友建议将车停放在饭店的贵客车位。比尔·盖茨不同意,他的朋友说:"钱可以由我来付。"比尔·盖茨还是不同意。原因非常简单:贵客车位需要多付12美元,比尔·盖茨认为那是超值收费。

对于自己的衣着,比尔·盖茨从不看重它们的牌子或者是价钱,只要穿起来感觉很舒适,他就会很喜欢。一次,比尔·盖茨应邀参加由世界32位顶级企业家举办的"夏日派对",他穿了一身套装,这还是梅琳达先前在泰国给他买的用来拍照时穿的衣服,样子还不错,只是价格还不到歌星、影星一次洗衣服的钱。他生活的教条就是:"一个人只要用好了他的每一分钱,他才能做到事业有成,生活幸福。"

在与员工的相处中,盖茨也从不像是个有钱人,他常对人说,与其说他有钱,还不如说他是"软件产业的卓越开拓者与领导者"更让他感到兴奋。他不喜欢什么事都与钱挂在一起,把金钱看成万能。一次,他在出席会议的时候,主持人给他租了一辆高级轿车,他硬是拒绝了,然后租了一辆很普通的汽车前往会场。

在微软,盖茨已经成为员工,尤其是一些新员工的榜样,他的作风感染了许多员工,所以微软员工的朴素也是很出名的。这并不是说盖茨吝啬,或是小气,他是在锻炼自己的意志力,也是在培养员工的艰苦创业精神,无疑这是一种非常可贵的精神。梅琳达也常为他这种精神而感动。

总之,要让自己的财富用得其所,不让拥有的财富无谓地耗费掉或遭受不必要的损失。

所以,假如人活着只把追逐金钱作为人生惟一的目标和动力源泉,那人将是一种可怜的动物。这等于自我贬低人生存在的价值和意义。

刘晏是唐朝著名政治家,善于管理经济。他官至左仆射,是负责全国财政的大臣。他手中管理着全国亿万钱财,而自己的生活却十分俭朴。他的马车是旧的,衣服十分普通,几乎与普通百姓一样。

有一次,刘晏乘着一辆旧马车在街上慢慢地走着。当时,北风呼啸着,卷着鹅毛大的雪片,时而东,时而西,时而在空中飞旋。好大的雪,好冷的天!等到风小了些,雪渐渐停止了,街上的店铺燃起了灯火,早饭的香味从一家家饮食店铺里飘逸出来。

刘晏使劲搓着冻僵了的双手,对车夫说:"找一家早点铺,买一些早点充饥,然后再去上早朝。"

"是,大人。"

车夫答应着，将马车停在一家店铺前。刘晏走下车子，步入店铺。他一看价格，比别的店贵，便犹豫了一下，退出了店外。

车夫问："大人，怎么退了出来？"

刘晏说："这家太贵，我们往前找一家便宜些的。"

他们往前走，在一家价格便宜的烧饼铺前停下来。他对车夫说："你去吧，买些烧饼，够我们两人吃的即可。"

车夫买来了热气腾腾的烧饼，刘晏急忙摘下帽子，将烧饼放在帽子里。然后，他和车夫一起，站在雪地里吃起来。几个也要上早朝的官员看到刘晏站在雪地里啃烧饼的样子，小声讥讽道："刘晏身为国家大臣，太寒酸了！"

"嘿，他怎么跟乡下佬似的！"

刘晏听到了，毫不在意，说："这烧饼很好吃！"他的仆人听了大家的讥讽，心中憋着气，愤愤不平地说："大人，你也太不讲气派了。你不在乎，可我们都觉得脸上无光啊！"

刘晏听了，呵呵笑着说："别被那些世俗的说法拉过去，个人要有主见。记住，仁人君子从来就是讲求节俭的。一个人光讲奢侈，那才是真正丢了身份呢！"

车夫听了，点点头说："老百姓还是赞成你的看法的。"

刘晏的家位于闹市，居处人口杂乱。他的宅院既无高楼亭阁，亦无奇花异石。因此，朋友们劝他："换个地方重新修座庭院，也可风光风光。"

刘晏笑而不答，仍然住在原处。朋友们见他按兵不动，就暗地里为他找了一块地皮。那里紧挨朝中一些大臣的宅第。若在那里修起豪华住宅，该是令人十分羡慕的。于是，地皮找好了，朋友们就告知了他。

"我们实在看不过去，你的住处太差了。一个普通的官员都比你的宅第强，何况你是掌管全国财富的大臣呢！地皮都给你找好了，你就下决心修造新府第吧。"

刘晏想了想，说："感谢你们对我的关心，但修建豪华宅院，我刘晏是决不会干的。住宅能挡风御寒、住人、休息也就可以了，不必去追求豪华。希望各位明白我的主张。"

刘晏作为财政大臣，掌管着亿万钱财，他却依然生活得十分俭朴，不贪、不占、不为私欲所蒙蔽，保持着心灵清明宁静。所以，他坦然大公、清正廉洁的美誉才得以不朽于世。

人的一生面临许多关卡，许多事情都是难以预料的。不管是名分地位还是财富，都不是自己所能决定的。人生活在这个社会中，不可能事事顺心。或许一生的努力都是徒劳，或许高官厚禄、巨额钱财在顷刻之间就会离你而去，荣耀风光成为黄粱一梦。一些人老谋深算，为了争名夺利，不择手段地算计他人，可在突然之间却已被他人算计。人何必活得这么辛苦，又何必活得这么低贱？因此，淡泊名利是人生幸福的重要前提。如果你渴望轻松，渴望真正地获得生命的意义，那么请记住——舍弃名利。

人生智慧

我们不应忘记：钱是实现人生目标的手段，不要将手段变成目标，一味追逐金钱；懂得用钱，才能成为快乐的富翁；年轻时赚钱、省钱，中年时要好好管钱，年老有钱之后却要懂得花钱，用金钱来充实自己的晚年生活。

再富不能富孩子

微软创办人盖茨在接受英国BBC电视节目访问时表示，2008年6月27日将不再做微软执行主席，并将把自己580亿美元财产全数捐给名下慈善基金——比尔及梅琳达·盖茨基金会。

比尔·盖茨为什么对自己的孩子这么狠？好不容易发家致富，难道不想让自己的家族成为世界上一直延续的最富有的家族吗？

众所周知，比尔·盖茨与妻子都十分疼爱自己的孩子。但是在满足孩子们的一些要求上，他们绝对是一对吝啬鬼。比尔·盖茨从不会给孩子们一笔很可观的钱，当罗瑞还不会数钱，但珍妮佛已经可以拿着一些零用钱买自己喜欢的东西时，罗瑞总是抱怨父母不给自己买他最想要的玩具车。比尔·盖茨有自己的说法，他认为再富也不能富孩子。

巨富之下的盖茨为何要这样对待自己的孩子？除了美国高额的遗产税之外，更重要的一点是他懂得不能溺爱孩子的道理。他

BIERGA

073

比尔·盖茨告诉我们什么

致全球所有领导的7

条忠告

WOMENSHENME

是希望自己的孩子能够自立自强，将来自己创造财富。反之，如果孩子将来不能自立自强的话，那么留再多的金钱也只会是坐吃山空，挥霍殆尽。

我们来看看比尔·盖茨的教子观：金钱的获得并不是轻而易举的；有价值的财富要靠自身的努力去积累，积累财富的过程或许比财富更重要。因此，此前盖茨曾表示，他和妻子死后只给三个子女1千万美元的遗产，其他400多亿美元（这是盖茨前几年的话，也是前几年的财产）都将返还给社会，用于慈善事业。然而，现在盖茨的财产都达到580亿美元了，却更加吝啬，"一分一毫也不会留给自己的子女"。也正是出于同样的考虑，身家620亿美元的世界首富、股神沃伦·巴菲特说，他给孩子留下的钱"不太多"，不能多到让孩子们一事无成。

在西方国家，对身价上亿的富翁而言，他们最担心的事情不是破产，而是自己的子女一事无成而把他们留下来的财产挥霍殆尽。

中国自古就有"豪门出败子"的古训。然而，随着我国经济的快速发展，人民生活水平的不断提高，老百姓的日子是越来越舒服。加上我国计划生育的贯彻实施，一户人家只生育一个孩子。因此，家长对自己的孩子也就更加的宠爱了，把他们当成宝贝，当成小皇帝一样对待。对于孩子的要求，父母总是尽量的去满足。孩子想干什么就让干什么，孩子想买什么就给买什么。殊不知，这种爱是一种溺爱，只会让孩子娇生惯养，从小挥霍金钱，养成好吃懒做的坏习惯，这对于孩子的成长是极其不利的。

现在不少父母对孩子的"中国式关爱"，甚至有一些官员为子女的"发展"走上不归路，与盖茨或者说是西方富豪父母的做法，实在是天壤之别。更重要的是，这样依靠父母的权势富起来的子女们，往往最终不能够真正独立起来，而且挥金如土，总会有散尽家财的一天，与其说是让"富"毁了一生，倒不如说是让父母毁了他们的一生！

想要自己的孩子将来有前途、有发展，关键在于孩子儿时的教育。我们的生活再富裕，也不能溺爱孩子，不能一贯地纵容他们，不能富孩子。否则，孩子只能是娇生惯养，就像是温室里的花朵，是经不起半点风吹雨打的，将来如何独立面对社会，又如

何能有出息可言！

　　美国的石油大王洛克菲勒虽然在 20 世纪初就聚敛了巨额财富，但自己的生活却非常俭朴。洛克菲勒惜金如命，16 岁就花一毛钱买了个小本子记下每一笔收入和开支，一生都把账本视为自己最珍贵的纪念物。洛克菲勒结婚时已积攒了很多钱，但买结婚戒指却只花了 15.75 美元。

　　在对待子女的问题上，洛克菲勒坚信"再富不能富孩子"的原则，他甚至都不让孩子知道自己的父亲是个有钱人。在洛克菲勒的家里，孩子们要靠做家务来挣零花钱：打苍蝇 2 分钱，削铅笔 1 角钱……练琴每小时 5 分钱，修复个花瓶能挣 1 元钱，一天不吃糖可得 2 分钱，第二天还不吃奖励 1 角钱，每拔出菜地里 10 根杂草可以挣到 1 分钱，惟一的男孩小约翰劈柴的报酬是每小时 1 角 5 分钱，保持院里小路干净每天是 1 角钱……洛克菲勒为自己能把孩子培养成小小的家务劳动力感到很得意，他曾指着 13 岁的女儿对别人说："这个小姑娘已经开始挣钱了，你根本想象不到她是怎么挣的。我听说煤气用得仔细，费用就可以降下来，便告诉她，每月从目前的账单上节约下来的钱都归她。于是，她每天晚上四处转悠，看到没有人在用的煤气灯就去把它关小一点儿。"

　　令人难以置信的是，像洛克菲勒这样节俭成性的资本家，竟然是美国的大慈善家。他一生直接捐献了 5.3 亿美元，他的整个家族的慈善机构的赞助超过了 10 亿美元。中国受益尤多，1915 年，洛克菲勒基金会成立中国医学委员会，该委员会负责在 1921 年建立了北京协和医科大学，这所大学为中国培养了一代又一代掌握现代知识的医学人才。

　　盖茨是伟大的企业家，这一点没有人会怀疑。但是，从他身家 580 亿美元竟然"一分一毫也不会留给自己的子女"这样的决策上看，他更伟大的却是做一个合格的父亲。他知道，财富是身外之物，生不带来，死不带去。而给予子女巨大的物质财富，只能让他们坐享其成，不思进取，或者终生让他们为此受累，甚至可能会毁了他们的一生！从这个角度说，盖茨的确是给中国父母上了一堂真实生动的子女教育课和财富观教育课。

比尔·盖茨不仅对财富有着通透的认识，更对父爱有着超凡脱俗的理解。他给了孩子一张洁净无瑕的白纸，让他们可以画人生最美、最新的图画。同时，他给了孩子最大的奋斗动力，赋予他们独立能力和尊严意识，以及一切普通人所能够享受的自然权利。他用全部家产换取了孩子成长的快乐，谁能说他不是世界上最好的父亲？

我国是一个有着五千多年历史的文明古国。艰苦创业，勤俭节约一直以来都是我们的优良传统，虽然现在我们的生活是富裕了，但是也不能丢失这种传统，而是应该进一步继承和发扬它。我们在关爱孩子时不应处处顺着他们，不应时时依着他们，而应时刻教育他们要养成艰苦创业、勤俭节约的好习惯。

| 人生智慧 |

拥有很多不劳而获的财富，对于一个站在人生起跑点的孩子来说并不是件好事。应该给孩子一张洁净无瑕的白纸，让他们可以画人生最美、最新的图画。

不做金钱的奴隶

许多人一生忙于赚钱，到最后却忘了或根本就不知道赚钱的初衷，将手段变为目的，拼命赚钱，不懂得如何利用金钱使自己更幸福、更快乐、更健康，也不懂得回报社会，最后变成了金钱的奴隶，变成了一个十足的守财奴。

比尔·盖茨连续多年是世界首富，据《福布斯》统计，2001年他的个人财富为587亿美元。那么多钱怎么花？他和夫人商量着，创办了目前全球规模最大的慈善基金会，主要为发展中国家的穷孩子做些善事。他曾多次捐款给中国，并与中国卫生部合作，为中国西部12个贫穷省区的3500万儿童免费接种乙肝疫苗。

在接受记者采访时，比尔·盖茨曾说过："我有机会走访了世界各地。我吃惊地发现，世界上有很多儿童得不到在我们美国人看来是理所当然的东西，如疫苗、营养食品和干净的水等。回来后，我进行了仔细的思索和研究。我发现，如果我们能提供疫苗或食品等，实际上我们就能以很低的花费每年拯救数以百万计的生命。我觉得这事很紧急，不愿等到我老了以后再来做慈善工作，所以就决定成立这个慈善基金会。我们每年给出 10 亿美元，主要用于医疗卫生事业，参与这项工作我感到很兴奋。我们已经和许多组织商谈合作，而且我们的工作已经产生很大影响。

"现在，每月我们都能收到来自世界各地的 3000 多份申请，但我们一年只能赞助 300 个左右的项目。此外，我们还给一些图书馆和学校捐款。在美国，我们主要是给低收入家庭的孩子提供奖学金，或赞助努力提高教学质量的学校。在世界其他地方，我们主要致力于医疗健康事业，尤其是妇女和儿童的健康问题。我们寻找在儿童疫苗研究领域中作出杰出贡献的高校和科学家，我们也注意一些机构，如联合国以及其他一些致力于为儿童和妇女服务的组织，并和他们进行合作。"

苏霍姆林斯基说得好："只有当财富为人的幸福服务时，它才算作财富。"

只有在财富面前保持平常的心态，才能顺利地渡过人生。真正的开心不是用金钱和权势换来的，有钱有权的富贵们，不一定人人都开心，个个都能领略生活的乐趣。

现代人越来越重视对金钱、权势的追求和对物质的占有。殊不知，金钱和权力固然可以换取许多享受，但却不一定能获取真正的开心。

过去有个大富翁，家有良田万顷，身边妻妾成群，可日子过得并不开心。挨着他家高墙的外面住着一户穷铁匠，夫妻俩整天有说有笑，日子过得很开心。

一天，富翁的小老婆听见隔壁夫妻俩唱歌，便对富翁说："我们虽然有万贯家产，还不如穷铁匠开心！"富翁想了想笑着说："我能叫他们明天唱不出声来！"于是，富翁拿了两根金条从墙头上扔过去。打铁的夫妻俩第二天打扫院子时发现不明不白的两根金条，心里既高兴又紧张。为了这两根金条，他们连铁匠炉子上的活也丢下不干了。男的说："咱们用金条置些好田地。"女的说："不行！金条让人发现，别人会怀疑我们是偷来的。"男的说："你先把金条藏在炕洞里。"女的摇头说："藏在炕洞里会叫贼娃子偷去。"他俩商量来，讨论去，谁也想不出好办法。从此，夫妻俩饭吃不香，觉也睡不安稳。当然，再也听不到他俩的笑声和歌声了。富翁对他太太说："你看，他们不再说笑，不再唱歌了吧！办法就这么简单。"

铁匠夫妻俩之所以失去了往日的开心，是因为得了不明不白的两根金条。为了这不义之财，他们既怕被人发现怀疑，又怕被人偷去，所以终日寝食难安。

《茶花女》书中有一句名言："金钱是好仆人，坏主人。"是做金钱的主人，还是做金钱的奴隶，这反映了两种不同的金钱观。

现实生活中也是如此，有些大款虽然守着一堆花花绿绿的票子，守着一幢豪华的洋房，守着一位貌合神离的天仙，却未必能咀嚼到人生的真趣味。

"金钱至上"，"金钱万能"，为了金钱不择手段固然会被鄙视，但拥有了财富成为守财奴，也同样沦为金钱的奴隶。

财富是现代生活的标志，生活在现代，就要有现代的观念。面对财富，不必遮遮掩掩，想拥有财富的想法是很正常的，正是每个人都有这种想法，才能推动社会的经济向前发展。

不管一个人有多么高尚，不想发财，只是一种无能的托词，只要他有发财的机会，有发财的能力，就一定不会放过。

有报道称：一个来自外地的打工仔为了能够得到 500 万元的大奖，不惜把自己辛苦挣来的血汗钱全部用来买彩票。结果一年下来，什么大奖也没中，反倒把一年来的辛苦钱赔了个光。于是他没脸回家，在走投无路的情况下便要自杀。

其实，买彩票支援国家建设是好事，但要是指望靠它来发财致富就不妥当了。如果这样，人就变成了金钱的奴隶，被金钱的诱惑牵着鼻子走，从而会损害人的身心健康。

人生智慧

金钱固然很重要，但是人不能成为金钱的奴隶，否则欲望就会一天天增加，而理智却会一天天减少。如何利用金钱让自己幸福，快乐，如何回报社会，才是赚钱的初衷。

四、不做小草　要做挺拔的橡树

"不管做什么事，都要弄它个登峰造极，不到极致，决不心甘。"

勤奋是勤奋者的通行证

如果说人世间有天才存在，那也只是因为他们比别人多了那份百分之一的灵感，而剩下的百分之九十九都是用来浇灌成功之花的汗水。无数事实证明，只有勤奋和刻苦才是通向成功的必经之路。

据腾讯网开展的一项调查显示，在向世界首富比尔·盖茨提问的所有问题中，有近两万名网友向比尔·盖茨提出了四千多个问题，其中问得最多的就是，他成功的主要原因是什么。对此，比尔·盖茨的回答是："工作勤奋，我对自己要求很苛刻。"

比尔·盖茨曾经说过，学校里有节假日，到公司打工则不然，你几乎不能休息，很少能轻松地过节假日。

在微软创业初期，比尔·盖茨就异常勤奋努力。微软老员工鲍伯·欧瑞尔说出了他 1977 年进入微软公司时比尔·盖茨的工作状态："那时候比尔满世界飞。他会亲自跑到各个公司跟人家谈，比如德州设备、施乐公司、德国西门子公司、法国公牛机器公司。那些公司会有一大帮技术、法律、销售及业务人员围着他，问他各种问题。比尔经常单枪匹马参加世界各地的展览会，推销产品。比尔整天都在销售产品，有时他刚出差回来就连续上班 24 小时，累了就趴在办公桌上睡一小会儿。"

虽然微软的员工们工作非常卖力，但与他们的老板相比还是要逊色很多的。事实上，比尔·盖茨至今依然如此勤奋努力，在哈佛商学院的案例中是这样说的："盖茨好像就住在办公室，他每天上午大约 9 点钟来到办公室后就一直呆到半夜，休息时间似乎就是吃比萨饼、外卖等，这样一顿饭只要几分钟，吃完后他又继续忙开了。"

在盖茨的眼中，勤奋和敬业是成功之本。因为微软一直在从事着用软件刷新世界的面貌，这项工作是神圣与伟大的。盖茨强调的激情文化，实际上也就是把这种使命感注入到自己的工作当中，敬重自己的职业，并从努力工作中找到人生的意义。其实，这就是从世俗的角度来说的敬业。

缺乏敬业精神是团队建设不容忽视的问题。因为根据盖洛普进行的 42 项独立研究表明，在大部分公司里，75％的员工不敬业，就是说公司里的多数员工不敬业。而且，研究结果也说明，员工资历越长，越不敬业。

而在微软，这种情况却很少发生。因为所有的员工都是为了自己的兴趣而来，背负着崇高的梦想进行工作。所以，在微软很少发现浪费资源，贻误商机以及收入减少、员工流失、缺勤和效率低下等现象。盖茨本人工作狂热，也给员工起了一个良好的示范作用。

在微软经历了七年之痒的唐骏，在第 8 个年头出任微软中国总裁时，上任伊始就推出一系列计划，如军乐团计划、护航计划、春耕计划，分别是针对内部、客户和合作伙伴的计划，这些也都是根据总部的策略赋予了中国的特色。而且很多举措在微软全球其他 66 家分公司里甚至都没有先例。2002 年，中国在某种意义上成了微软的"特区"，投资力度更是空前加大，这一切唐骏从中的积极斡旋功不可没。

作为一个微软的员工依旧保持着如此的工作激情，这不能不说是微软的激情文化使然。自称是"激情的狂热分子"的唐骏显然很善于调动员工的积极性。对员工提出一个理念"简单加勤奋"。他做什么事都是把问题看得简单一点，工作勤奋一点。这个最低要求就是要使员工具有敬业精神。因为除非团队成员能够尽职尽责、全身心地投入到工作中，否则他们就不可能把事情做好。而个人做不好事情，就没有团队的整体绩效。

唐骏因此在微软也创下了许多个纪录：微软中国创造了

10年历史中最高的销售纪录，同时也是微软亚太区15家分公司里以及微软全球32家大中型分公司中业务增长最快的公司；在微软全球近80家分公司当中，微软中国是惟一一家，也是微软历史上惟一一家连续六个月都创造了当月历史最高纪录的分公司。

更让他感到自豪的是，这个理念他已经贯彻了好几年了，而且一直在这么做。后来，在一本叫《从优秀到卓越》的书中，他发现了这个理念，这本书调查了1143家公司，从优秀到卓越的企业只做了一件事，就是简单加勤奋。一家企业如果能做到简单加勤奋，就做到了卓越。

这个道理看起来似乎过于简单，但实际上却是颠扑不破的真理。因为21世纪是信息时代，信息的传递，天涯比邻，任何时候，任何地方，人们都可以轻易得到任何所需要的知识与信息。当然，你也会知道昨天晚上你的竞争对手是否比你多掌握了一些你所不知道的信息。这些事情都在告诉我们：必须勤字打头，掌握时间，立即行动！

所有的一切都显示，能够超越你竞争对手的关键，能够帮助你达成目标的关键，能够帮助你占领市场的关键，能够帮助你成功的关键，只有两条，一是勤奋，二是敬业。只有用勤奋和敬业来衡量员工，业务模式才会变得更加简单，管理也才会变得更简单，员工才会更加敬业，更加勤奋。显然，这也就是微软成功的奥秘所在。

因此，当你羡慕别人坐拥巨富享受高品质生活时，当你妒忌别人拿着高薪坐着高位时，当你看到机会总是让别人遇到时，你是否反省过："我够勤奋吗？"

当我们以为自己很努力、很辛苦、付出了很多时，我们真的足够努力了吗？我们真的达到自己的目标了吗？即使我们完成了预定的目标，但我们真的做得足够快、足够完美了吗？如果你想要不断地胜任工作和职位，你就必须不断努力，不断改进！

当我们觉得一件事"只能这样了"的时候，我们更要反复劝告自己：不断改进。许多事情在我们认为"只能这样了"时，实际上它是可以再改进的，只是我们没有去想、去做。

要想取得事业的成功，就一定要用勤奋来作为保障。要不断夯实你的保障，你就要每天在自己的心中问上几遍："今天，我勤奋了吗？"

| 人生智慧 |

不要把自己的失败归于命运，把"上帝"作为借口，而不从自己身上找原因。勤奋是成功的通行证，如果你很勤奋，很努力，那么，还有什么是不可以的。

找准目标就成功了一半

在著名的《伊索寓言》中，有一个很有名的寓言：乌龟看见鹰在空中飞翔，便请求鹰教他飞行。鹰劝告他，说他不能飞行。可乌龟再三恳求，鹰便抓住他，飞到高空，然后将他松开。乌龟落在岩石上，被摔得粉身碎骨。

这则寓言讲了一个道理：选择目标远远比努力更重要。只有选择正确的事并把正确的事情做对，才是成功的基础。

比尔·盖茨是一个商业奇迹的缔造者，是人们心目中的偶像，也是一个懂得选择方向的人。他所做的最重要的选择莫过于退学。哈佛大学是多少人梦寐以求的学府，而考上哈佛大学的比尔·盖茨却在大三时，毅然决然地选择了退学。这不是一般人能够下的决心和勇气，也只有下这样决心和勇气，才可能成为非凡的人物。

"那个时候计算机技术刚刚起步，我想即便不从哈佛退学，创办微软，那个位置上也同样会有别人出现。"比尔·盖茨后来回忆说，"每一件事看上去都那么吸引人，一旦你必须挑选一种，就得舍弃其他种种。我那时候就想：好吧，假如我到一家律师事物所，而某某合伙人可能讨厌我，他们可能指派我去办那些很逊的案子，于是我想：喔，老天爷，那可能真的逊了。"

刚刚二十岁的比尔·盖茨就对计算机十分感兴趣，他深信，总有一天计算机会像电视一样进入千家万户。他坚定的信念，不但打动了自己，还打动了伙伴，打动了父母。

假如比尔·盖茨依然在哈佛深造，学习课本上千篇一律的东西，他有可能成为一名很出色的律师，也有可能会成为一位数学家，但不可能成为一个改变世界的人物。

人的一生，就如行驶在大海中的船，只有选择了正确的方向，才不会迷失在风中，才能到达成功的彼岸。

著名后印象派画家高更有一句十分经典的话："我们从哪里来，我们往哪里去？"他提出了伴随我们一生的困惑。人生旅途中，我们会遭遇许多两难的问题。选择就意味着你需要放弃其中一样，可有时我们所面对的并非西瓜和芝麻这样简单的选择，它有可能是两朵美丽的花、两棵繁茂的树，让你两样都难抛下。

这时，你又该如何是好？其实，最主要的就是我们要看清前方路的方向。方向找对了，就是一个成功的开始，而好的开始是成功的一半。

在生活中，有不少人由于选错了目标就像地球仪上的蚂蚁，看起来很努力，总是不断地在爬，但却永远找不到终点，找不到目的地。

人们常说一句俗语："男怕入错行，女怕嫁错郎。"当我们在选择自己终身从事的事业时，千万要注意把握，一旦选择错误，那就费时费力，后果将比嫁错郎更要严重。所以，一定要把握住决定自己一生的关键。

一位大学生经常在报纸上发表作品，他从事新闻工作的天分很高，有从事新闻事业的潜力。但这位大学生在毕业时却没有选择从事新闻行业，他觉得新闻工作就是报道一些琐琐碎碎的事情，而不愿去做。可是 5 年后，他却不无懊悔地说："老实说，我现在压根心不在焉，我很后悔没有一毕业就参加新闻工作。"从这位学生的身上，你可以看出他对于现在的工作心存不满，三五年就对自己的工作产生了厌恶情绪。

如果这位学生当初就选择了新闻行业作为自己的目标，或许他早就在这方面小有成就了。他失败的根本原因就在于没有为自己选择一个正确的目标，所以，几年过去了还碌碌无为。

现实中，有许多大学生为了能够更好地生活，在高考时一心只想报考那些热门的专业，全然不顾自己的兴趣和爱好。结果，一时的选择错误，却要用自己的一生来偿还。

你的一生究竟想成为什么样的人？这个问题必须在人生刚刚起步的时候就提出，并且认真思考。每个人都有着不同的发展道路，面临着人生无数次的抉择，当机会接踵而来的时候，只有那些认定了人生终极目标的人，才能做出正确的选择，把握自己的人生。"舍生取义"，这是孟子一生的衡量准绳，"安能摧眉折腰事权贵，使我不得开心颜"这是李白的终极抱负，所以他放弃了做一个御用文人，选择了纵情山水。

选择自己一生的事业不像穿衣服，可以随便找件穿上，今天穿了明天再换。事业是一个人一辈子的大事，直接影响着自己的一生。因此，选择自己奋斗事业的时候一定要睁亮眼，找个适合自己的、自己喜欢的、有发展前途的成功之路。

有人曾向意大利著名男高音歌唱家卢卡诺·帕瓦罗蒂请教成功的秘诀，他每次都提到父亲的一句话："如果你想同时坐在两把椅子上，你可能会从椅子中间掉下去，生活要求你只能选一把椅子坐上去。""选择一把椅子"，即专心干好一件事，多么形象而又切合实际的比喻。人的一生，十分短暂，不容我们有过多的选择。那些左顾右盼、渴望拥有一切的人，往往因为目标不专一，最终却一无所获。

当然，"选定一把椅子"有个重要前提，就是"椅子"一定要选准、选对。放眼望去，满世界都是"椅子"，花花绿绿，琳琅满目，但哪一把更适合你，你需要认真思量，精心挑选，要尽可能选自己最喜欢、最适合自己的那把"椅子"。

在一生中，我们会面临诸多的选择，特别是在涉世之初或创业之始，选择尤为重要。一旦看准了方向，选定了目标，就要坚定不移地走下去。哪怕这条路崎岖不平，障碍重重，为众人所不齿，同行者寥寥无几，你都要"板凳坐得十年冷"，忍受孤独和寂寞，朝着一个主攻方向努力。尤其是诱人的岔路口，你必须不改初衷，有心无旁骛的坚定信仰和超然气度将它走完，一直走进美好的未来。

所以，一定要选择正确的目标，以免付出了很多，却没有得到相应的回报。

人生智慧

成功始于选择，选择比努力更重要。面临着人生无数次的抉择，当机会接踵而来的时候，只有那些认定了人生终极目标的人，才能做出正确的选择，把握自己的人生。

认准一条路走下去

比尔·盖茨曾说过，中学毕业的你不会成为公司 CEO，只有朝着这个目标一步一步的努力，直到你将此职位拿到手为止。

一个人要想成功，树立目标至关重要。但是，为什么同样都是有目标的人，有的人成功了，有的人却失败了呢？实际上不但要制定明确的目标，更重要的是要始终专注于这个目标，认准了一条路坚持走下去，决不放弃。如果你今天想成为一个万人注目的歌星，明天想成为一个出色的商人，后天又想当一个出色的设计师，那么最终的结果将是竹篮打水一场空。

在激烈竞争的市场中，有许许多多从事电脑产业的公司不是在起步时夭折，就是在发展过程中被对手挤出市场。而微软在几十年风风雨雨的创业中，却始终保持着可持续增长的势头，不能不说这是一个奇迹。这固然与盖茨超人的自信心有莫大的关系，同时盖茨在创业过程中表现出来的一往无前的勇气和坚定不移的耐力也是令人称道的。在盖茨的领导下，微软的使命是不断地提高和改进软件技术，并使人们更加轻松、更经济有效、更有趣味的使用计算机。微软从 1981 年就开始开发后来称之为"Windows"的操作系统。而 1995 年 8 月，Windows95 发布，正式把微软推向计算机业的顶峰。

"我小时候选择的一个梦想是计算机，我想把它作为一种工具来使用。当时我选择这个梦想并不是说要挣多少钱，建立一家多么伟大的公司，我只是梦想能有这么一个非常出色的工具。现在，距离实现这一个目标已经走完一半的路程，当然，这是我一生要做的工作。我希望我最终结束工作的时候，能够完全实现这样一个梦想。"

BIERGA

085

比尔·盖茨告诉我们什么

7条忠告
致全球所有领导的

WOMENSHENME

当然，在这个过程中的风风雨雨足以让一个意志不坚定的人退缩。创业之初，当盖茨认为罗伯茨对市场上 BASIC 编译器的盗版应该负责，收回了 BASIC 的授权时，罗伯茨依据手中持有的允许其公司在十年内使用和转让 BASIC 程序和源代码的协议将盖茨告上法庭。

在那段惨淡的日子里，高昂的律师费令盖茨不知所措。与此同时，新转让的公司 Perterc 也拒绝支付微软版权费，法院仲裁过程慢如蜗牛，收入的减少和庞大的开支把微软逼到了濒临破产的境地，盖茨和艾伦几乎都捱不过去了。他们困难到了身无分文，最后盖茨只得向自己手下员工借了 25000 美金度日。但是，盖茨和微软还是坚持了下来，最终赢得了这场官司。

盖茨对那段经历至今历历在目，"他们企图把我们饿死，我们甚至付不出律师费，所以当他们有意与我们和解时，我们几乎就范。事情到了那么糟糕的地步，仲裁者用了 9 个月才发布那该死的裁决……"

而这对于盖茨和微软来说，还仅仅是开始，随着业务的开展，越来越多的软件公司成了微软利益博弈的对象，盖茨和微软也就始终在诉讼的漩涡里挣扎。正如《圣经》里所说的那样："你若在患难之日胆怯，你的力量就要变得微不足道。"盖茨在创业的道路上从来都没有失去过耐心，即使被美国、欧盟等国家和组织裁定为垄断，被迫缴纳巨额的罚金、进行业务拆分等等。对盖茨来说，坚持就是创业的助动力。

盖茨在他刚刚创立微软公司的时候，一直坚持自己亲自去拜访大公司销售他的软件，时间连续超过 6 年才慢慢将销售的工作授权出去。每一次发布新产品，盖茨总是亲自巡回全世界去销售。例如，当年的 Windows95，还有 1999 年他到中国深圳亲自销售他的"维纳斯计划"，媒体称他为全世界最有钱的推销员。

成功需要积累经验，创业的过程就是在不断的失败中跌打滚爬。只有在失败中不断积累经验财富，不断前行，才有可能到达成功彼岸。美国 3M 公司有一句关于创业的"至理名言"：为了发现王子，你必须与无数只青蛙接吻。对于创业家来说，必须有勇气直面困境，敢于与困难"接吻"。

"只有坚持不懈，才有可能成功"。伟大的创业家无一不把这句话作为座右铭。轻型商用喷气机之父比尔·利尔先后4次积聚财产又失去了财产；比萨饼创新之王汤姆·莫纳汉先后4次面临破产的危险；亨利·福特在推出T型汽车并获得重大成功之前曾两次破产。但他们都坚持了下来，盖茨也是如此。

其实，盖茨并不缺乏面对失败的勇气。盖茨要开发面向网络的操作系统 Windows NT 时，做了第一个版本不成功，第二个版本不成功，第三个版本还不挣钱，当时员工们问他这个东西真的还要做下去吗？对这个软件市场，微软真的这么重视吗？

盖茨的回答斩钉截铁，说一定要做下去，并把理由解释给大家听。员工们在他非常有智慧、非常有自信、非常执着的解释下坚持了下来，后来 Windows2000 果然成为了微软最大的一个产品。

1948年，牛津大学举办了一个主题为"成功秘诀"的讲座，邀请了丘吉尔前来演讲。演讲的那一天，会场上人山人海，全世界各大新闻媒体都到齐了。大家都想要知道这位著名的首相成功的秘诀是什么。

丘吉尔平静地走上台，用手势止住大家雷动的掌声，说："我的成功秘诀有三个：第一是，决不放弃；第二是，决不、决不放弃；第三是，决不、决不、决不能放弃！我的演讲结束了。"

说完他就走下讲台。会场上沉寂一分钟后，突然爆发出热烈的掌声，那掌声经久不息。丘吉尔的成功秘诀就如此简单。在这个世界上，真正的失败只有一个，那就是彻底的放弃，从此不再努力。

一个人一直坚持到最后实在是比较困难的。世界上成功者微乎甚微，平庸者多如牛毛就是最好的证明。要想做好一件事，就要面对无数的困难。无论是面对什么样的困难，只要你能够不放弃，就会到达成功的彼岸。

> **人生智慧**

在生命的长河中，如果你想成为一个优秀的人，一个成功的人，就要明确自己的目标，并为之奋斗不懈，万不可受到点挫折就固步自封甚至干脆放弃，必须咬住不放，定将成功。

要做自己最擅长的事

高居全球首富榜多年的美国微软公司总裁比尔·盖茨曾经说过这样一句话："做自己最擅长的事。"一个人能够及早发现自己真正有兴趣的事，并且将兴趣培养成为专长，是一种挥洒自如、淋漓尽致的人生幸福。而这种幸福，只会属于勇于尝试、不轻言放弃的人！

盖茨就是这样一个人，他清楚自己想做、最适合做的事情是什么。所以，他最后选择了自己最适合做的事情，就是专心做自己最擅长、并能在其中找到激情的工作：软件编程！公司的管理，交给了别人。当然，也是交给了最适合管理公司的人去打理。这就是"微软帝国"成功的秘密所在——适合的人做合适的事！

许多人总是把大量的时间和精力消耗在一些不重要的、自己并不熟悉的事情上。他们总是忙碌着，而结果却总是一无所获。

著名演员成龙就曾经说过：把不擅长的事交给别人去做吧！只有做自己最擅长的事情才能够取得成功。

很多人都想哪一天也弄个"功成名就"。可是，很多人，包括我们说的有一定"功名"的人，他们也并不知道自己真正的优势在哪？自己最想要的是什么？自己最适合做的是哪些事情？往往是虽有"一腔热血"，满肚子的才华，但最终也只能碌碌无为，"郁闷而死"！

所以，最好的选择就是要能够充分利用和发挥自己的资源、能力优势，做自己最擅长的事。做自己最擅长的事，会让自己的能力得到充分的发展，会让自己的工作有事半功倍的效果，会让自己更有成就感。但是，我们每天都在忙东忙西，很少能静下心来听听自己的愿望。

提起 QQ，每一个摸过电脑的人都知道的。他的创始人腾讯公司的 CEO 马化腾就是因为只做自己最擅长的事情，才取得了巨大的成功。

BIERGA
087
比尔·盖茨告诉我们什么
——条忠告
致全球所有领导的 7
WOMENSHENME

比尔·盖茨告诉我们什么
——致全球所有领导的7条忠告

WOMENSHENME

　　在三、五个月"风水"便会轮流转的网络界，腾迅5年都在做。而且只做完善和规范QQ服务的工作，是国内惟一专注从事网络即时通讯的公司。"专注做自己擅长的事情"，现在已经成为腾讯企业文化的一部分；马化腾的认真和专注更成了腾讯人最可信赖和依靠的支柱。

　　马化腾对此也不无骄傲："最初有几家有实力的企业都在做与我们类似的事儿，可只有我们一家公司专注于做即时通信服务，专注使我们技术上有了积累。其他公司多采用外包形式开发，不是自己去做，只用合同约束，用户接触的只是一个客户端的软件，这个软件工作量其实并不大，到一定规模肯定不行；当时几家公司在用户达到1000左右就不行了；我们与他们不同，在后端做的工作更多，难度也更大。"他认为，中国的用户是很挑剔的，"使用起来不稳定就不会选你，哪个好些就用哪个。"

　　专注使马化腾不受别人左右，也看得更深更远。事实也的确如此。在腾讯之前，做相似事情的企业没有一个能够养活自己，更不用提发展壮大。即使放眼全球，也没有哪一家IM运营商像腾讯这样将自己的命运吊在了即时通信这一条线上，更没有哪一家企业像腾讯这样走到与移动运营商合作这一步。马化腾坦言腾讯在产品的开发和软件功能的设计上，曾参考过国外的其他同类产品，"但这种与多方有实力的企业携手合作的商业模式，我们也是自己一路探索过来的。"在马化腾看来，专注与合作是互补的两方面，专注并不代表硬着头皮撞南墙，"在前进的过程中，发现机会就要立刻去把握它，要有敏锐的市场感觉，这种变化给过我们压力，却也是我们成功的契机。"

　　马化腾希望"专注做自己擅长的事情"的企业精神可以长期保持下去。

　　只有做自己最擅长的事情，才能够将自己的潜力全部挖掘出来，才能够将自己的事情做到极致。否则，那岂不是拿着高射炮打蚊子，没有将自己的专长用到正经的地方。

　　所谓的"三分钟热血"，经常发生在过度天真的人身上。他们往往只看表面，不重实质；或只贪图好处，不接受坏处。喜欢舞文弄墨，不见得适合当文字编辑；爱喝咖啡的人，不见得能开咖啡馆。毕竟，享受成果和努力付出是两回事。所以，当你要做一件事的时候，首先想到的应该是自己能不能从事这件事，这件事是不是你擅长的，不应该只想这件事是多么的伟大，能从这件事中得到的好处是多么的丰厚。只有确定是自己擅长的，一定能做好的事，这样做起事来才能有头有尾，不至于"三分钟的热血"。

超人的智慧、进取的态度、恒久的毅力和对目标的执著追求是成功的主要因素。如果我们用心观察那些成功的人，几乎都有上述特征。在这当中，脚踏实地，做自己擅长的事，恐怕又算是一个法宝。

在当今这个飞速发展的时代，竞争力是成功的有力保障。形成最具有竞争力的特长的最佳方法就是：做你最喜欢的事，做你最擅长的事。你可以选择一个最感兴趣的专业知识领域，从中选择一个你最喜欢的研究项目，运用你的天赋，进行深入细致地研究，一直研究到底，直到你成为这个领域中出类拔萃的专家，大家都公认你是这个领域的第一名，只要人们想到这件事就能马上想到你。如果你有了这种本领，你肯定能生活得非常好。

世界上没有人是万能的，每个人总会有自己不会做或不擅长做的事情。聪明人绕开短处，经营长处，把智慧用在自己擅长的方面，就很容易在人生的赛场上领先别人、领跑众人；而愚蠢的人是抛弃长处，经营短处，把心思和精力用在自己不熟悉或不擅长的方面，结果是永远落在别人的后面，或者永远在泥沼中跋涉，永远与成功无缘。

所以，我们都要用心去做自己最擅长的事，这样成功才会属于我们！

人生智慧

做自己最擅长的事，给自己的人生增值。寸有所长，尺有所短。只有找准自己的位置，并最大限度地实现自己的人生价值。否则，即使是所长，但放错地方也只能是废物。

做就要做到最好

史玉柱就说过：他永远只做行业中的前三名。吉列刀片的总裁也说过："要么第一，要么第二，要么退出。"而比尔·盖茨却更有魄力，据他的朋友爱德蒙德回忆说："不管比尔做什么事，他都要弄它个登峰造极，不到极致，他决不心甘。不管他做什么，他都要比别人做得更好，要达到最好。"这就是世界首富。

盖茨从小就不是一个平庸之辈，他有他的抱负和志向。他曾经对爱德蒙德说："与其做一株绿洲中的小草，还不如做秃丘中的橡树。因为小草千篇一律，毫无个性，而橡树高大挺拔，昂首天穹。"

即使还是一个孩子的时候，盖茨就具有一种执着的性格和想成为人中豪杰的强烈欲望。爱德蒙德说："学校的任何功课和老师布置的作业，不管是演奏乐器，还是写作文，他都会倾其全力、花上所有的时间来完成。"

童年的比尔·盖茨对和小伙伴们聚在一起追逐跑跳不感兴趣，愿意一个人干自己喜欢的事情。在宽松的家庭环境下，他很早就表现出了与众不同的性格，只要他想办的事情，就一定要干到最好。如果是与别人比赛，就非得胜不可，认准了的事情，任凭别人说什么，他都要一门心思干到底。

他的进取精神在整个年级是赫赫有名的，几乎没有一个同学能比得过他。盖茨4年级时，老师给他们布置了一道作业，要学生写一篇四五页长的关于人体特殊作用的作文，结果盖茨一口气写了30多页。又有一次，老师叫全班同学写一篇不超过20页的短故事，而盖茨却写了100多页。

盖茨身上散发出来的竞争精神似乎是天生的，但也与他童年时代的游戏、体育运动等密不可分。不管是与他姐姐克里斯蒂娜一起玩拼板游戏，还是在每年一度的家庭体育项目比赛上，或是与其他朋友在乡村俱乐部的游泳池里，他都会全力以赴，从不放过任何一次证明自己的机会。

一次，比尔所在学校的牧师见孩子们对《圣经》不感兴趣，就找了《圣经》中最枯燥难记的一大段文章，对孩子们说："谁要能一字不差地背诵这篇文章，就可以免费参加在太空尖塔餐厅举行的就餐聚会。"在太空尖塔餐厅就餐，是所有孩子都想参加的事情。尽管比尔的爸爸妈妈有经济能力带他登塔就餐，但好胜的比尔决心要凭借自己的能力获得这样的机会。于是，他参加了这次比赛，结果他用最短的时间，准确地背下了牧师指定的内容，获得了登塔就餐的奖赏。童年的小小胜利，使比尔对自己的追求更加执著。他认识到，干什么事情，只要有信心，就一定能够取得成功。

在上哈佛大学时，盖茨还一度迷恋上了扑克赌博。虽说是玩扑克，可盖茨一旦投入，所表现出来的热情决不亚于对计算机的热情。就好像他正在干一件他认为十分重要的事情一样。刚开始时，盖茨输得一塌糊涂。但他一点也不灰心丧气，他坚信自己打得多了，一定可以玩好。果然，慢慢地，他变成了一位玩牌高手。

"比尔没有干不成的事，"他的朋友布莱特曼说，"他总是集中精力干好一件事，决不轻易放手。他的决心就是：不干则罢，要干就干好。玩扑克与研究软件，比尔都做得很好，他可不在乎别人怎么想。"

说到学习，早在盖茨中学时代，他的数学就是全校学得最好的。即使在哈佛大学这样天才荟萃的学府，比尔·盖茨的数学才能仍很突出。

按比尔·盖茨的天分，向数学方面发展，无疑可以成为一名优秀的数学家。但他发现还有几个同学在数学方面比他更胜一筹，于是他放弃了专攻数学的打算。因为他有一个信条：在一切事情上不屈居第二。

盖茨能成为软件霸主，聪明并不是第一位的，他不愿屈居第二的志向才是真正成功的动力。试想，有此等霸气，天下谁能与之争锋？

人如果还不能在大的方面成为第一，就力争先在小的方面成为第一。事实是，第一第二不是一蹴而就的，你可以首先努力成为你所在的街区的第一第二，然后逐渐成为你所在的城市、你所

BIER GA

比尔·盖茨告诉我们什么
——致全球所有领导的7条忠告

WOMENSHENME

在的国家的第一第二，最后再成为世界上的第一第二。比如你不能成为第一 CEO，你可以成为第一面包师、第一鞋匠、第一服装师。

许多年前，一个妙龄少女来到东京帝国酒店当服务员。这是她涉世之初的第一份工作，因此她很激动，暗下决心：一定要好好干！可万万没想到：上司安排她洗厕所！

当她用自己白皙细嫩的手拿着抹布伸向那马桶时，胃里立刻翻江倒海，恶心得要呕吐，却又吐不出来，太难受了！而上司对她的工作质量要求高得骇人：必须把马桶洗得光洁如新！她认为自己不适合洗厕所这一工作，也不知道如何将厕所洗得"光洁如新"。

这时，一位前辈出现在她面前：她一遍遍地抹洗着马桶，直到抹洗得光洁如新，然后从马桶里盛了一杯水，毫不勉强地喝了下去！她不用一言一语就告诉了少女一个极为朴素的真理：只有马桶中的水达到可以喝的洁净程度，才算是把马桶洗得"光洁如新"了。这位少女看得目瞪口呆，羞愧万分，同时也恍然大悟，并暗暗下定决心："就算一生洗厕所，也要做一名洗厕所最出色的人！"当她抱着这种态度去做事时，一切困难都变得微不足道。几十年后，这位少女已从最初的服务员一步步做到了日本政府的邮政大臣。职位不断改变，惟一不变的是她不管做什么都要做到最好的毅力。她的名字叫野田圣子。

杰克·韦尔奇在 GE 有一个著名的经营管理思想，就叫第一第二战略，也就是只保留在行业中处于第一第二的企业。

曾有中国企业家问他："作为一个中小企业，我们没有足够的钱，实力不够、资源和品牌不够，即使拼了老命也很难达到第一第二，我们如何学习你？如何实行你在 GE 所推行的第一第二战略？"

对此，杰克·韦尔奇反问道："你是不是在你的细分市场当中希望成为第一名？你是不是在你的特定的发展领域当中希望成为第一名？"

因此，无论做什么事，要做就要做到最好，这样才有抵御风险的能力，才能在竞争中保持优势。只有做到最好了，占领的市场才能最大，利润才能最高。

| 人生智慧 |

　　要做就做的最好是做事的一种精神。人就要永远保持这种态度，即使我们开始从事的只是一件小事，但是我们也要力争做到最好。只有这样，我们的人生才能成功。

知道自己的优势在哪里

　　翻开盖茨的发展史，你就不难发现这位世界头号富翁，既没有高大的厂房，也没有堆积如山的原料和产品库房，只有软盘和软盘中储存的知识。他就是依靠着软盘和软盘中的知识，在短短的几十年里创造了神话般的奇迹。

　　微软之所以能取得这么大的成功，其根本原因就在于盖茨在企业发展的过程，很明白自己的优势在哪里，一直把软件作为自己主攻的方向。无论外界的诱惑如何，盖茨始终没有偏离这个方向。盖茨表示，即使是像微软这么大的公司，仍然有足够的领域去开拓，而不用脱离自己的核心业务。他还说："我们认为我们在软件领域有足够的发展机遇，你不会看到我们去收购一家咨询公司……我们也不会涉足芯片业务。"

　　在商战中，盖茨永远不会忘记数年前日本电子巨人索尼进军好莱坞惨败而归的故事。这对于电脑业界人士是很好的教训。前景瑰丽的构想有时不见得是一个好生意。盖茨因此也为自己定下了一个规矩，不去做公司能力范围之外的生意。

　　就像当初日本富豪疯狂收购欧洲绘画瑰宝时一样，Sony公司对美国娱乐业的收购同样让人大跌眼镜。在20世纪80年代末期，曾赚得天文数字、稳居电子消费市场前列的索尼公司突发奇想，一度打算大举进军娱乐事业，希望将其电子产品的优势，配合娱乐事业，创造一个比迪斯尼更大的集团。

　　尽管索尼公司做了十分细致的计划，但是他们忘记了管理娱乐事业不同于电子产品制造。同时，他们也忘记了日本人的管理模式与美国具有强烈个性的娱乐事业非常难以配合。最后，这次进军娱乐业的尝试令索尼公司惨遭失败。1994 年~1995 年，索尼出现严重亏损，这个昔日的电子巨人几乎因为横跨娱乐业而身陷泥沼不能自拔，直到 1997 年才摆脱窘境。

曾经凭借 Walkman 和 PlayStation 等消费电子产品改变了一代人的生活方式的索尼公司一直以来以其独特的大胆与冒险的传统引领着世界的潮流。在前总裁出井伸之的带领下，索尼曾连续 3 年不断变幻自我定位，但是这种追求时代制高点的快速变化始终没有给索尼公司带来实质性的收益。

相反，由于索尼的冒险精神驱使着他在众多陌生的领域频频出击，使得索尼在多元化的发展战略下在所有领域都遭遇竞争，公司原来优势产业电子业务也在这种战略的影响下显露颓势。手机方面已落后于诺基亚、摩托罗拉和西门子，笔记本电脑方面逐渐败给 NEC 和富士通，DV 方面则落后于松下，数码相机和彩电领域的情况也不容乐观。在一片颓势之中，出井伸之也于今年黯然离职。

索尼公司这次惨痛的教训，时时提醒着聪明的比尔·盖茨，不管在任何时候都要不忘冷静，不要去做任何自己不擅长的事情。的确，没有经过仔细考虑的跨行业兼并，就如同不合胃口的菜肴一样，消化能力跟公司的规模乃至决心有时并不成正比。

微软的成功，表明了知识是创造财富的一种更为重要的资源，也显示了只发展核心业务，避免盲目的多元化扩张的重要性。在信息产业界，盖茨并不是专业技术的领先者。但是，由于他执著于自己的领域，再辅以高人一筹的市场远见与不凡的经营策略，因此成功地占领了信息产业的制高点，这也是在情理之中的事情。

盖茨对知识的深度挖掘，使微软在软件领域日臻成熟起来，从而占领市场的更大份额，并逐渐巩固他的霸业，始终不游离于自己的专业之外，使微软得以崛起并不断创造出辉煌业绩。

没有人是全能的，成功的人只是比他人更懂得强化自己的优势并尽量避开自己的弱势。在确立自己的目标时，我们应当结合自身的实际情况，以自己最有优势、最可能获得成功的方向为目标，让忙碌最具成效。否则，一旦选择错误，即使比他人花费更多的气力，比他人忙上许多，也可能无法达成目标。

在美国以及世界篮球历史上，还没有哪个球星拥有像"飞人"迈克尔·乔丹那样的知名度。由于他的精湛球技，许多人为他痴迷，为他疯狂，他是众多篮球迷永远不能忘却的篮球之神。

1963年2月27日，乔丹出生于纽约市的一个黑人家庭。因为家里生活条件非常艰苦，乔丹小学时就立下了通过体育摆脱贫穷的雄心壮志。上中学的时候，乔丹的棒球、篮球、橄榄球以及田径都很出色。

进入北卡罗莱纳大学后，乔丹的篮球才华得到更充分的发展。1982年，作为一位新人，乔丹在与乔治城大学队的比赛中投入制胜一球，率领北卡罗莱纳大学队以63比62击败对手，获取NCAA篮球联赛的总冠军。

1984年，乔丹作为一名业余篮球运动员参加了洛杉矶奥运会。在比赛中，乔丹率领的美国队所向披靡，以不败的战绩战胜所有对手夺冠。乔丹平均每场得到17.1分，是球队的头号得分手。此后，乔丹正式加盟NBA芝加哥公牛队。在1991、1992、1993年，乔丹率领公牛队完成了NBA总冠军三连冠的伟业。而且，篮球界从此也迎来辉煌的"乔丹时代"。

然而，乔丹在1993年NBA夺冠后，因为已经获得了所有可以得到的荣誉，已经失去了继续打球的动力，他决定离开篮球到其他领域寻找一些乐趣。他把自己的兴趣转移到了棒球上。后来，乔丹加盟芝加哥白袜队，并参加了美国职业棒球联赛。1994年3月31日在南方联盟的一场棒球比赛中，白袜对阵伯明翰男爵队，乔丹正式出场。在这个赛季参加的127场比赛中，乔丹51次击打成功，击打成功率只有20.2%，30次盗垒，114次被三震出局。

在篮球场上叱咤风云的"飞人"乔丹，在棒球场却丝毫找不到篮球场上威震八方的感觉，丝毫找不到感觉，最终只得告别了棒球场。

就是这么个在篮球场上威风八面的"篮球大帝"，却是在棒球场上找不到自己的位置。

其实，我们每个人所拥有的才能是独特的，每个人的优点才

BIERGA

095

比尔·盖茨告诉我们什么

条忠告
致全球所有领导的 7

WOMENSHENME

是自己成长空间最大的地方。有些人之所以成功，不是因为他改正了每一个缺点，而是因为他最大限度地发挥了自己的优点。如果背离了自己的专长，在自己不擅长的领域投资兴业，那么微软和盖茨的成功将无从谈起。特别是信息高速公路联网后，在这个创业的年代里，更多的诱惑纷至沓来，更多的机会翘首以待，如果在这些机会中迷失了自我，背弃了公司的主业，那么公司风险的来临也就指日可待了。

人生智慧

人生成功的诀窍就是了解自己的长处，然后善于经营它。将绝大部分的精力放在加强自身的优点上来，以便使自己的优势更加明显。根据自己的优势制定的目标才是最可能实现的，这样的忙碌才是最有效的。

养成迅速决断的习惯

在盖茨小的时候，就已经可以看到他具有决断能力的潜质。三年级时，他们整个班级的同学去一家新成立的食品公司参观，中午的时候那家公司给他们提供了午餐。午餐的种类很丰富。一个穿着白色工作服的工作人员来到他们身边，对他们说："我们这里有很多种口味的饭，你们两个想吃点什么？"他的同桌汤姆想也没想就说道："随便吧！把你们这里最好吃的拿给我就可以了。"但比尔·盖茨没有那么回答，他认真地询问了他们提供的午餐种类，然后说："我要一份咖喱鸡肉饭，要多多地放咖喱，另外，可乐要大杯的。"当时许多同学都像汤姆一样没有特别的选择，大部分同学拿到的都是牛肉饭，汤姆也是如此。只有少部分同学给自己选了特别的口味，而惟一一个有大可乐的人就是盖茨。汤姆没吃几口，就觉得自己的牛肉饭味道糟糕，可乐也不够，但是盖茨的咖喱饭不仅看上去很不错，而且事实上盖茨也的确吃得津津有味。汤姆对盖茨说："嘿，哥们，我也想吃咖喱饭，这牛肉饭太难吃了！"小盖茨看着他，认真地说："哥们，这话你应该跟刚才的工作人员说。"

虽说这只是盖茨小时候一件微不足道的事情，但却可以看出小小的盖茨已经非常清楚自己需要什么，并会为之做出选择。每个人都有选择和决断的权力，但并不是所有人都会养成自己决断的习惯。一个没有决断力的人，通常因为担心自己做出错误的决断，而导致看到自己所不希望的结果，他们通常单方面地认为别人替他选择比自己决断要更好一些。而比尔·盖茨就不这样认为，他知道如果一件事情不和自己发生关系，就不用把它看得多么神秘化；反之，如果事情和自己有关系，那就必须勇敢地去面对，并且作出自己的决断。

正所谓"当断不断，反受其乱"。这句话经常被用来规劝做事犹犹豫豫、拖拖拉拉的人。面对事情不适时地下决定，一拖再拖，往往就在犹豫的时间里延误了时机。

有一天，一个职员对经理说："我听说美国就要攻打伊拉克了，据我的研究，最近一段时间内石油价格会猛涨。我建议我们公司在石油还没涨价的时候大量买进，等到涨价了再卖出，这样肯定会获得很大的利润。经理看了看员工，说："我现在也想不清楚这个问题，容我再考虑考虑，等等再说吧！"过了两天，全世界都开始报道美国准备攻打伊拉克，石油价格果然如这位员工所料——大幅上调。员工又劝告经理："现在报道刚刚出来，石油价格就开始增长了，我预计几天后价格还会更高，我们现在可以开始收购了。"经理看着报纸，认为员工说得有道理，但他还是有点犹豫，万一美国又说不攻打伊拉克了，那石油价格不是又要跌了吗？于是，他还是没有决定收购。几天后，石油价格果然又上涨了，但是那个经理已经错过了一个大好的商机。

我们的生活是多元化的，每个人每天都要面对不同的决断。当鱼与熊掌不可兼得时，许多人都会犹豫不决，对既有的东西感到食之无味而弃之可惜，对将有的东西又觉得放弃可惜而承担不起，如此忧愁苦闷，一旦错失了良机，又带来了更大的困扰。另外，有些人喜欢妄下决断，事后又一再反悔，这两种人的结局都是一样的。面对事物时，我们不妨想想：两利取其重，两弊取其轻；鱼与熊掌不可兼得；有得必有失；要获得必先付出。犹豫不决只有增加自己的痛苦，让自己动弹不得；而决断力却会给你带来快乐和成就。

　　米开朗琪罗曾经受国王的委托，为一座教堂的天庭绘画。绘画工作进行一段时间后，他自己感到非常不满意，但又不舍得把已经画好的图案全部毁掉。他内心烦闷，于是便出去散步，希望以此排遣。米开朗琪罗到了一家酒馆，一位酒客正在向老板抗议："你们家的酒已经发酸了，你们怎么可以这样做生意，完全就是坑顾客的钱！"酒馆老板听了那位顾客的话后拔掉了所有酒缸的软木塞，当场向所有人宣布："既然酒已经酸了，那我就全部倒掉！"米开朗琪罗听到老板的话后，恍然大悟，既然已经是不好的东西了，留着又有什么用呢？还不如彻底毁掉，然后重新开始。有了这个决断之后，他立刻返回教堂，把之前的图案全部涂掉，并且很快就按自己的新构想完成了举世不朽的巨画。

　　成功的人面对一件事情往往能迅速决断，并且不经常变更；而失败的人决断时一般都很慢，而且经常变更内容。想要成功就必须彻底放弃让他人帮你决定的习惯，培养自己的决断能力。而培养决断力又需要树立自信心。你需要抱定"天生我才必有用"的观念，觉悟到自己成就的大小，而不会超出你自信心的大小。如果拿破仑自己没信心，他的军队绝不能爬过阿尔卑斯山。此外，培养决断力还要强化风险意识，但是不能将风险扩大化。万事都不可能按你的主观意志发展，危险和困难是难免的，所以在不断变化的事物面前，你必须凭借自己的知识和经验及时地做出选择。倘若总是患得患失、举棋不定，就必然会与成功失之交臂。最后，培养决断力还需要锻炼自己的忍耐力。定下自己的目标且专心致志地努力实现它，这样固然令人钦佩与尊敬，但更让人刮目相看的是一个人的忍耐力。在实现目标的具体实施过程中，各种各样的阻力和困难都是难免的，那时你能否一如既往地坚持下去，就取决于你的忍耐力。

人生智慧

　　正所谓"当断不断，反受其乱。"这句话经常被用来规劝做事犹犹豫豫，拖拖拉拉的人。面对事情不适时地下决定，一拖再拖，往往就在犹豫的时间里延误了时机。

有了梦想就去做

在这个世界上，有许多人认为，只有具备了精深的专业知识才能从事创业。然而，世界创新史表明：先有精深的专业知识才从事发明创造的人并不多，不少成就一番事业的人，都是在知识不多时，就直接对准了目标，然后在创造过程中，根据需要补充知识。

1973 年，英国利物浦市一个叫科莱特的青年，考入了美国哈佛大学，比尔·盖茨常和他坐在一起听课。大学二年级那年，比尔·盖茨和科莱特商议，一起退学，去开发 32Bit 财务软件，因为新编教科书中，已解决了进位制路径转换的问题。

当时，科莱特感到非常惊讶。因为他来这是求学的，不是来闹着玩的。再说对 Bit 系统，默尔斯博士才教了点皮毛，要开发 32Bit 财务软件，不学完大学的全部课程是不可能的。他委婉地拒绝了比尔·盖茨的邀请，继续留在哈佛学习。10 年后，科莱特成为哈佛大学计算机系 Bit 方面的博士研究生；而比尔·盖茨也是在这一年，进入美国《福布斯》杂志亿万富豪排行榜。1992 年，科莱特继续攻读，拿到博士学位；比尔·盖茨的个人资产，在这一年则仅次于华尔街大亨巴菲特，达到 65 亿美元，成为美国第二富豪。1995 年，科莱特认为自己已具备了足够的学识，可以研究和开发 32Bit 财务软件了；而比尔·盖茨则已绕过 Bit 系统，开发出 Eip 财务软件。Eip 比 Bit 快 1500 倍，并且在两周内占领了全球市场，这一年他成了世界首富，一个代表着成功和财富的名字——比尔·盖茨也随之传遍全球的每一个角落。

我们每个人都有做梦的权力，更有做美梦的权力，而大多数的人仅仅就是享受了一下梦中的快感而已。相反，有成就的企业家，他们就是将美梦转化为现实的高手，他们的实践把美梦的价值升华到无限大。

梦想再好，决心再大，如果不赶快行动，任何好的计划或希望就都要落空。计划决定了，就要毫不迟延地推行；事情决定了，就要奋然前行，比尔·盖茨成功的一个重要根源就在于有了梦想就去做。

有这样一个故事：四川有两个和尚，其一贫穷，其一富裕。穷和尚对富和尚说："我想去浙江的南海，怎么样？"富和尚说："南海距我们这里几千里，你将做那些准备呢？"穷和尚说："我只要带一个水瓶、一个碗就够了。"富和尚说："几年来，我想雇船去都没有去成。就凭你这点准备，你又如何能去成呢？"第二年，穷和尚从南海回来，而富和尚依然想等准备妥善后再去南海。

任何事情一旦考虑好了，就要马上上路，不要等到准备周全之后再去干事情。

两个企业老板同时考察了一个项目，大家都认为很有市场潜力。回去以后，南方的一个老板很快就组织人员一边生产，一边建设配套设施。而北方老板回去后，召集一大批技术骨干反复论证；论证后，集体决议；决议后，又是建厂房，又是大搞配套设施。等各项设施建成投产时，生产的产品已经落后了。然而，同时考察的南方那个老板的企业生产的产品已经更新几代了。

生活中，总有一些人老是处于准备状态，他们忙于先拟措施，预定计划，收集材料，干什么事情都讲究稳扎稳打，一步一个脚印后才能迈出第二步。其实，他们哪里知道，事情考虑得越是全面，干事也就往往优柔寡断，难下决心。考虑过多，往往误事，反复论证的人耽误了自己的大好前程。

那些干大事业或发财的人，他们的学历并不高，有的学历相当低。他们之所以成功，就是因为他们没有向常人那样知识积累到一定程度后才大干事业。常人之所以没有象他们那样获得成功，就是因为常人平时总按部就班地等知识积累到一定程度后才上路。常人事事按部就班的结果，也就是会比那些提前上路的人失去了更多成功的机会。

莎士比亚说："我们所要做的事，应该一想到就做；因为人的想法是会变化的，有多少舌头、多少手、多少意外，就会有多少犹豫、多少迟延；那时候再空谈该做什么，只不过等于自慰的长吁短叹，从而伤害自己的身体罢了。"

不要等到准备好了再上路，很多事情可以边上路，边准备。

在路上做些打背包的事情，不仅可节省更多时间上路，而且可以修改自己的上路计划。在上路前犹豫是必要的，但是一旦确定目标，再犹豫就会耽误行程。目标一旦确立，就要马上打点行装，奋然前行。如果你总是为旅游做准备，那么就可能耽误出行的时间。边上路，边准备，远比呆在家里更能成就事业。撒谬尔·约翰逊说："一个老是寻找工具的工人，肯定是一无所成的。"

没有梦想就没有精彩的生活，梦想是人们对未来的向往。它意味着还没有体会过的生活，意味着无穷的可能性，意味着意想不到的惊喜，意味着对自己的信心。

可是，什么会阻止人们去实现自己的梦想呢？听到的理由多如牛毛。比如说，想去某地旅游，但没有足够的钱；想学习英语，但没有足够的时间；想要追求某人，但觉得条件还不够成熟，等等。人们对于做不成的或者还没有做的事情，很少把原因归结到自己身上，往往都是习惯性地寻找某个外在的理由为自己开脱一下，舒口气，然后继续过自己平庸的日子，让梦想躺在身体里的某个角落呼呼大睡。

其实，能否实现自己的梦想，外在因素只占小部分原因，主观因素才是能否实现自己梦想的主要原因。一个人要实现自己的梦想，最重要的是要具备以下两个条件：勇气和行动。勇气，是指放弃和投入的勇气。一个人若要为某个梦想而奋斗，就一定要放弃目前自己坚守的某些东西。既想经历大海的风浪，又想保持小河的平静；既想攀登无限风光的险峰，又想散步平坦舒适的平原，是不太可能的事情。投入，是指一旦确定了值得自己去追求的梦想，就一定要全身心地投入。心想不一定事成，因为事成的前提是全力以赴去做。比如一个人想学游泳，惟一的办法就是一头扎到游泳池里去，也许开始会呛几口水，但最后一定能够学会游泳。

能否实现梦想，关键在于能否果断地采取行动，因为行动才是最强大的力量。很多人正是因为陷入了要做好某件事就必须准备好所有条件的定势思维，最后只能一辈子在原地转圈。

比尔·盖茨曾经说过："做梦的价值为零，我的意思是说谁都可以做梦"。每个人都有自己美好的梦，但如果仅仅止步于梦

想，那么，这样的美梦是毫无价值可言的。假如比尔·盖茨等到他学完所有知识再去创办微软，世界首富还会是他吗？

人生智慧

梦想再好，决心再大，如果不赶快行动，任何好的计划或希望，都要落空。

自信是成功的第一秘诀

自信是创立事业、成就人生的重要因素。缺乏信心的人是感受不到未来和前景，触摸不到阳光和快乐的，更不会取得事业上的成功。

盖茨的父亲在谈及儿子最令他骄傲的地方时，回答的第一点就是：盖茨是个很自信的人。

确实，盖茨是自信的，盖茨凭着独到的眼光，坚信个人电脑的触角将深入未来每一个家庭中，也相信结合微处理器与软件将大大改写过去以大型电脑为主的时代，更能在个人电脑革命的初期掌握稍纵即逝的创业机会，其后又一直保持正确的企业方向，锲而不舍，加上过人的生意头脑，终于成为全球首富与资讯业最具影响力的人士。

当他离家到哈佛攻读的时候曾发誓要在 25 岁之前成为百万富翁，这种自信非当时一般年青人所具备的。事实证明，他也确实做到了。30 岁的时候，他已经成为了亿万富翁；而且在此基础上继续前进，连续十多年稳居世界富豪榜的首位。的确，有把握的信念能够发挥无比的威力。

盖茨在数学和电脑编程方面的天才让他在该领域充满了信心。从最初的为阿尔塔计算机编写 BASIC 程序开始，盖茨就对自己的计算机水平和创业能力充满了自信。在短短的八个星期里，盖茨和艾伦竭尽全力，终于写出了一套程式语言，造成一连串的改变，扩大了电脑的世界，因而也使得个人电脑问世。

盖茨和艾伦完成这个几乎不可能完成的任务后，这一惊人的创举也在电脑爱好者中激起波澜，因为此前从来没有人完成过类似的事情。

随着微软事业的不断壮大，盖茨对软件行业的自信心也越来越大。在公共场合，人们经常能够看到他那堪与蒙娜丽莎媲美的笑脸。无论任何时候，无论是面对微软将被"一分为二"的时候，还是面对美国在线时代华纳和雅虎逼迫的时候，还是面对liunx等众多新秀要重新瓜分市场的时候，盖茨都是这样一副笑脸。这张笑脸代表的是自信，是对对手施加精神压力的武器，是微软的一块金字招牌……

美国《华尔街杂志》在一篇有关企业家的文章中得出结论：成功的企业家都具有能感染他人的强烈自信。创造者和创新者都是对自己"深信不疑的"，他们相信自己，相信自己的决定。对失败的担心往往使其他类型的人们感到气馁；但创造者和创新者对自己的想法却充满信心，所以对失败的担心决不可能吓倒他们。可以说，强烈的自信或许比其他任何品质都更能充当通向重大成就和极大快乐的门户。

自信就是人生前进的动力，是人生辉煌的阶梯，是人生成功的筹码。一个自信的人是一个有活力的人；一个自信的人是一个有方向的人；一个自信的人是一个注定成功的人。人生的路是崎岖的，自信可以使它笔直；人生的路是波澜的，自信可以使它平静。相信自己，勇敢面对，挫折将会向自信的人低头。

一个人成就的大小，完全取决于其自信程度的高低。如果法国的拿破仑没有信心，那他的军队绝不能翻越阿尔卑斯山。同样，如果你怀疑自己的能力，对成功信心不足，那你的一生也就不会成就伟大的事业。

在国际影视圈里，索菲亚·罗兰可谓是一面旗帜性的人物。当年在电影《卡桑德拉大桥》中，索菲亚·罗兰风情万种、美目流盼的样子到今天仍旧令人记忆犹新。她是意大利乃至世界影坛上的常青树。而在 1999 年 11 月 11 日，一家有名的时装公司评选 20 世纪"最美丽的 10 个女人"，也就是"千禧美女"，索菲亚·罗兰竟然名列第一名；在 2000 年英国一家媒体进行的评选当中，已经 66 岁的她当选为 20 世纪"最性感的女明星"。这种评选从一个侧面说明了索菲亚·罗兰至今魅力不减，而且还说明了她在观众心目中的崇高地位。可又有多少人了解索菲亚刚进入影视圈的窘境呢?

为了生存,以及对电影事业的热爱,16岁的罗兰来到了罗马,想在这里涉足电影界。没想到,第一次试镜就失败了,所有的摄影师都说她够不上一个美人的标准,都抱怨她的鼻子太长、臀部太大。没办法,导演卡洛·庞蒂只好把她叫到办公室,建议她把臀部削减一点儿,把鼻子缩短一点儿。一般情况下,许多演员都会对导演言听计从。可是,小小年纪的罗兰却非常有勇气和主见,拒绝了对方的要求。她说:"我当然懂得我的外型跟已经成名的那些女演员颇有不同,她们都相貌出众,五官端正,而我却不是这样。我的脸毛病太多,但这些毛病加在一起反而会更有魅力。如果我的鼻子上有一个肿块,我就会毫不犹豫地把它除掉。但是,说我的鼻子太长,那是无道理的,因为我知道鼻子是脸的主要部分,它使脸具有特点。我喜欢我的鼻子和脸的本来的样子。说实在的,我的脸确实与众不同,但是我为什么要长得跟别人一样呢?"

"我要保持我的本色,我什么也不愿改变。"

"我愿意保持我的本来面目。"

一个人只要有自信,那么他就能成为他所希望成为的人。正是由于罗兰的坚持,使导演卡洛·庞蒂重新审视,并真正认识了索菲亚·罗兰,从而开始了解她且欣赏她。

罗兰没有对摄影师们的话言听计从,没有为迎合别人而放弃自己的个性,没有因为别人而丧失信心,所以她才得以在电影中充分展示她的与众不同的美。而且,她的独特外貌和热情、开朗、奔放的气质也开始得到人们的承认。后来,她主演的《两妇人》获得巨大成功,并因此而荣获奥斯卡最佳女演员奖。

多年以后,年逾古稀的索菲亚魅力依旧,她曾经对年轻的姑娘说出了自己永葆美丽的秘诀——充满自信的缺陷,远比缺乏自信的美更富有魅力。

人生需要自信,自信是可以无限延伸的,任何困难都难以抵御自信者不懈的抗拒,因为具有自信性格的人有足够的斗志去应对人生的任何挑战。

无数成功者的经历告诉我们，人的意志可以发挥无限力量，可以把梦想变为现实。所以，要对自己有信心，对未来有信心，要坚信成败并非命中注定而是全靠自己努力，更要坚信自己能战胜一切困难。

> **人生智慧**

自信是创立事业，成就人生的重要因素，是人生前进的动力。如果缺乏自信的人是感受不到未来和前景，触摸不到阳光和快乐的，更不会取得事业上的成功。

失败与成功同样重要

失败不是成功的对立面，而是成功的一部分。有了挫败，我们才能获得个人的成长与突破，因为挫败让我们看到了自己的弱点与缺陷以及需要改进的地方。由此看来，失败和成功对一个人的成长是同等重要的。

比尔·盖茨在《未来之路》中写道："我们应该接受迅速失败，而不是缓慢失败，最不该接受的就是没有失败。如果有人从不犯错误，那只能说明他的努力还不够，即他们没有用自己的全力去工作。"

盖茨甚至认为，微软公司所面临的挑战之一，就是许多员工尚未有丰富的失败经验。因此，他还特别招聘了几位曾经在工作中失败过的经理。但是，他会告诉他们不要将失败当作理所当然，否则那是很危险的。

在微软的发展历程中，盖茨是伴随着失败走过来的，这些失败有些是属于技术上的，有些属于决策上的，还有些属于管理上的，其中有些失败直接关系着公司的命运，所以盖茨才会将失败与成功看得同样重要。在微软，一些真正做出成绩的人，大多是努力工作且犯错误较多的人。同时，他们得到加薪与晋升的机会也更多。也许正如盖茨所说的那样，没有努力地工作，就不会发现错误；当然，也就不会做出成绩。对于这些，梅琳达深有感悟，当她为一个问题而倾尽全力时，首先想到的就是盖茨的这

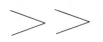
些话。

　　盖茨是一个经得起失败的人："如果微软激励机制不把失败当作应有之事，那么成功的概率将会大大降低。"

　　在 1986 年，莲花稳坐美国软件市场霸主地位的时候，盖茨经历过许多次的尝试，企图让莲花败下阵来，但是他一次次失败。最后，比尔成立了以哈伯斯为中心的 10 人开发小组，以及 40 多人的辅助工作组，日夜不停地运转，并且亲自参与了开发"超凡"电子表格系统这项工作。但同时，莲花也投入了巨大的财力确保它的霸主地位。那时，盖茨的压力特别大，因为他随时都可能面临又一次的失败，并且损失要远远超过从前。

　　终于在 1987 年 7 月，由于"超凡"的推出而使微软取代了莲花，成为了全球最大的软件公司。盖茨向媒体表示："不管我们现在能否经得起犯一些错，但我们不能不去试。因为机会在扩大，股东又期待我们保持销售额与盈余增长，现在微软做的一切都是有关大展望的事情。大家期待我们拥有大展望，我们热爱大展望。"

　　面对失败和挫折，是改变自己的理想，从此沉沦下去？还是坚持自己的信念，勇敢地走下去，是做好一件事的关键。

　　生活中许多人往往只能领受成功的欢欣，享受收获的喜悦，而不能接受失败的现实，承受失败的打击。殊不知，面对失败，苦恼和沮丧只会使自己在消沉的泥沼里越陷越深。

　　要想实现自己的理想，就不能经历一些挫折就改变自己的初衷，只要能够坚持下去，最终就能够达到自己的目的。

　　我们常说允许失败，而不允许停步，这话是有道理的。人生之路漫长而坎坷，我们不能因一次失败而失意，也不能因两次失败而失志，更不能因三次失败而彻底放弃。要明白，你失败了，但你决不是失败者，因为失败只是对奋斗过程中某一环节的努力的评价；而失败者，却是对一个人整个一生的论断。前者使人觉得有希望，而后者却只给人带来失望与消沉。因此，面对失败，我们应愈败愈勇，屡败屡战，锲而不舍，可能成功就在前方。

　　大家都知道，爱迪生在发明电灯时，仅灯丝材料的实验就失

（左侧竖排）
BIER GA
106
比尔·盖茨告诉我们什么
——致全球所有领导的 7 条忠告
WOMENSHENME

败了 1000 多次，很多人见了都不以为然，也有好心人劝他算了，说："你已失败了 1000 多次了!"爱迪生回答说："不，我没有失败，我已经发现了 1000 多种材料不能用作灯丝。"爱迪生并不把失败看成是简简单单的失败，而是通过失败，看到了它所包含的成功因素。在别人眼里看来是一连串不可思议的失败、挫折，在爱迪生眼里却看到了成功的希望。

成功的人都知道，所有的事情不会都尽如人意。人生的旅途中，跌跤的事时时都会有。你可能试了半天而一无所成，也可能努力半生而得不到你想要的结果。害怕失败的人，绝不可能成功，因为他从没尝试过任何失败，也从没给过自己成功的机会。只有亲自动手尝试，体验你从未经历过的事，你才能成功、进步。实际经验多了，成功的机会自然就会多。只有把命运掌握在自己的手里，并持之以恒地努力奋斗，才有可能取得成功。

因此，比尔·盖茨指出，任何一个成功的商人也不可能谈成每一个项目，再优秀的经营者也不可能只赢不输。失败只是人生的一部分，没什么大不了的，每一个走向自己理想的人都应该具有遭遇失败的心理准备。最重要的是：失败之后，你的下一步做什么？

世上既没有恒久的失败，也一定没有永远的成功。所以，我们在失败中绝不能失去努力向上的信念，在成功中绝不能失去警戒的信念。成功不是一条笔直的过程，而是螺旋形的路径，时而前进，时而折回，停滞后又前进，有失有得，有付出也有收获。想要达到你的目标，满足你的渴望，实现你的梦想，你就一定要付诸行动。失败是人生的正常状态，但遇到失败的时候千万不要放弃。

请记住：你不是为了失败才来到这个世界上的，你的血管里也没有失败的血液在流动。因此，不要在你的字典里放上放弃、不可能、办不到、没法子、成问题、失败、行不通、没希望、退缩……这类的词语，而应让它们从你的生活里消失。你要尽量避免绝望，一旦受到它的威胁，立即想方设法向它挑战。要辛勤耕耘，忍受苦楚，放眼未来，勇往直前，不再理会脚下的障碍。请你坚信，沙漠尽头必是绿洲。

BIER GA

108

比尔·盖茨告诉我们什么——致全球所有领导的7条忠告

WOMENSHENME

| 人生智慧 |

　　在人生的道路上，每个人都渴望成功。但是，失败却会在不经意中不期而至。记得有位哲人说过："失败和成功好比乐曲中的两个不同的音符，人生如歌，不可能永远失败，也不会总是成功。"

五、我爱我家　情感与事业的选择

"从我父母亲的身上我看到了自己未来家庭的模式。我们一家人总是相互沟通，一起生活……整个家就像是一个团结的集体。我自己的家也一定要这样。"

工作不是生活的全部

虽然事业对于我们来说很重要，但是聪明的人总能做到事业和生活两不误。事业是提高生活水平的基础，如果过分地强调事业，就会使你成为病态的工作狂。因此，聪明的人都懂得选择既要事业又要兼顾家庭的道路，他们既执著于事业，又热爱家庭，这才是完整的人生。

俗话说，真理与谬论只差一步，我们提倡努力工作，但工作毕竟不是生活的全部。如果把工作作为生活的全部。并变成了工作狂，无论你是老板还是打工者，相信没有多少人会喜欢你，而你也会因此失去丰富多彩的生活带来的乐趣。这样的人生是你想要的吗？

据一份调查报告显示，有 43.6% 的被访者的生活重心为工作，而以配偶为重心的有 8.8%，以父母为重心者仅为 4.7%。由此说明，在当今都市人的生活中，以工作为主体的"工作文化"相对于以家庭为主体的"家庭文化"而言，已经处于强势地位，很多人在追求事业成功的同时，舍弃了与家人共处的时间和机会。

社会上似乎有个这样不成文的说法，太顾家的男人没本事，所以，现在的趋势是男人回家越来越晚，而这样又造成了另一个后果——不顾家。于是，男人们开始痛苦，做个男人好难！

其实，根本没有这么麻烦，工作和家庭是能够协调好的。一

比尔·盖茨告诉我们什么　致全球所有领导的 7 条忠告

般来说，很多人并没有担当什么特别大的职务，每天在公司里完成自己的工作就可以了，有时会有聚餐或出差，但这些工作的强度并不会影响到自己对家庭的照顾。在努力做好手头工作的同时，也应当分出一些精力来照顾家庭、朋友和生活的其他方面。再忙，你有比尔·盖茨忙吗？看看比尔·盖茨是怎么做的，他总是在百忙之中抽出一些时间陪陪家人，到世界各地去转转。

盖茨与梅琳达曾到过世界上许多地方，如新加坡、新西兰、法国、英国、埃及、奥地利等。不论到哪里，盖茨最想感受的就是那里的气氛，而梅琳达更愿意让自己以一种宽松的心态去体验当地人的生活。的确，他们有过丰富的旅行生活，一度让这对世上最忙碌的人倍感世界的新奇。

盖茨夫妇曾用 10 多天的时间流连于希腊的各大岛屿之间，在那里他们可以看到一群群与众不同的年轻人，坐在船的顶层上快乐、轻松地谈论着什么。在岛屿上，白色的房子让人感到新异，沿街的店铺都售有精致的艺术品，小巷子里有红色的树，是那种地中海特有的植物，耀眼而悦目。沿街的行人都面带着微笑，是那种很阳光、很热情、很亲近的笑容。尤其在梅琳达看来，这些是多么有趣，俨然没有了一种拘谨与呆板。

盖茨和梅琳达还经常光顾棕榈岛，那里山花烂漫，草木青翠，还有迷人的海滩。另外，它还有"艺术之岛"、"天堂岛"之称，这里的居民普遍信仰伊斯兰教，这里的庙宇很多，几乎每天都举行古老的祀典。在岛上的东北角有一个山坡，还有当时正在建设中的艺术博物馆。因此，被美国人公认为是一颗耀眼夺目的明珠。那里曾经不仅发生过许多有趣的事情，而且还留给了他们许多值得回忆的往事。

梅琳达第一次来到这里，便深深地喜欢上了这个地方，那时她与盖茨约定，在她们结婚纪念日的时候，一定要再次踏上这个小岛。梅琳达也是一个迷恋大海的人，在这里，她看到的海与在西雅图看到的海并不相同；这里的帆，这里的黄昏落日，都让她迷恋不已。

盖茨也是个浪漫的人，他也非常喜欢那里，因为那里的确是一个极富个性化的港湾，有时沉静，有时激情。

条忠告
致全球所有领导的 7

　　梅琳达与盖茨还到过其他一些地方，显然，那些收获并不是单纯的旅行就可以得到的。那时，他们都认为虽然自己的生活简单，但它仍然需要他们共同来维护。盖茨或许没有更多的精力来创造新的生活，但梅琳达也没有以为自己投入了全部的精力就可以做得很完美。所以，许多时候梅琳达更愿意向盖茨推荐一种新的生活方式，但是她却往往很难做得到，毕竟他们都有自己的事情要做。生活在他们看来越简单越好，只要不影响相互之间的夫妻感情，他们就觉得很有意义，所以他们不约而同地选择了努力工作。

　　不仅仅是比尔·盖茨，世界上许多功成名就之人，他们事业的成功也不是以牺牲家庭为代价的。

　　居里夫人是女性成功地开创自己事业的先驱，作为一位杰出的科学家并没有因此而忽视自己的家庭。

　　玛丽亚是 1867 年生于当时在俄国占领下的华沙。她的父母是中小学老师。她是他们第五个女儿，上有一兄四姐。她母亲早逝，父亲工作不稳。玛丽亚毕业后做过几年家庭教师，部分原因是为了经济上支持一个姐姐在巴黎读医学院。做家教积累了一些钱后，玛丽亚回家一边照顾父亲，一边自学了好些功课，为去法国留学做准备。

　　1891 年，玛丽亚到巴黎，在索邦大学修了三年课，取得了数学和物理两个证书。毕业前不久，经人介绍，玛丽亚认识了邻近的高等物理化学学院任教的比她大 12 岁的皮埃尔·居里。1895 年他们结婚，1897 年他们的长女爱蕊妮出生。玛丽亚在索邦大学开始做研究生，名义上的导师是索邦大学的李普曼，但那时研究生可以不在"导师"处做实验。1897 年底，玛丽亚开始在皮埃尔的实验室做论文研究。半年之内，发现了放射性元素"钋"，以后又发现"镭"。1903 年，居里夫妇与贝克勒尔因为发现放射性现象而共获诺贝尔物理奖。1906 年，皮埃尔被马车撞倒而去世。1911 年居里夫人因为发现钋和镭两个新元素而获诺贝尔化学奖。1934 年居里夫人去世。

　　由此我们可以看出，居里夫人事业成功的时候正是她的家庭生活最幸福的时候。在这期间，虽然皮埃尔的父亲长期帮助居里夫妇的家庭，但居里夫人对家庭也有很多贡献。她并没有因为自己的事业而忽略自己的家人。居里夫人在女儿很小的时候，晚上都是由她照料的。她还长期给两个女儿记日记。大女儿学龄期，居里夫人邀了一群不满当时重文轻理教育制度的朋友，一起给他们自己的子女开课，坚持了两年。从结婚起，居里夫人置了一本记账簿，把全家的账目一直记到她自己去世前。

虽然居里夫人会在事业上花费很多时间，但她也常举家度假。就在他的丈夫皮埃尔去世的那天早上，她还强烈要求丈夫跟家里人一起去玩，不要去实验室，而皮埃尔不肯，还是去了。结果出了车祸，这个争吵就成了他们的诀别，居里夫人还常常为此后悔不已。

常言道，穷而不懒，富而不贪。聪明的人用自己的辛勤劳动为社会创造财富，使自己过上富足的生活。但他们不会贪得无厌，不会梦想把世界的钱都挣完，他们有了钱之后会急流勇退，做个闲人。

人生智慧

不要说工作太忙，不要说没有时间，挤点时间，找点空闲，锻炼身体，与家人欢乐，让自己健康，因为工作并非生活的全部。

像经营事业一样经营爱情

不知道从什么时候出现了爱情这个词，虽经沧海桑田、地震海啸，但只要人类存在，爱情就不会终止，关于爱情的故事也不会中断。因此，爱情也就成了一个永恒的话题。

古往今来有多少英雄豪杰为了所谓的爱情，可以说是抛头颅洒热血。为后人留下了千古的佳话！从霸王别姬到安史之乱，再到冲冠一怒为红颜。于是便有了牵肠挂肚的思念和生死离别的场景。可以说他们爱的轰轰烈烈，荡气回肠。但也留有太多的遗憾，为什么那么美丽的爱情，要以悲剧收场呢？原来爱情也需要用心经营。

　　自古以来，名人的爱情就一直是人们关注的焦点，世界首富比尔·盖茨也不例外，他和梅琳达的爱情一直就是人们议论的话题。

　　梅琳达出生在美国达拉斯郊区的一个中产家庭，父亲是个十分敬业的工程师。梅琳达毕业于美国杜克大学计算机系，后来攻下 MBA 学位，然后进入微软。在嫁给盖茨之前，梅琳达已经在微软做出了骄人的业绩。她担任一个部门的主管，手下有一百多名员工。梅琳达曾经反馈过一条重要信息，修正了 Windows 的致命失误，避免了公司的重大损失，从而引起了盖茨的注意。

　　盖茨和梅琳达都是工作狂，两人都喜欢下班后在办公室里加班。盖茨从自己的办公室窗口望出去，正好可以看到梅琳达。一天，盖茨来到了梅琳达的办公室，大胆地对她说："请你永远为我点亮这盏灯！"从此，他们成了好朋友，办公室也成为他们约会的地方。

　　在他们最初相处的那段日子里，盖茨从来没有正面向梅琳达表白过爱恋之情，但是这件事在微软的中上层人员中已被炒得沸沸扬扬。梅琳达仍然上班、下班，按部就班地工作，她非常平和。在她看来，她与董事长之间没有发生什么事。人们也认为，梅琳达在微软工作的确出色，她不是靠其他什么吸引董事长的。

　　在 1990 年盛夏的一天，梅琳达接到比尔·盖茨的一个电话，说想请她吃晚饭。梅琳达接受了他的邀请，让梅琳达感到好笑的是他总是以吃饭为理由，她不想让盖茨认为只有吃晚餐才最能让她满心欢喜地接受邀请，至少应有其他创新的方式，这样才会让她感到有一种惊喜。

　　随后，他们来到华盛顿大酒店最上层，在这里几乎可以看到全城的所有美景：普吉斯湾、华盛顿湖以及远处的雷尼尔峰。华盛顿酒店室内装饰得十分别致，那是梅琳达有生以来到过的最豪华酒店。她沉浸在一种美妙的气氛中，盖茨却无动于衷，他微笑着、痴迷地看着她，一句话也不说，眼睛含情脉脉地始终盯着灵秀的梅琳达。在平日里，盖茨也有害羞的时候，那就是在遇到梅琳达直视的目光时，他会表现得不知所措，表现出一丝狡黠。他们俩相对无言，只有咖啡厅里的美妙音乐。为了打破沉寂，两人都偶尔端起咖啡轻轻地呷着。梅琳达知道，这种沉默一旦打破，将会发生什么。她在心里暗暗地琢磨着，这个盖茨今天到底搞什么呢？一向非常害怕捕捉到梅琳达目光的他，这次却变得异常坚定，不断直视梅琳达的眼睛，有话难于出口的样子。这反倒让梅琳达不知如何是好，除了回避那火辣热情的目光，偶尔只是微微一笑。

就是这一次约会，盖茨向梅琳达射出了第一支丘比特之箭，然而，让他意想不到的是，梅琳达竟然委婉地拒绝了他。

有人曾经说过，当你准备去赢得一个尚未动情的爱、去征服你意中人的心时，这便是一场战斗的开始。最初时，你自然要用猛烈的火力去融化感情的寒冰，用猛烈的炮火去炸毁"敌人的堡垒"，从而可在那上面插上你的旗帜，留下你的印迹。但这是需要何等巨大的热情和果敢的精神啊！

你得在你攻打的对象面前装得蛮像是那么回事的样子，你得挖空心思地表现你"动人"的那一面，能怎么开你的"屏"就怎么开你的"屏"，而将你的"狐狸尾巴"巧妙地隐藏起来，别让对方发觉，以免引起对方的反感……

在那次约会之后，他们之间的关系发生了一些微妙的变化。盖茨不再三番五次地邀请梅琳达吃晚餐，也不再提那个"爱"字；梅琳达也从没有因盖茨求爱的表现而与他"刻意拉开距离"。他们一个怕强人所难，一个怕受到伤害，但他们始终都保持着某种风度。

过了一段时间，比尔·盖茨突然又以工作的名义约梅琳达，这次约的地方依然是华盛顿大酒店，梅琳达希望董事长首先告诉她工作的议题，但盖茨只是神秘兮兮地说："不用着急。"

当他们到达酒店，打开一间客房的门时，映入梅琳达眼帘的既不是等待的客户，也不是丰盛的晚餐，而是一块足足有一米见方的大蛋糕！在它的旁边还插上了各种颜色的玫瑰。梅琳达的心狂热地跳动着！恍惚间，她才意识到今天是她 26 岁的生日。

盖茨不知在什么地方按了一下按钮，房间里立刻回荡起美妙的音乐："祝你生日快乐，祝你生日快乐……"

顿时，梅琳达热泪盈眶，虽不能说是一种爱的力量，但是一种莫名的激情开始回荡在梅琳达的心间。这样的大忙人，那样的有身份和地位，他要想的事情不知有多少，却能记住一位"普通"员工的生日，而且祝贺还如此隆重而特别，这到底意味着什么呢？真是用心良苦，足见盖茨的诚心。面对此时此景，梅琳达终于流出了幸福的眼泪……

从此，盖茨和梅琳达正式确立了恋爱关系。

看来，爱情就像花朵一样，需要精心地培育、细心地呵护、耐心地等待和痴心地追求，才能得到真正的爱情啊！爱情是智慧的大比拼，而不是傻傻地等待。也就是说，爱情也需要谋略。但并不是说让你不择手段地去争取，而是通过正当的手段，大家公平竞争！此外，你要有足够的聪明才能赢得别人的信赖。爱情不是施舍，也不是给予，而是奉献！

人生智慧

爱情也是需要谋略的，当然这并不是说你不择手段地去争取，而是通过你的智慧来赢得对方的信赖。

突然想结婚的感觉

相对于梅琳达来说，盖茨对自己的婚姻大事不敢轻易许诺。他需要感情，但对于以事业为重的盖茨来说，婚姻毕竟是一种束缚。他怕自己婚后不能给对方带来感情上的幸福，以致损害了感情。然而，当他遇到梅琳达并交往一段时间后，突然就有了一种想结婚的冲动。

在梅琳达看来，这份真爱来得并不容易，所以他们像经营自己的事业一样经营着这份爱情，盖茨甚至称这是梅琳达分配给他的"新工作"。他们虽然在微软都是名副其实的工作狂，但是已快30岁的梅琳达在事业与婚姻的取舍上，她宁愿像许多女性一样选择后者。她时常幻想过上幸福的婚姻生活，这似乎是任何女性都应该面对的一个非常普通而现实的问题。

但是，最初盖茨并不热衷于自己的婚姻，他好像还愿过那种无拘无束的单身的生活，他没有对家庭方面表现出过多的关注，虽然他的母亲玛丽总是不停地唠叨："你应该考虑自己的婚事了。"

作为母亲，玛丽十分希望让梅琳达与盖茨先把婚事定下来。天下的父母心都是一样的，毕竟盖茨也进入大龄了。

梅琳达曾问过比尔："你能爱我多久呢？"

梅琳达深知盖茨也是有一些花心的，所以当她理智地思考与盖茨的感情问题时，她总还是有一份担忧和思虑，她总是不放心。尽管如此，她还是对盖茨付出了满腔的爱。

"一生一世，无始无终。"盖茨不假思索地回答梅琳达。

"那我们就结婚吧！"

"结婚？"比尔有些目瞪口呆了，他不知该如何回答。

"那我们为什么不结婚呢？难道你不愿意娶我做你的妻子吗？"梅琳达不停地追问他。梅琳达认为，虽然婚姻不是捆绑感情的绳套，但同居只是感情的相会，而婚姻才是感情的纽带，孩子才是感情的结晶。她有了开始，当然也就应该追求美好的结果。

那时，连盖茨自己都想不明白，自己为什么不愿结婚，他心理上似乎永远存在着一种生命体验的错觉与误区，他并不认为拥有金钱就拥有一切。他总认为自己还没有长大成人，未来的路还很长，因此婚姻在他看来还遥不可及。但是，这样的心态又岂能当作充分的理由讲给梅琳达听。

所以，盖茨怀着一种非常矛盾的心理敷衍梅琳达说："梅琳达，我现在还不想结婚，但是我对上帝发誓，我对你的爱是发自内心的！亲爱的，请相信我，这件事先放一段时间好吗？"

经历了这次有关结婚问题的谈话之后，他们就有了一段情感波折，而且曾一度中止了恋爱关系。

此后，梅琳达一如既往地投身于微软产品的营销工作中，没有丝毫地懈怠，仿佛什么都没有发生过，她依然是那么平静。然而，盖茨的母亲玛丽按捺不住了，老太太开始站出来尽自己最大的一份努力，她开导自己的儿子应该考虑自己的婚事了，并多次找梅琳达谈话。

与微软的大好形势相比，在那段情感路上他们走得并不顺畅，但他们在婚姻问题上的冷战始终会给人一种感觉——这两个人的故事并没有就此完结，他们在酝酿着更浓烈的感情。

正是如此，盖茨始终放不下梅琳达。一向被奉为"单身贵族元老"的盖茨在一次接受《花花公子》采访时说："令我惊讶的是，她使我突然想结婚，那真是不同寻常，因为那违背我过去在这个问题上的思考。"

在正式决定要娶梅琳达为妻之后，盖茨更是对梅琳达百般呵护，就像初恋一般地充满热情，他很想以此弥补曾经的感情波折。不久，他们又找回了那段温馨的情感。或许婚前，梅琳达惟一可以让盖茨感觉出色的，也是回应他付出真爱的方式就是她的努力工作。但现在不论在工作节奏，还是在生活节奏上，梅琳达都与盖茨非常合拍，在很长一段时间里，他们曾一块儿上班，一块下班，简直就是形影不离，谁说他们不是一对好夫妻呢！

不可否认，盖茨的情感表白总能触动梅琳达的情感之弦。盖茨曾在自己的日记中偷偷地写下过这样一段话，相信那是他真实情感的表白：

"亲爱的梅琳达，请不要怀疑我对你的爱，虽然我对你的爱并不是狂热的，但却是清醒的；不是浪漫的，但却是稳定的……中年是人的秋天，思想成熟，事业有成，经济富裕，从此迈向人生的坦途。梅琳达，我就是这样的一个男人，我的胸膛一定可以承受得起你所有的感情与生活。"

这些话让梅琳达十分感动。这说明梅琳达确实让盖茨认识到了爱情的美好和幸福。如果说一个人的爱情不能对他有所改变或触动，那么这样的爱情是可有可无的。

1994年1月1日，这天成了盖茨一生中为自己花费最多的一天——大约500万美元。而婚礼的一切都没有向外界宣扬，所以有人说这是一场张扬的"秘密"婚礼。

有人说爱情是虚幻的，是不切实际的；也有人说爱情是年轻人的游戏。可是，爱情究竟是什么呢？比尔·盖茨与梅琳达的牵手表明，爱情就是彼此的付出，是无私的付出，而不掺杂任何成分。

| 人生智慧 |

　　爱情不是权利的砝码，也不是金钱交易的工具，更不是玩弄别人的游戏。只有懂得感恩的人，才懂得珍惜爱情。

爱情不可能第二次来敲门

　　放弃一个很爱你的人，并不痛苦；放弃一个你很爱的人，那才痛苦。有些失去是注定的，有些缘分是永远不会有结果的。爱一个人不一定就能拥有。对于比尔·盖茨来说，仍然无法抹去安·温布莱德在他心中留下的点点滴滴……

　　意大利《机会》杂志的一位记者为了使他们的杂志一炮打响，曾经草拟了三个问题问比尔·盖茨，其中的一个就是——你认为最不可能第二次前来敲门的是什么？记者以为它会说出是机会。但让记者意想不到的是，比尔·盖茨微笑了一下，说："我认为是爱情。假如你爱上了一位姑娘，千万不要闷在心里，否则她就会属于别人……"对于比尔·盖茨的回答，也许别人无法理解，而自己却是有深刻体会的。

　　在盖茨办公室的墙上挂着一张女人的照片，她美丽大方，很有气质，只是年龄稍微大了一点。她就是安·温布莱德，一位出色的数学家、企业家，一位让盖茨十分崇拜与敬仰的职业女性。

　　即使在结了婚以后，梅琳达也不能撼动温布莱德在盖茨心目中的位置，因为盖茨曾信誓旦旦地说过："上帝给了我三件最好的礼物，我的家族、微软公司以及安·温布莱德。"而且还与梅琳达约定，一年之中准许他有一个礼拜的时间和温布莱德在一起。

　　可见，一个出色的女性会对一个成功男人的成长产生多么深刻的影响。事实上，温布莱德对盖茨的事业成功确实产生过不可估量的作用。

　　比尔·盖茨和温布莱德是在一次产品研讨会上相识的，IT界曾在西雅图举行过一次产品研讨会，在会上，温布莱德曾就计算机产品的设计与商业开发问题发表了许多精辟的见解，那是她最轰动业界的一次谈话。在轮到盖茨发言时，他满怀敬意地高度赞扬了温布莱德的讲话。就是在这次会上，两人相识了，他们彼此都对对方抱有好感。盖茨结识的大多数女性都是在职场，这或许与他是个工作狂分不开。

盖茨非常相信自己的感觉，他认为温布莱德一定很有才华。于是，他想方设法地去接近她。就在当天晚上会议结束后，他叩响了温布莱德房间的门。当时，温布莱德刚好吃过晚餐，她很热情地欢迎盖茨的到来。

温布莱德曾经喜欢上了一个非常优秀的体育运动员，他们彼此相爱。后来，因为一次意外，他丧生了，她因此想过自杀。后来尽管有许多男人向她表示过爱慕，但她都一一回绝了。

或许是盖茨的卓越特殊气质，或许是盖茨的才华，或许盖茨有种能抚平她感情创伤的真诚，他们开始走到了一起，并且深深地相爱了。

盖茨与温布莱德在一起的的时候有说不完的话，他们最常谈的就是"数学与计算机"，这让盖茨兴奋不已，好像自己找到了知己。

在温布莱德的眼里，虽然盖茨比自己小了九岁，但盖茨特殊的气质和非凡的才华深深地吸引了他。在与盖茨交往的时候，看着大孩子一样的盖茨在身边无拘无束，自己仿佛年轻了不少。

温布莱德就像一位姐姐一样的关心、体贴、照顾盖茨。盖茨每次开会工作之余，最喜欢蜷缩在温布莱德知识宫殿般的别墅书房里，与她一道研讨一些他们共同感兴趣的话题。温布莱德的深情与厚谊，消退了盖茨的紧张与疲劳。当美国司法部的"微软"垄断官司刺痛了盖茨的心，他本人被描绘成"数字时代的魔鬼"的时候，是温布莱德给他带来了安慰，陪他一起打高尔夫，这让盖茨感动不已。这也印证了一句话，成功的男人不但要有一位善良贤惠的妻子，而且还应该有一位当你遇到挫折和失意时可以倾诉的红颜知己。

然而，一向十分关心儿子婚姻的玛丽再也坐不住了，她不能接受盖茨如此对待自己的璀璨前程。她认为盖茨与一个大自己九岁的女人结婚有碍于颜面，因此她极力阻挠。

如果说玛丽的干预是使他们不能继续走下去的一个原因。那么温布莱德对盖茨的失望就是他们不能走下去的的另一个原因。盖茨和温布莱德相恋了几年之后，温布莱德产生了一种女人最平常、最向往、最正常的憧憬——与比尔结婚。盖茨的表现却令她失望，尽管盖茨也承认自己很爱温布莱德，但他从没想过要结婚，他喜欢与温布莱德单纯的相爱。他害怕婚姻会给他带来麻烦，他认为自己还年轻，他还要更加地创造微软，他害怕失去一颗无拘无束的心。纵然温布莱德理解盖茨，但她还是免不了心中的失落和伤心，温布莱德的心又一次遭到了重创，她实在找不到任何理由来解释上帝对自己命运的安排，上帝始终让她跨不进婚姻的门槛。

　　伤心总是难免的，温布莱德开始认命了，她认为自己命中注定，一个女人，特别是像她这样好强的知识女性，屈服于命运总是一种无奈的选择。虽然她的内心经历了许多痛苦煎熬和激烈的思想斗争，或许是因为盖茨的生活教条不允许他有任何改变，或许因为自己是个大他九岁的恋人，或许是因为盖茨母亲的极力反对，温布莱德刺骨的伤痛便成了一种命中注定。

　　在玛丽的阻挠下，温布莱德表示愿意与盖茨分手，在那一刻她的心是酸痛的。盖茨虽然口头也答应了母亲，要与温布莱德分手，但是他心里始终有一种说不出的感觉，他认为这样做对温布莱德是不公平的，他不希望温布莱德再一次受到情感的伤害。

　　盖茨在日记中写到："伟大而美丽的温布莱德，我爱你，在我所认识的女性中，只有我母亲与你值得我这样称呼。在整个世界上，最了解我的女人只有两个——你与我的母亲。你对我的厚爱、仁慈、宽容，使我无论做什么事，甚至伤害了你，你都不恨我。你可以包容我的一切，包括不能与你结婚。温布莱德，你的拥抱永远能唤起我一生中最温馨的回忆。"

　　一位哲人常说过："从小到大一直接受的传统文化告诉我们，一个人对他的情感是无能为力的，尽管逻辑推理证明人总是在支配着自己的情感，但现实的生活往往会让你承认这一点。"

　　温布莱德的离去让盖茨很伤心。但温布莱德答应盖茨她永远不会疏远他，盖茨不能向往常一样的见到温布莱德了。于是，他就将温布莱德的照片放大后挂在办公室的墙上，不论是自己一抬头，还是刚走进办公室的时候，都可以见到温布莱德那甜甜的笑容。

即使在婚后，盖茨每年都要抽出一周的时间去陪伴温布莱德，那个时候他们会长时间地呆在一起。盖茨告诉妻子梅琳达，"温布莱德以前是他的恋人，现在是他的朋友。"

也许爱情是一部忧伤的童话，惟其遥远与真实，惟其不可触摸与欠缺，方可成就璀璨与神圣……

人生智慧

如果你爱上了一个人，千万不要闷在心里，否则他就会属于别人。

我非常乐于做爸爸

比尔·盖茨是出了名的工作狂，在他还很年轻的时候，他只知道拼命工作。但在他与梅琳达建立了一个温馨的家庭之后，他的这种劲头就开始有所收敛。到底是谁改变了盖茨的生活？当有人问起盖茨时，他总是笑而不答。相信，应该是家庭使盖茨有所改变。

珍妮佛·凯萨琳·盖茨，是盖茨与梅琳达的第一个孩子，她出生于1996年4月，盖茨与妻子梅琳达都非常喜欢这个女儿，他们在一起的时候经常会唱摇篮曲《小星星》给女儿听。

盖茨在1998年初接受芭芭拉·沃特丝主持的电视访谈节目采访时，芭芭拉要求他唱一首女儿最喜欢的歌曲，他竟不假思索地唱起了这首歌。此外，他曾为女儿珍妮佛写过这样一首非常有趣的摇篮曲：

"嘘，小宝贝，别说话，爸爸会买只反舌鸟给你。如果那只反舌鸟不会唱歌，爸爸给你买……噢，你不知道要买什么……欧洲好吗？"

确实，盖茨特别喜欢小孩子。有一次，他对梅琳达说："我非常乐于做爸爸，这并不意外，令我感到新奇的是，做孩子的父

BIERGA
121
比尔·盖茨告诉我们什么
致全球所有领导的7
条忠告
WOMENSHENME

亲竟然这么有趣。珍妮佛喜欢电脑，她叫它'脑'。她喜欢读书，这是件好事。她长得像我，也像你，她有着鲜明的个性，我认为那是她的特质。"

即使工作再忙，盖茨也从未忘记作父亲的职责。在大多数的夜晚，他一回到家，第一件事情就是好好看看他的小女儿，直到她上床睡觉后才肯回到自己的房间，然后再查看电子邮件，回复一天来他还没来得及回复的问题。

他们两人都很喜欢与女儿玩，尤其是梅琳达最喜欢跟珍妮佛一起使用邦尼软件，那时珍妮佛只有十八个月。呵护在女儿的身边，梅琳达时常会情不自禁地哼起那首邦尼歌曲。有趣的是，家里的人不能说"电脑"这个词，因为如果被珍妮佛听到了，她会一个劲儿地说"脑、脑、脑"，不肯让他们做其他的事情，一定要让大人们带她去玩电脑。

珍妮佛 6 岁时，就会以一个孩子的目光观察周围的一切，她经常向母亲谈起她的学习、小伙伴以及她的恶作剧。

在一次大学生座谈会上，有些学生对比尔的家庭非常感兴趣："比尔先生，你可以谈谈你未来 10 年的打算吗？不过，我更乐意听到你在家庭方面的一些考虑。"

比尔当着梅琳达的面说："就我个人生活而言，我不预设大的目标，我确信从现在算起的 10 年，我或许会再要两个孩子，因为我很高兴有一个可爱的女儿，那是我做过的最有趣的事，而我期待更多的孩子。"

比尔把大家都逗乐了，不过，也许比尔确实希望自己的家庭成员再增加些，因为他们都很喜欢小孩子，那样整个家庭可以更热闹。

1999 年西雅图市的狂欢节，狂欢节是美国的一项传统盛事，几乎对世界上所有国家的人们来说，这一刻或许是最难忘的。但这一年对比尔来说，更令他难忘的是他们儿子罗瑞的诞生。

罗瑞比预产期提前一周来到了这个世上，比尔的家人都为他的诞生欣喜若狂。在梅琳达产后复原的那段时间，比尔经常将罗瑞抱在怀中，以父子相依的姿态在院内闲逛。他经常给儿子唱自己教给女儿的歌曲，稍大一点后，比尔就经常抱着罗瑞四处炫耀，在他的眼中，仿佛全世界只有他一个人是父亲。可以说，罗瑞的出生让盖茨的家庭氛围更浓了。

盖茨十分喜欢小男孩儿的调皮。不论走到哪里，见到了活泼可爱的小男孩儿，他总忘不了走上前摸一摸他们的头，以此表达自己对他们的喜爱，也许盖茨会由此想起自己的童年。

随着家庭成员的增加，盖茨越来越恋家了。起初，盖茨更多的时候会将工作当作生活，将公司当作家庭，但现在这个重心有所偏移，至少有了一些变化。有时照顾两个孩子会让梅琳达觉得很累，有时盖茨会主动承担起半夜起来照看珍妮佛的任务。很多时候，梅琳达会发现盖茨经常趴在女儿的身边睡到天亮。

珍妮佛与罗瑞的体重一度增加得很快，这令梅琳达非常担心，每次她按照《儿童生活》上的配方给罗瑞搭配食物时，盖茨总是要凑到她的耳边说：

"别虐待我的小宝贝，让他吃得胖胖的。"

盖茨总是纵容孩子大吃大喝，也许他认为自己的身体太单薄，而希望孩子身体壮一些。他甚至告诉梅琳达，小的时候胖一些没有关系，长大自然就会好的。

虽然这两个孩子并不像人们想像的那样——拉着盖茨的衣服不让他去上班或是冲进他的办公室大喊"爸爸"，但他们确实给盖茨带来了不少的烦恼，有时他会因此而睡不上安稳的觉，甚至要为两个孩子之间的争执当裁判。

当盖茨与自己的孩子在一起的时候，总是有讲不完的话，甚至又是拍打，又是低声细语，很是亲热。孩子的生日，他总不忘从公司跑回家为他们祝福。

天伦之乐丰富了家的氛围、家的感觉、家的美妙，这种乐趣是幸福家庭的重要组成部分，盖茨与梅琳达组成的家庭也不例外。

过去，盖茨的好朋友有好多次故意让他"偶遇"婴儿或者小孩，但盖茨对孩子并没有表现出特别的温情，就连盖茨的父亲也说："看来，盖茨不像是个喜欢孩子的人。"然而，当珍妮佛来到这个世界后，盖茨马上变成了一个极具爱心的好爸爸。最让盖茨开心的一件事，就是看女儿怎么学习。为了能在孩子睡觉前跟孩子们好好地玩一会，盖茨下班后总是及时往家赶。"微软"公司的高层领导都知道，只要盖茨的孩子们一上床，他们的电脑里就挤满了电子邮件，那是陪孩子玩好的盖茨开始向他们发出工作指示！不过，到了后半夜，盖茨就得完成另一项任务了：当妻子梅琳达给他们3个月大的儿子罗瑞喂奶的时候，他的工作就是给闹醒的女儿做吃的。梅琳达早晨醒来后常常发现，丈夫经常是在女儿的床边打盹。

许多人都以为，痴迷电脑、造就数字世界的比尔·盖茨一定很难有常人那样的七情六欲，就连跟比尔·盖茨最亲近的人都怀疑他会不会有真正健康的亲情和爱情，更别说浓郁的父爱、亲情了。然而，任何有机会跟盖茨谈起他女儿和妻子的人马上就会发现，比尔·盖茨对女儿珍妮佛和妻子梅琳达的爱决不亚于他对高技术的激情。每当谈到他的女儿珍妮佛时，盖茨就会眉飞色舞起来："她的小脑袋上长着一头红发和一双棕色的大眼睛，是我一生中遇到过的最快乐的小天使。她做的每一件事都是那么的有趣，就像每天早上起来前，她总是奶声奶气地说：'爸爸，我现在能起床吗？'我赶紧奔到她的小卧室，把她抱起来。我喜欢抱着她四处转悠一会儿，她也喜欢被我抱着四处转悠。她太喜欢我抱她了，所以又骑到我的头上。上个星期，'蓝天使'飞行表演队到过这儿，她平时有很多很多关于天使的书，所以她特别想知道'蓝天使'到底是什么样的，于是跑来问我：'爸爸，蓝天使是什么样的呀？跟书上写得一样吗？'"

盖茨与妻子都非常关爱自己的孩子。他们为孩子营造了一种正常、健康的成长环境，而不过分追求特殊化。

人生智慧

天伦之乐丰富了家的氛围、家的感觉、家的美妙，这种乐趣是幸福家庭的重要组成部分。

最不能等待的是孝顺

在现实社会里，人们总认为最不能等待的是机会。其实，这

比尔·盖茨告诉我们什么

致全球所有领导的7条忠告

种商战上的理念并不适合于生活。在生活中，什么才是最不能等待的呢？我们来看一下世界首富比尔·盖茨是怎么回答的。

意大利有一家《机会》杂志社，刚创刊时为了一炮打响，董事长亨利·肯德里提议，邀请比尔·盖茨写发刊词。为了确保比尔·盖茨说出"机会"这个词，记者提前准备了3个问题，其一个就是——你认为，人生当中最不能等待的事是什么？比尔·盖茨看了一下问题后，微笑了一下，说："我不知道世人对这个问题是怎么看的，根据我自己的经验，我认为最不能等待的是孝顺。也许我的回答令你非常失望……"

记者采访至终也未能得到"机会"二字，但比尔·盖茨的回答很实在，很人性化。尽管他是一个拥有亿万财富的人，但首先他是把自己视为一个实实在在的人，一个生活在凡尘的七情六欲的人，一个把亲情视为最珍贵的人。

1992年2月25日，玛丽在华盛顿第一州立医院汤普森医生的全面检查下，被确诊患了乳腺癌，这对所有人都是一个不幸的消息。在盖茨与梅琳达刚刚踏进婚姻生活后的半年，玛丽就安心地撒手人间了，她永远告别了自己可爱的儿子和温柔的儿媳，令所有人都伤心不已。玛丽像世界上所有的人那样热爱着生活，深深眷恋着这个美丽的世界，却被病魔带离了这个世界，这一年，她才64岁。盖茨再也触摸不到她了，这个在母亲眼里永远长不大的男孩开始感到一种从未有过的失落，而这些都不是可以用东西来弥补的。

玛丽一直希望自己调皮的儿子早日过上安稳的生活，她并不赞成盖茨拼命地赚钱。或许她生前惟一的使命就是尽快促成梅琳达与盖茨的婚事。当她面带欣喜参加完儿子的婚礼后，才心里踏踏实实地从夏威夷返回西雅图，然后又匆匆地住进了医院。经医生诊断发现，她这时的病情已经到了很危险的地步——癌细胞开始在全身扩散。

玛丽在与病魔抗争的过程中，克服了想象不到的困难。听医生说，在那一年前，她就被告知只能坚持几个月了，但她却奇迹般地延长了生命的时间。因为那时，她还有一个未了的愿望——为盖茨完婚。她不愿在心愿未了时就撒手人间，也许她的虔诚感动了上帝，直到完成心愿她才安详地离去。

盖茨为母亲默默地祈祷，他希望母亲的灵魂扶摇升天！安乐地生存于另一个世界！

玛丽去世的前一天夜晚，她的身体明显不支。盖茨与梅琳达匆匆赶到医院，玛丽拉着盖茨的手，万般难舍而无限欣慰。她的言表中透露出一丝满足，或许她感觉到自己即使到另一个世界也不会凄凉与悲哀，因为她看到了儿子幸福地生活着。

玛丽离开了盖茨与自己的家庭，那一刻，盖茨的心都要碎了——与生俱来伴随他生命历程的一种厚实的温情、一种强大的依赖、一种贴心的呵护，甚至一种唠唠叨叨的关爱都化作了永久的记忆。

比尔与梅琳达深深地怀念着他们的母亲，她不但培养出了一个天才，也让梅琳达的命运有了奇迹般的变化。

在盖茨的眼中，母亲是最神圣、最伟大的，他非常挚爱自己的母亲，这份爱要远远超于他对事业的挚爱。母亲生前，即使是一些无关紧要的事，他也会先与母亲商量。同是一家人，梅琳达时常会为他们的这种母子情怀怦然心动。

古人云："百善孝为先"。一个人能够孝顺，他就有一颗善良、仁慈的心，有了这份仁心，就可以利于许许多多的人，这就是孝顺之美德的闪光。因此，我觉得比尔·盖茨说得真好：最不能等待的是孝顺！如果没有孝顺，那人生也就不是完美的。在成长的道路和人生的天平上，孝顺的美德永远是第一位。

我们相信每一个赤诚忠厚的孩子，都曾在心底向父母许下"孝"的宏愿，相信来日方长，相信水到渠成，相信自己必有功成名就、衣锦还乡的那一天，可以从容尽孝。

可惜人们忘了，忘了时间的残酷，忘了人生的短暂，忘了世上有永远无法报答的恩情，忘了生命本身有不堪一击的脆弱。

父母走了，带着对我们深深的挂念。父母走了，遗留给我们永无偿还的亲情，而你将永远无以言孝。有一些事情，当我们年轻的时候，无法懂得；当我们懂得的时候，已不再年轻。世上有些东西可以弥补，有些东西却永远无法弥补。

"孝"是稍纵即逝的眷恋，"孝"是无法重现的幸福。"孝"

是一失足成千古恨的往事，"孝"是生命与生命交接处的链条，一旦断裂，永无连接。

在《韩诗外传》里有这样的记载，"夫树欲静而风不止，子欲养而亲不待。"这是皋鱼在父母死后有感而发的叹息。皋鱼周游列国去寻师访友，因此而很少留在家里侍奉父母。岂料父母相继去世，皋鱼惊觉从此不能再尽孝道，深悔父母在世时未能好好侍床，现在已追悔莫及了！

父母健在的时候就尽孝，这一点对于我们有些人来说是尤其难能可贵的。对于孝顺的意识我们很淡薄，总以为家是父母支撑，每天相处，日子就这样平淡地过。一日三餐，除了吃饭一家见面，平时总忙不完的是自己的事，不曾用心去体会父母的心境。一旦父母不在人世了，才真正感觉父母给予的是那么珍贵，不禁在伤感中潸然泪下，反思自己曾经的所为，才猛然醒悟自己身上最欠缺的是对父母的孝顺，才发觉父母是多么需要子女的陪伴。孝，不是说给予父母东西，重要的是能陪老人家聊聊天，也许只是静坐，也许只是给予一个微笑，一句温暖的话语，甚至倾听唠叨，给予父母的也是一种安慰。

当然，现在的人不必每天围在父母身边转，尽孝的方式也有很多。也许是一处豪宅，也许是一片砖瓦；也许是大洋彼岸的一只鸿雁，也许是近在咫尺的一个口信；也许是一桌山珍海味，也许是一只野果、一朵小花；也许是花团锦簇的盛世华衣，也许是一双洁净的旧鞋；也许是数以万计的金钱，也许只是含着体温的一枚硬币……哪怕这些都没有，仅仅是替爸爸妈妈洗洗筷子、揉揉肩，但在"孝"的天平上，它们是等值的。只是一定要抓紧，趁父母健在的时候，赶快为你的父母尽一份孝心。

|人生智慧|

朋友们，如果你的父母仍健在，那么别忘了比以往任何时候都更深地爱着他们。如果他已经不幸永远离开了你，那么你必须记得，父母的爱才是天底下最无私的爱。

我以我的母亲为荣

盖茨的母亲玛丽是一位非常出色的女性，玛丽生前曾担任过18年的华盛顿大学董事，做出过非凡的业绩。除此之外，她还担任过金恩郡联合会的第一位女性会长，还在其他许多董事会担任董事，最让人感动的是，她还是一名兢兢业业的"义工"，她曾无酬劳地服务于西雅图交响乐团以及其他一些民间组织，更让人感到可敬的是，玛丽始终没有放弃自己毕生追求的慈善事业。

在所有人中，没有谁比玛丽对盖茨的影响更大了。玛丽曾是位教师，但是她非常热衷于慈善事业。她热爱慈善事业的热情足以感染他人，盖茨就曾在母亲的感召下，在一家慈善机构担任理事，在以后的日子里，玛丽更是不忘时时开导盖茨要多拿出一些钱从事慈善事业。

玛丽不但是儿子慈善事业的引导者、支持者，在母亲的身上盖茨看到了博大与关爱，而且玛丽也不停地提醒、引导他，也许正是因为这份伟大而又细微的母性之爱，让盖茨对婚姻总是产生不了兴趣。

1994年1月1日，盖茨与梅琳达正式结为夫妇，虽然比尔从此有了完全属于自己的家，但是玛丽对他的影响还是时时存在。也许正是盖茨从这位伟大母亲身上吸取了许多可贵的品质，才使他离成功、幸福越来越近。

玛丽一向非常关心盖茨的情感生活，也为之付出了不少苦心。在盖茨正式走进婚姻生活之前，她一直希望盖茨早日结束长年跋涉、不见目的的情感生活征途，于是她总是连拉带推，如同一只老鹰，张开双翅时刻呵护自己儿子的前程。她曾经极力阻止过盖茨与温布莱德的婚约，也极力促成盖茨与梅琳达的婚事，或许至今梅琳达还依稀记得——她对自己的极力赞赏与推崇。是的，玛丽就是这样一位母亲，她会不惜一切代价袒护、关爱自己的儿子。

但是，盖茨也曾让母亲留下过很大的遗憾。玛丽曾多次与盖茨单独攀谈"信仰问题"，教育盖茨要像父母一样应成为公理会的正式成员，成为一位上帝虔诚的基督教徒，并要求他也时常到教堂做礼拜，参加各种宗教活动。

这位善良的母亲，平时除了注重培养儿子的信仰外，还很注重培养儿子的社会责任感。在很早的时候，她就带领盖茨参加各种慈善活动与募捐，每次她都会说服盖茨多拿出一些。如果盖茨能听从她的安排，她会感到格外的兴奋。或许在她的潜意识中，一个上流社会的骄子必须具备这种高尚的道义与仁爱之心，所以她极不赞成以财势的威名与显赫赢得世人的尊敬与上帝的恩宠，这一点让世人对她感到无比的敬仰。所以说，玛丽是盖茨一生中最重要的人物，她的宽厚、慈爱之心，盖茨永远都无法忘记。

盖茨仿佛总是不能与他周围的人极好地和谐起来，即使在参与各种慈善活动，甚至为人处世方面，也会招来人们的非议。对此玛丽很为他担心，总是苦口婆心地说服他应该怎么做，不应怎么做。盖茨总会瞒着自己操劳的母亲我行我素，不是说盖茨不尊重母亲的意见，只不过他有自己独特的行事方式。

在玛丽去世一周后，在美国的西雅图公理教会举行了遗体告别仪式。那是一个非常庄重的场面，前来哀悼的竟有 1000 多人，他们都来向这位出色的民间活动家、在慈善事业中倾尽自己心血的女士惜别。在追悼会上，盖茨与自己的姐姐克里丝汀一同追忆了在母亲身边学习、生活、游戏的美好往事。

盖茨的父亲威廉更是评价自己的爱妻是一位杰出的女性，他为此感到非常自豪。西雅图市政府特意将通往玛丽生前居住地的那条路命名为"玛丽路"。

在盖茨的一份日记中，他这样评价自己的母亲："母亲是一位伟大的女性，我深深以我的母亲为荣，几乎超过任何一个成年儿子对他母亲的敬重。"

人生智慧

母亲的无私和高尚无法用言语表达，母亲的爱也就在那一个回眸、一个动作之间发挥地淋漓尽致。在这个世界上，不管对谁都是一样的，母亲都是最美丽的安琪儿，都是最营养的乳汁。

家庭是事业成功的基石

很多成功人士都是家庭幸福的人。全球首富、微软公司总裁比尔·盖茨是一个不折不扣的工作狂人。在他的眼中，工作与休息没有界线，一旦开始工作，他就忘记自我。但是，比尔·盖茨并没有因此放弃妻子与整个家庭，因为它深深地知道，妻子和家庭才是自己事业的有力后盾。

盖茨生长在一个幸福之家：身为著名律师的父亲和慈善活动家的母亲以及两个姐姐和盖茨一家子幸福地生活在一起。

玛丽是比尔·盖茨的母亲，她不但给予了比尔·盖茨超凡的智慧，更给了比尔·盖茨伟大的母爱。在盖茨的眼中，母亲是最伟大、最神圣的，他非常挚爱自己的母亲，这份爱远胜于他对事业的爱。

玛丽是一位精力充沛并富有智慧和爱心的女性。她曾经担任过华盛顿大学的董事，也是一位慈善基金会的筹集人。盖茨也有非凡的精力，这应该与他的母亲有关。

玛丽像别的所有母亲那样，非常娇宠自己的孩子。有一次六年级的老师认为盖茨是个捣蛋鬼，是个不听话的孩子，而玛丽却不这样认为，她甚至还想着为盖茨辩护，说："如果他感兴趣的话，他会很专心的。"

盖茨与生俱来习惯于母亲的纵容娇宠，当别人家的孩子早已离开父母而独立生活时，盖茨还与母亲有着说不完的知心话。即使在同一个城市分住的时候，即使工作再忙，盖茨总不忘以通信的方式与母亲交流。

当然，这并不是说玛丽完全纵容盖茨。盖茨很小的时候，玛丽就很注重对他的智力开发和培养。盖茨三岁的时候，玛丽总会将他带在身边见世面。

盖茨深受母亲的影响，他非常愿意听母亲的话。玛丽非常热爱慈善事业，她的一生总在当义工。盖茨也是在她母亲的感召下，不断地把自己的财富投向慈善事业。刚开始的时候，盖茨虽很不理解，但是玛丽总是开导他，渐渐地，他越来越喜爱慈善事业了。

玛丽细微而伟大的母爱，让盖茨对她产生了极大的尊重。当盖茨与比自己大九岁的温布莱德交往时，遭到了玛丽的极大反对，尽管比尔非常痛苦，但他还是放弃了与温布莱德结婚的愿望。

在玛丽眼里，盖茨是个长不大的孩子，而也乐于在母亲眼里永远是个孩子。

在知道母亲患病之前，尽管盖茨在事业上获得了极大的成功，但对感情，他是玩世不恭的。那个时候，37岁的盖茨还是单身，非常不愿意提及结婚。为此，玛丽非常着急，她一向都非常关心盖茨的感情生活，也为之付出了不少的苦心。在确定自己患了癌症之后，她更担心，她走了盖茨会没人照顾。盖茨深知母亲的心愿，为了母亲，本来打算一辈子单身的比尔踏入了婚姻的殿堂。这极大的安慰了玛丽，让她可以放心地离开。

盖茨说过影响他一生的那个人不是爱因斯坦，不是罗斯福，而是他的母亲——玛丽。当玛丽离开的那一刻，盖茨的心都碎了。与生俱来伴随他生命历程的一种厚实的温性、一种强大的依赖、一种贴心的呵护，甚至一种唠唠叨叨的关爱都成了记忆。

的确，玛丽给了盖茨智慧，教会了他要博爱、仁慈、负责任、有同情心，做一个顶天立地的人。

玛丽甚至直言不讳地说，她的儿子从来就不是一个平庸之辈，他有自己的抱负和志向，即使还是一个孩子的时候，比尔·盖茨就具有一种执著的性格和想成为人中之杰的强烈欲望，他的进取精神在整个年级都是最强的，没有一个同学能比得上他。不管什么事，他都要干个天下第一，不到极致，他决不心甘。

比尔·盖茨做什么事，玛丽都觉得很好。即使比尔·盖茨抢回来一袋美元，玛丽也会把它藏起来，还要夸儿子能干。

相比之下，威廉就不那么称职了。从小就是如此，三个孩子做错了事情，只怕母亲，不怕父亲。家里大多数的事情都是玛丽做主，威廉只是忙于事业。

盖茨曾经对好朋友说过："从我父母亲的身上我看到了自己未来家庭的模式。我们一家人总是相互沟通，一起生活……整个

家就像是一个团结的集体。我自己的家也一定要像这样。"幸运的是，他找到了梅琳达，找到了他想要的这一切。他幸福地说："我的家庭达到了我预期的希冀，我终于找到了一种更平衡的生活。"盖茨的好朋友们也说，婚姻使盖茨成了一个更加幸福的人。

梅琳达虽然相貌平平，身材也一般，但是聪明绝顶，非一般女子可比。在遇见盖茨之前，梅琳达只是从别人的口中获知了盖茨的大概轮廓：比尔是个工作狂人。其他的便一无所知。在梅琳达的想象中，这个庞大企业的总裁一定具有某种非凡的魅力。但当梅琳达见到盖茨的庐山真面目的时候，梅琳达失望了，这分明是一个"乞丐"。的确，盖茨就是一个邋遢、没时间收拾自己的人。

在嫁给盖茨之后，梅琳达退出了微软，做一个贤惠的家庭主妇。她在盖茨的引导下开始涉及慈善事业。而此时他们也有了第一个孩子，尽管梅琳达非常的忙碌，但她拒绝了找保姆。

比尔在梅琳达的照顾下改变了很多，他变得干净、整洁，甚至很热爱自己的家了，他在变得成熟，变得生活化。

不仅如此，梅琳达还管理着盖茨豪宅的日常工作，她总是把家里收拾得十分温馨，还建了一个家庭图书馆。

梅琳达和盖茨一起建立了美国有史以来最大的基金会——盖茨基金会，并担任主席。盖茨由于工作繁忙，把基金的管理工作全部交给了梅琳达和自己的父亲。后来，盖茨还把他名下的四个基金合为一个，取名为比尔及梅琳达·盖茨基金会，可见他对梅琳达的充分信任。

盖茨夫妇在很多问题上的看法都不谋而合。两人的兴趣惊人地相似，他们甚至喜欢读同一本书，有时等不及对方读完就抢过去读。所以，后来他们的家庭图书馆在订购图书时，每本书都订两本。

盖茨和梅琳达非常相爱，他们一起享受幸福，一起抵御困难。在盖茨刚刚结婚的那两年，微软公司的官司接连不断，但梅琳达总是默默地陪伴盖茨，让他鼓起勇气面对种种责难和控告，度过了一个又一个的难关。盖茨也承认，是家庭的坚强后盾让他赢得了官司。

有人说，因为盖茨已经拥有富可敌国的财富，所以他在处理事业与家庭问题上当然会绰绰有余。但是，在对待金钱问题上，首富和他的妻子都有着超然的心态。盖茨的工作并不只是为了钱，相反地，对现在的他来说，钱只是一种符号。他并不喜欢前呼后拥的奢华生活，他更喜欢单独与人相处，喜欢自由自在地与家庭相处。而梅琳达除了打理好盖茨的生活之外，还处理慈善事业，让盖茨在事业上没有后顾之忧。

这就是比尔·盖茨的家，富有而亲情浓郁。比尔·盖茨非常爱自己的家庭，他不止一次对人说过，他可以不是亿万富翁，但他不能没有他的家庭。

人们常说成功的男人背后都有一个聪明的女人。也许，盖茨是幸运的，因为他的背后站着两位伟大的女性。她们给了盖茨智慧、爱，帮助盖茨成长，给了盖茨生活，让盖茨成为巨人中的巨人。

|人生智慧|

在人生的天平上，并不是说有了财富，家庭问题就一定能够获得圆满解决。恰恰相反的，家庭的成功才是事业成功的基石。

人生就是不断维持平衡的过程

事业与家庭是你生活的两翼，只有两翼对称，你才不会失重，才能够展翅高飞。不要因为埋头事业而忽视家庭，也不要因为操持家庭而放弃事业。事业与家庭虽然有时候会有冲突，但并不矛盾，处理得当就会相得益彰。平衡家庭与事业，做事业与家庭的双赢家，才能收获真正的幸福。

相对于复杂的微软程序和公司管理来说，盖茨认为"家"是一个简单的概念，他和爱妻始终维持着家庭与事业的平衡、情感与生活的平衡。

比尔·盖茨与梅琳达结婚之后，就改变了自己的人生观，特别是做了父亲之后。以前的盖茨只知道专注于自己的事业，只专注于实现自我的价值。结婚之后，他身上逐渐承担起丈夫与父亲的职责，家庭让他变成了一位好父亲。

如果你只是在事业上蒸蒸日上，家庭却一片混乱。老婆离婚了，孩子变坏了，你的家里冷冷清清，连个说话的人都没有。于是，你害怕孤独而不想回家，你就会更加疯狂地工作，你也就会获得更大的成功。然而，你快乐吗？你幸福吗？当你看到别人的家庭其乐融融时，你会不会很惆怅？你会不会觉得自己丢失了很重要的东西？是的，你丢失了家庭，也丢失了幸福。

但没有事业也是不行的，古语有云：贫贱夫妻百事衰。虽然有钱不一定就有幸福，但没钱一定不会幸福。当你和你的家人整天为吃饭穿衣而发愁，当你眼睁睁地看到你的孩子因为贫穷而耽误受教育，你难道还能感受到生活的乐趣吗？你还能够体会到家庭的幸福吗？

处理好家庭与事业需要一种平衡的能力。你要能站在跷跷板的中间，保持两端的平衡。其实，你该掌握一种平衡术。事业和家庭就像是人的两条腿，两条腿走路才能走得踏实、长远。工作出色可以为家庭提供更好的经济保障；家庭幸福也可以为工作创造稳定的"后勤"。

只有事业与家庭都成功，才算是真正的成功。假如你只是事业成功而家庭不幸，那你就不可能幸福；而假如你事业失败，一家人生活没有着落，你也不可能幸福。家庭和事业是幸福钱币的正反两面，只有合二为一，幸福和成功才算真正实现。

古人说，先成家后立业；现代人则信奉先事业后家庭，这都是片面的。事业与家庭没有谁先谁后的问题，它们是并列的关系，需要你同时经营。如果经营得当，你就能自由地穿梭在事业与家庭之间，你就能在平衡中感受到人生的无限幸福。

然而，事业和家庭的平衡是一种挑战，它需要我们劳心劳力、知难而进。如果你不积极主动地寻求事业和家庭的和谐平衡，你的生活终将一片混乱，得不偿失。其实，人生就是一个不断平衡的过程，你必须要把自己的精力有计划地加以分布，如此你的人生才是和谐的、圆满的。平衡不是一句空话，只要努力，你就有可能实现。

平衡是一种动态的平衡，不断地从一种平衡走向另一种平衡。我们无法企及一种一成不变的平衡状态，而是需要持之以恒地努力维持平衡。自身变了，环境变了，原有的平衡状态自然就会被打破。如果你不善于调整，不能营造一种新的平衡状态，你的生活就会陷入混乱。

怎样才能达到事业和家庭的平衡？

首先，你应当相信事业和家庭是完全能够平衡的，然后你还必须懂得只有苦心经营才能达到这种平衡。树立了这两个信念，你才有可能实现事业与家庭的平衡。

平衡事业和家庭不是一件容易的事，既需要你的聪明智慧，也需要你的坚持不懈。你应当合理安排自己的时间和精力，在保证完成工作的同时，经常和家人沟通，以寻求相互理解。你可以把自己的烦恼和开心与家人分享，让他们觉得家庭是一个团队，有福同享，有难同当。不要有这样的心理误区，为了不给家人增加负担而独自承担一切。你这样想、这样做，结果只会在你和家人之间竖起一道厚厚的墙。

你既要明白家庭与事业彼此相联，又能在必要时分清事业是事业，家庭是家庭。你不能因为家庭出现了一些问题就影响到工作的情绪，也不能把在公司受的气、窝的火全发泄到家人身上。不要把大量的工作任务带回家苦干，也不要在周末固执地待在公司加班而不去带爱人和孩子去娱乐。

平衡的维持需要你不间断地努力，任何时候都不能掉以轻心。如果你放松警惕，就会出现严重的问题。你要常常问自己，是否忘记了家人的生日？有多久没有一家人一起看电视剧了？你也要常常反省，是不是沉溺于小家庭的甜蜜而遗忘了事业？有没有让家庭成了你事业的绊脚石……平衡的过程永不停歇，你的努力也应永不停止。

如果能将事业的成功与家庭的温馨都同时得到，生活就圆满了。人生是不断变化的，事业和家庭也因为很多外界因素而发生改变。而寻求平衡需要一个过程，所以人生的过程就是一个努力维持平衡的过程。

我们在制定人生目标的时候，往往会尝试一种快捷方式，为事业和家庭制定不同的目标，以期实现一个目标之后，再去实现

BIERGA

135

比尔·盖茨告诉我们什么

条忠告

致全球所有领导的 7

WOMENSHENME

另外的目标。其实，事业和家庭目标不能偏废，必须同时完成。我们不能舍弃事业而单纯地追求家庭的和谐，也不可能只专注事业而忽略家庭。因此，既要事业有成，又要做到家庭美满，两者是相辅相成的。

对事业和家庭都要具备一定的责任感，同时积极地参与其中，让家庭成为事业发展的后盾，让事业成为家庭和谐的条件。事业的成功需要很多投入，如精力、资本、时间等，而家庭也需要加以照顾，因此必须在两者之间寻求某种共通的地方，将自己的情感融入到家庭和事业中，努力化解两者之间的矛盾。最后，透过事业上的奋斗和家庭上的努力，达到实现自我价值、维持双向成功的目的。

人生智慧

一个事业成功的人士，必定也是一位具有家庭责任感的人。他能在事业的发展和家庭矛盾的变化中寻求动态的平衡，以期在两者之间建立一种和谐的关系。

为错爱付出沉痛的代价

爱欲初来，是电光火石的一刹，谁不是在懵懂中坠入情网；爱欲潮落，是剪不断的惯性，谁不是百般挣扎，不知逃生？爱情是最容易让人失去理智的东西，哪怕是一场错误的爱。在它面前，任何人都不能免俗地被打败，当然也包括比尔·盖茨。

1999年，美国爆出两大桃色新闻，而且两条新闻的男主角都叫比尔，一位是美国前总统比尔·克林顿，他与莱温斯基的绯闻让他险些丢掉总统宝座；另一位就是比尔·盖茨，他的情妇斯特凡妮作证，指认微软违反了美国反垄断法，险些让司法部把微软一分为二。

在盖茨与梅琳达结婚之后，微软帝国中又出现了一位吸引盖茨目光的女雇员——斯特凡妮·宙赫尔。斯特凡妮从商学院毕业后进入微软，担任营销经理。她颇善交际，不仅工作井井有条，而且身材婀娜、长相可人。

斯特凡妮是一位德国人，但能讲一口流利的英语。她曾在美国的长春藤大学就读，并在硅谷工作过一段时间。德国相对美国而言，是一个非常严谨的国家，或许是从小养成的习惯，在斯特凡妮与微软的一些员工相互"认识"之前，她做事非常严谨的风格就是出了名的。直到她来到德国微软分公司以后，她才改变了自己先前的工作作风，与员工变得随和起来。

虽然斯特凡妮并没有与梅琳达有过交往，但是梅琳达对她的印象却很深，不只因为她是盖茨曾经的所爱，更重要的是，她也是一位非常出色的职业女性。

与梅琳达相同，斯特凡妮刚到微软的时候也从事营销工作，她迫切想给自己的上司留下一个好印象，以此为今后的人生之路打开绿灯。盖茨是个很注重才华的人，他从斯特凡妮身上看到了许多与众不同的素质。

终于，盖茨决定向 25 岁的斯特凡妮发起攻势。一天，盖茨把斯特凡妮叫到办公室，约她晚上到旧金山的一家酒吧会面，斯特凡妮未加思索就欣然接受了。对于斯特凡妮来说，盖茨是世界巨富，又是自己的大老板。

在精心打扮一番之后，斯特凡妮来到了酒吧。盖茨起先一本正经地谈工作的事，慢慢的就开始放松了。他直率地告诉斯特凡妮，自己十分想同她交往，然后用膝盖轻触她的腿，最后，盖茨甚至凑到她面前低声地说："你太迷人了，太美了，我可能已经身陷爱河。"但让盖茨想不到的是，这位 25 岁的女孩已经有了自己的男朋友。这也为他们后来的发展埋下了一颗炸弹。

从这天晚上开始，两人便经常出入酒吧、豪华饭店，甚至阿姆斯特丹的红灯区。从斯特凡妮身上，盖茨感受到了爱的甜蜜。因为从前他太专心工作了，花在女人身上的时间太少了。斯特凡妮到德国微软办事处工作后，盖茨还经常通过电子邮件向她表述爱意。其中有一封邮件回忆了他们在旧金山初次约会的那个夜晚："海风吹拂，月光皎洁，我们依偎在一起，没有距离。"

逐渐地，盖茨迷恋斯特凡妮到了痴迷的地步，他甚至让斯特凡妮参加微软的机密会议，看到了许多不为人知的内幕。一次，盖茨带她到英格兰参加微软董事会。会上，高级经理们讨论了支

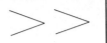
付"反向赏金"（微软"贿赂"的代名词）的问题，这是盖茨挤垮竞争对手的一种非法手段。这次会议让斯特凡妮想一想都觉得不寒而栗。

对于盖茨的痴情，斯特凡妮越发觉得恐怖。她捉摸不透盖茨的心："他对我的感受到底如何？他对我时冷时热，他的王国太庞大了，他似乎无法照应身边所有的女人。"斯特凡妮真不知道盖茨到底需不需要她。

终于，她决定与盖茨一刀两断。在美国司法部开始对微软进行垄断案调查之后，斯特凡妮毅然与盖茨对立。她站在法庭上，指证盖茨使用非法手段竞争。斯特凡妮的证词令许多人大吃一惊，对于微软公司来说，她的证词是一次致命的打击。知情的华尔街经纪人纷纷抛售微软股票，一时间，盖茨的个人财产损失高达80亿美元。

不是每一种情感都是可以得到充分回报的。一个痴心的人在他所爱的人那里所遇到的，不一定是鲜花和微笑，不一定是理解和接纳，有时得到的恰恰是冷漠和嘲讽，是背叛和创伤。

为了一段不成熟的感情，差一点毁掉微软，看来爱情是双方的，它需要理智，尤其面对凋零的爱情，更要理智，正如徐志摩所说："得之，我幸；不得，我命。如此而之。"关键一点就是要以事业为重，不要太过于偏激。

人生智慧

似乎所有的婚外恋，都有存在的理由。痛也罢，乐也罢，都逃不过终极的伤痛。看似风花雪月，看似流光溢彩的所谓的爱里，有赢家吗？只不过是一场游戏，一场梦；一场错爱，一地伤……

六、经营之道　善"变"才能出奇迹

"在飞速发展的市场，保持不败的惟一选择就是不断创新"

只有不断突破，才能超越自我

企业要生存，要壮大，就必须勇于否定自我、超越自我，不断创新。

在微软应对市场风云变幻的各种举动中，一种声音可能更浅显而简单地表达出了盖茨心中的想法，这句话也是盖茨非常喜欢的微软公司企业文化中的一条内容：每天早晨醒来，想想王安电脑、想想数字设备公司、想想康柏，它们曾经都是电脑界叱咤风云的大公司，而如今却烟消云散了。一旦被收购，你就知道它们的路已经走到尽头了。有了这些惨痛的教训我们就应常常告诫自己——我们必须要创新，必须要突破自我。

面对市场和技术方面的挑战，微软总是奉行最基本的战略，向未来进军。它拥有出色的总裁和高级管理队伍，以及才华过人的雇员，拥有高度有效和一致的竞争策略和组织目标。组织机构灵活，产品开发能力强、效率高。微软人有一种敢于否定自我，不断学习提高的精神。当然，在其优点和成绩之后也潜藏着很多弱点。但微软正是在克服弱点和发挥优势的过程中不断向前发展。

当 DOS 刚取得成功时，微软就果断地决定要取代自己的成功产品，开始研发 Windows。当 Windows 还远远没有成型时，微软又决定花大量的资源做 Windows 版本的 Word 和 Excel。那时，DOS 版本的 Word 和 Excel 远远落后于竞争对手，而微软却把更大的投资放到 Windows 版本上，这等于是加倍了在 Windows 上投入的赌注。回顾这样的大手笔、大挑战，一位经理说：

"如果 Windows 失败了，就没有微软这个公司了。"在 Windows 之后，微软在 Office、Windows NT、Internet、.NET 等机会来临时，一次又一次地"把公司当做赌注"，并一次又一次地突破自我，给公司开创了新局面，带来了新的生命力。

商场如战场，如果你不能打败对手，那么你就会面临着被对手打败的危险。作为中国家电行业巨人的海尔集团，为了保持自己在家电领域里的领先地位，不断地打造自己的品牌，做大做强自己。

海尔曾经于 20 世纪 90 年代在广州举办了"21 世纪发展趋势——海尔冰箱精品展示会"，使人们将目光再次投向了海尔。而当时，国外的商家也瞄准了中国冰箱市场的巨大潜力，国内的一些厂家也看重了冰箱市场潜在的利润，纷纷拿起刀叉分而食之。

面对这种"乱哄哄的局面"，海尔明白只有不断地跳出纷繁无序的恶性竞争的怪圈，才能使自己立于不败之地。

为了达到"不战而胜"这一近乎理想的市场竞争的最高境界，作为民族工业代表的海尔认为，做到这一点惟一的出路就是：要做大做强，就要不断地设计自己的未来。

海尔冰箱公司正是本着这一点，研发出了亚洲第一台四星级冰箱；获得中国冰箱史上第一枚国优金牌；生产出中国第一台冷藏室上置、抽屉式冷冻室下置结构冰箱；第一个同时率先通过 ISO9001 认证及 ISO14001 认证的家电企业。

随后，海尔人又汇集全球设计精英共同研制开发出了中国第一台变温冰箱——海尔"乖王子"冰箱，具有冷冻、冷藏、变温 3 种切换选择与 3 个温度选择范围，形成 9 个温度选择区域。中国第一台变频冰箱——进一步节能降噪的海尔"变频王"冰箱；另外，还有中国第一台带画的冰箱——海尔"画王子"冰箱等等。这一款款新品冰箱正是海尔在新的竞争形势之下拉大与竞争对手之间距离的有力证明。

在信息时代，谁能在瞬息万变的市场中准确及时了解最新的信息，并且做出迅速的反应，谁就是最大的赢家。

海尔在日本、美国、法国、荷兰等技术与信息密集的国家和地区设立了海尔设计研究院。他们每天 24 小时不间断地向青岛总部反馈全球最新科技动向。海尔在国内建成了体系最完善、设施最齐全、人员最精干的营销网络，连同遍布国外的 8000 多个网点可以随时将世界不同角落的消费者需求变成活生生的产品。

据相关信息反映，菲律宾居民居室宽敞，厨房面积大，对大容量的冰箱需求较多，海尔则根据这一需求专门设计了专供菲律宾市场的大容积冰箱，尽管东南亚经济危机使菲律宾人民的购买力下降，但还是出现了海尔冰箱脱销的情形。

海尔对未来的准确把握还得益于一支精干的、高素质的员工队伍。21 世纪的企业是学习型团队，国际化的企业必须具备高素质的国际化人才。海尔定期对不同层次的管理和技术人员进行相应的培训，邀请国内著名高校的专家到企业进行讲学和培训。不定期派专业人员到国外学习和交流，使海尔员工素质的提高与企业的发展相一致。

在国内与国际市场细分的情况下，聪明的海尔人，使不同区域的用户难题变成海尔个性化设计的一个又一个课题。在国内，海尔推出了十大派系冰箱，即"鲁味"、"京韵"、"海派"、"汉派"、"广式"、"川味"、"西北风"、"大东北"、"西南风"、"中原情"，使大江南北的消费者都能感受到海尔人的真诚。另外，在国外，人们也可以享受到专门为他们所设计的海尔冰箱。

因此，一个企业只有不断地追求最高境界，不断地超越自我，不断地设计未来，才能使自己做大做强。正如比尔·盖茨所说：战胜对手最好的办法，就是把自己的企业做大做强。

人生智慧

事业只有起点，没有终结；没有最好，只有更好；成功只有逗号，没有句号。只有把一次次成功当作前进道路上的加油站，当作一个个新起点，使之成为前进的动力，才能不断地突破，不断地创造新辉煌。

随时适应时代的变化

比尔·盖茨指出，成功者并没有什么秘密，他们只不过是适

应了时代发展的变化。当你的努力与时代同步时，你就会对社会产生不可忽略的影响。

盖茨和微软一直都强调做有用的研究，对于有用的研究，微软有四点定义：第一点是做一流的研究，要么不做，要做就要做世界上最好的研究；第二点是做主流的研究，或者是三五年之后能够变成主流的研究，而不能仅凭好奇心的驱使，特别是大项目，投那么多钱，建立那么大一个团队，一定要是看得见、摸得着的，一定是有希望的、代表学术界主流的研究；第三点是有用的研究，而且是五年、十年内有用的研究；第四点是最关键的，也是我们与其他公司最不相同的，那就是相关性，不仅有用，而且要对公司的发展有用。

总而言之，微软的研究思想就是随时适应时代的变化，紧跟科技发展的步伐，并不断试图用这些前沿的成果来对整个产业起到巨大的推动作用。这也正是盖茨成立微软研究院的初衷所在。盖茨表示："我们正在完成一些有史以来最杰出的工作。在过去几年里，我们的很多工作都并不引人注目。有一股产品浪潮即将来临，它将显示，我们正站在一个新时代的前沿。"

"所有这一切的影响力是无需夸大的"比尔·盖茨解释说，"我是说，这样的事情一旦发生，你的整个心态就都变了。你甚至不能回头进行比较，尤其是这种变化已经历了几代人，因为一切都大不一样了。"

过去，模仿并完善他人成功软件的思路，然后将之应用到自己的产品中去，是微软在 PC 时代惯用的杀手锏，现在则不同了。微软正变得越来越富有创造力，原因是它别无选择。一方面，在它的库存中已经没什么好点子令它迅速增长；另一方面，随着数字化装置之间的互联程度逐渐提高，并能相互协作，自动地处理越来越多的商务往来，互联网已超出人们的正常想象。因此，微软必须开创这一模式。正是在这一目标的推动下，改造互联网的.NET 战略和"冰电"计划出台。

这个新方案是一个基于 XML 的新互联网平台，旨在帮助互联网用户更好地控制自己的个人信息。比尔·盖茨指出，这也许是最重要的.NET 构件块服务。它使用户的创造性和他们所有设备的性能得到充分利用。

此前，用户面对的是相互之间没有连接的数据岛，如 PC、手机、PDA 和其他设备等，而 HailStorm 则可以把这些数据岛连接起来，把数据处理转移到后台进行，无需用户亲自动手。微软将在 HailStorm 方案中提供一整套服务，包括通知、电子邮件、日程安排、联系和电子钱包以及喜爱的网上目的地等，旨在为用户提供效率更高的通信方式。HailStorm 的第一个终端点是微软推出的 Windows XP。盖茨表示，Windows XP 将进一步方便用户使用 HailStorm 服务。

微软还特别强调，HailStorm 支持第三方为其开发的应用程序。比尔·盖茨还演示了 5 家合作伙伴公司基于 HailStorm 开发的服务。

比尔·盖茨举例说，我们现在认为购物中心是理所当然的。现在中等规模的商店比 30 年前的要大 4 倍，这是因为人们开车购物可多买一些。这种概念来自于汽车给人们带来的空间自由。

在盖茨的眼中，每一项新技术的发展对于微软来说都是福音。因为利用这些新技术、新产品，微软可以通过研发新软件的方式快速进入到这些新的领域。盖茨说："微软的成功秘诀之一就是在条件允许的情况下提速，走到别人的前面去。"

2004 年 5 月底，当病毒和信息安全问题一再困扰电脑用户时，微软宣布开始出售一种可由电脑制造商预装在服务器内的网络安全软件，从而正式拉开了自己进入网络安全软件市场的帷幕。出于对科技进步的关注，微软从来都不缺乏市场敏感。微软从 2002 年初开始不断提升操作系统的安全性与可靠性，并在 2003 年收购了一家罗马尼亚软件公司的反病毒技术，从此走上了开发杀毒软件的道路。尽管盖茨知道，杀毒并不是微软的强项。

盖茨也丝毫不放过手机、游戏、网络、音视频产品领域的渗透，每当行业内有新的技术诞生，总会看到盖茨和微软站在背后摇旗呐喊的影子，甚至有时盖茨还亲自投入到这些领域与固有的厂商展开激烈的拼抢。

微软虽然在美国《商业周刊》2003 年度全球信息百强的排行榜中，仅仅名列第 18 位，在规模最大、增长最快、获利最多和

股东回报最可观的 4 项指标中，无一有微软的身影。但是，《商业周刊》的评价却是：公司从 Windows 操作系统和 Office 软件产品的销售中获取了能量，这家软件巨擘正在不断适应时代的变化，追逐新兴市场，如小型企业软件和游戏机市场。

这不难看出微软的走向所在，它瞄准的是科技发展最快的行业，它一直不遗余力地在这些领域播种。微软凭借其在 PC 时代的辉煌所积累的乐观主义和冲天的信息，不断冲击新的市场，"赢者通吃"的原理正在微软所涉足的许多领域变成事实。微软正在与科技联姻的过程中变得更为强大。

比尔·盖茨知道，作为企业，技术是主导市场的主要因素之一。技术创新永远是生存必不可少的手段。追逐潮流的结果就是促动企业不断设计、生产出市场需求的各种新产品。一个企业能否持续不断地进行技术创新、产品创新，开发出适合市场需求的新产品，成为决定该企业能否实现持续稳定发展的重要问题。

人生智慧

因时而变一直是市场对企业的要求，尤其是在科学技术发展日新月异，产品生命周期大大缩短的新经济时代，企业产品面临的挑战更加严峻，不及时更新产品，就可能导致企业的灭亡。

在挑战中不断完善

谁看得更远，谁就能抓住瞬息万变的市场信息；谁能以最快的速度开发出新产品，把产品打出去，谁就能快速占领市场，谁就是胜利者。微软公司通过长时间地积累，形成了开放的、先进的、富有微软特色的企业文化。在技术研发上，微软坚持"从长远出发不轻易放弃，乐于迎接重大挑战，并不断完善"的精神。

1979 年秋天，几乎在"维斯凯克"电子表格软件上市同时，一种用于个人电脑的文字处理软件投放市场，在办公室引出一场翻天覆地的革命。文字处理软件的全称应该是"文字处理系统"（WPS），是人们使用最广泛的应用软件。

在一年前，曾经与"牛郎星"电脑企业齐名的 IMSAI 公司，因经营不善濒临倒闭的边缘，该公司销售人员鲁宾斯坦不顾风险，自创了一家名为 MicroPro 的软件公司，把目光投向研制文字处理软件。为了注册和研发这套软件，他花光了所有的钱，以至于落到身无分文露宿车站的窘境。但他坚持着，最终捱过了最艰难的时期，成功地推出了文字处理软件的先锋产品 WordStar（文字之星，简称 WS）。WS 一面世，立即以它强大的文字编辑功能征服了用户。紧接着，鲁宾斯坦又不失时机地把 WS 改编成 16 位机版本，于是鲁宾斯坦也在 PC 世界里大红大紫了起来。1982 年，MicroPro 公司一跃跻身于全美大型软件公司行列，WS 销售量超过 100 万套。毫不夸张地说，当时全世界的文秘人员大都是借助 WS 才跨进了办公自动化的门槛。但是，新生的事物总有它不完美之处，WS 的操作十分繁琐，必须同时按下几个键的组合，至少要记住 30～50 个操作键和复杂的排版规则，才能熟练地输入和编辑文本。这种先天不足阻碍了 WS 进一步发展。为了使用 WS，人们常常需要不断地翻阅用户手册，查找类似于"Ctrl－K－J 删除"、"Ctrl－K－X 存盘"等命令。美国一家著名的软件杂志甚至把这种弊端，提到"有害于思想自由"的高度。

然而，微软公司审时度势，正是看中了 WS 拥有的广阔市场和它的弊端，向"文字之星"发起了挑战。于是，准备开发并完善这种办公软件，比尔·盖茨将微软开发的这款文字处理软件命名为 MS－Word，由西蒙尼主持框架设计。

1983 年 Comdex 电脑大展隆重揭幕，成千上万的观众被 Word 1.0 版的新功能所倾倒，它充分吸取了西蒙尼在施乐公司 PARC 所熟悉的图形用户界面技术，人们第一次看到 Word 使用了一个叫"鼠标器"的东西，复杂的键盘操作变成了鼠标"轻轻一点"。Word 还展示了所谓"所见即所得"的新概念，能在屏幕上显示粗体字、底划线和上下角标，能驱动激光打印机印出与书刊印刷质量媲美的文章……。为了造成强烈的轰动效应，微软为 MS－Word 的上市策划了一种史无前例的销售计划，以 35 万元巨额代价独家购买了《PC 杂志》的赠送软件权，用 45 万张演示盘为 Word 软件鸣锣开道。

比尔·盖茨焦急地等待着捷报，可不断反馈的消息却差强人

BIERGA

145

比尔·盖茨告诉我们什么

条忠告
致全球所有领导的 7

WOMENSHENME

意。各地销售人员传来的信息是：一批批在校大学生，正在挨家挨户推销另一个新的文字处理软件 WordPerfect，上门服务加示范表演，比起微软的"地毯式轰炸"更胜一筹。

WordPerfect 直译是"完美文字"，其制作公司与软件同名，也叫 WordPerfect 公司（简称 WP）。WP 软件公司创建于 1979 年，由一位名叫巴斯坦的大学生和他的电脑教师阿希顿共同创办。他们最初是在小型电脑 DGC 上写出了自己的文字处理软件，后来才移植到 PC 机并逐渐使其功能达到"尽善尽美"的境界。WP 公司给人最深刻的印象还在于"尽善尽美的服务"，他们充分利用学生的优势上门推销，耐心地为每一位顾客排忧解难，不厌其烦地回答每一个询问电话。巴斯坦居然把每月的电话费账单也作为"完美文字"的宣传资料公布于众，以此塑造 WP 公司服务楷模的形象。

辛劳耕耘，热诚服务，这种近似于原始的商业方式，在高新技术产业里同样能获得沉甸甸的收获，甚至比大做广告的影响更为深远。1986 年统计表明，微软为 Word 花费如此巨额财力宣传之后，只获得市场份额 11％和排名第 5 的业绩，而"完美文字"已经不声不响地以 30％的份额雄居美国文字处理软件的榜首。

直到 1990 年，比预期时间多用了 4 年，微软公司完成了 Word 的视窗 1.0 版本开发。与电子表格"超越"一样，正是借了视窗之力，微软的文字处理软件 Word 才挽回了颓势。Word 终于超过了"完美文字"，成为文字处理软件销售的市场主导产品。1993 年，微软又把 Word 和 Excel 集成在 Office 办公套装软件内，使其能相互共享数据，极大地方便了用户的使用。Word 已是微软公司的当家产品，曾被《PC 杂志》评选为 1994 年最佳文字处理软件。

微软一路并非都是坦途，但因比尔·盖茨的不懈努力才终获成功。另外，比尔·盖茨的成功在于他使微软具有独特的企业文化，这可以说是比尔·盖茨一手创造的。英国《卫报》说："世界上 50 多家最成功的计算机公司正在联合起来想方设法阻止比尔·盖茨称雄世界。"

事实正是这样，比尔·盖茨知道，对计算机业而言，一旦新产品出现，经过一番合并联合之后，最终的胜利者就会颁布行业标准。只有标准化，才能使软、硬件的通用和资源的共享成为现实。谁建立了标准，谁就拥有了取之不尽的摇钱树和聚宝盆。同过去一样，比尔·盖茨希望为 MPC（多媒体个人计算机）建立标准。多媒体正式问世是在 1990 年 11 月，微软举行了多媒体大会，确定了它的规格，会上宣布 MPC 诞生了。MPC 支撑的软件操作系统，使得微软具有绝对优势。拥有 MPC 的控制权，人们开始称比尔·盖茨为"比尔皇帝"。

人生智慧

狼群是在不断地搏斗中成长壮大起来的。它自出生那一刻起，就必须勇敢地面对命运、接受挑战，同时也要在挑战中不断完善和发展自己。一个企业也是一样，要想实现做世界级企业的梦想，就要勇敢直面未来的艰难困苦。

审时度势，淘汰的就不是你

企业在发展的过程中，经常会出现与其他企业同时在研发同一类的新产品，在激烈的竞争当中，只有适应社会发展，并取得市场先机，才能存活下来，而落伍者注定要遭遇被淘汰的命运。

微软公司一直把开发新产品作为全部事业的中心，根据市场需求不断推陈出新，发挥自身的优势，力求变弱为强，审时度势，牢牢把握住了世界信息产业市场的未来。在这一点上，盖茨似乎走得更快更远。他的策略是：四处出击，只要是看准的，就一个也不放过；而对于竞争对手，他总能审时度势，要么买下你，要么把你消灭。实在不行了，宁愿放弃。

在微软发展的初期，盖茨一直是靠给大公司提供软件产品而生存。但是，当时两大电脑生产商苹果公司和 IBM 公司也在试图研发自己的软件，试图借机摆脱微软。这两大公司的结盟，让盖茨感到了很大的压力。他就把新一轮竞争的目标确定在多媒体上。

"所以，我们要感到危险已经逼近，开发和研制工作必须争

分夺秒！谁控制了多媒体电脑，谁就可以通过全球上亿台个人电脑实行软件控制。"盖茨强调道，"我们的目标就是必须争创多媒体产品的行业标准！这个目标我们志在必得！"

在电脑世界，每一种产品的出现都会经过一段激烈的竞争，然后由胜利者来颁布行业标准。在过去，IBM 个人计算机确立了个人计算机标准，而微软公司的 MS－DOS 确立了操作系统的标准。如果一家公司确立了行业标准，就意味着获得了行业控制权和滚滚而来的巨大财富。盖茨也正是基于落伍者将被淘汰的想法而去追求创新，追求创立行业标准。

在这场战争中，IBM 和苹果公司成立 Taligent，企图开发一个取代"视窗"的操作系统；同时，这两家公司还在 Kaleida 实验室里研制一套多媒体软件。结局都是一个，即无疾而终、悄悄地消失。在这新一轮竞争中，微软公司还是抢先了一步，在 1991年 3 月公布了静止图像压缩标准不久，又公布了活动图像压缩标准。

过去的几年中，各种各样的"反微软联盟"以各种不同的形式出现，高科技公司投入了以亿计的美元。但是，由于落伍者已经被淘汰，人们对于这数亿元投入所推出的产品已经没有印象。而微软的地位却不断提高，到 1991 年末，多媒体将盖茨推上了世界级电脑权威的宝座。

盖茨并没有因为多媒体开发有了突破而高枕无忧。他清楚地看到，要把竞争对手远远抛在后面，必须马不停蹄地向信息高速公路进军，并且通过竞争去占领某些领域，因为它在台式计算机方面的垄断地位并不能保证使它在这些领域中自由驰骋。这些领域中包括大型电子游戏，微软已经把赌注押在了数十亿美元开发的 X－box 上、个人数字助理 PDA（它已经设计出袖珍个人计算机）以及移动电话和互联网接入装置。

与微软结成 wintel 联盟的英特尔公司同样也遭遇了这种残酷的竞争。1995 年，当高级微型器件公司 AMD、赛扬等公司跑来争抢市场时，英特尔不断地加大新型奔腾芯片的生产。因为耽误片刻的研发可能就意味着自己在产品开发上的落伍，对手的挑战速度也快的惊人。AMD 公司的 486 产品比英特尔晚了 3 年，但在奔腾面世仅两年后它就向市场投放了自己的 586 级芯片；Nex-Gen 公司只比英特尔晚 18 个月就开始出售奔腾级芯片。所以，英特尔必须刺激对几乎没有竞争对手的尖端芯片的需求，以保障它55％的利润率。

英特尔的策略是以加速对加速，P6 就是这场战斗中产生的第一个产品。过去，英特尔习惯以 4 年为周期，一个接一个地开发微处理器。面对竞争，英特尔决定将不同产品的开发周期重合起来，在奔腾投放市场前 24 个多月就开始 P6 项目的开发。同样的是，现在工程师们已为 P7 的开发投入了两年时间。据传闻，P6微处理器是自 1985 年 386 面世以来，英特尔在技术上取得的最大进展。芯片每秒能处理 2.5 亿条指令，这几乎是奔腾最快速度的两倍。所有这些做法目的只有一个，那就是让自己不在竞争中落伍。

微软对盟友的遭遇感同身受。盖茨也"逼迫"自己的员工们一次又一次地优化软件，提高软件运行的速度、稳定性和安全性。

如果对手的速度比微软的速度更快，受伤的则就是微软了。虽然微软多年来一直在打击财务软件公司 Intuit。但 Intuit 通过比微软更快地加入新功能、开发新市场来超过了微软。1995 年微软提出以 20 亿美元收购 Intuit 失败后，微软试图以自己的个人财务和纳税软件击败 Intuit。

但是，微软在推出 TaxSaver 纳税软件后四个月就放弃了这款产品，因为他发现自己的产品是市场上的落伍者。在个人财务软件方面，Intuit 的 Quicken 占据了 72％的市场，远远领先于微软的 Money。

在这种情况下，比尔·盖茨审时度势，果断的放弃了这款产品。但微软仍然在市场上保持着其他领域的绝对领先优势。他不断入侵行业软件和消费电子产品市场，从而不断造成新的"流血"事件，在微软手下牺牲的著名企业包括 Borland、Lotus Development、Netscape、WordPerfect 等，他们在文字处理软件、表格软件、浏览器等方面都曾经是市场上的绝对优势拥有者。但如今人们除了在软件史上记录他们外，再也没有其他更多的印象。尽管微软经常生产出很拙劣的第一款产品，但它总是能不断进步，通过使自己的技术不断超前，以淘汰更多的落伍者。

微软的逻辑是：所有行动的目的就是让对手受伤，最终他们会因失血过多而死亡。虽然盖茨坚持认为微软公司推出的产品和服务并不会妨碍公平竞争和技术创新，更不会垄断互联网。但也许真的有一天，微软的软件和服务将无所不在。

微软公司今日的成功，盖茨如今的百亿身价，在很大程度上得益于盖茨审时度势的市场定位和产品的推陈出新。而盖茨对未来形势精确地分析和其独有的战略眼光，不仅为微软公司的不断发展壮大提供了保证，也为盖茨自己的财富积累创造好了条件。

| 人生智慧

企业在发展过程中必然会出现激烈的竞争，只有适应社会发展，并取得市场先机才能活下来，而落伍者注定要被淘汰。

创新是市场竞争的利器

随着社会的进步，生产力的不断提高，市场经济也会随之发生变化。从商者欲在商战中立于不败之地，就必须要与市场经济的发展同步。市场发生了变化，而自己仍然以老一套方式与人竞争，岂能不败？

市场经济的每一次变动，都意味着市场份额的重新分配。这种变动对从商者既是良机，又是危机。临机而变，顺时而动，则事半功倍；临机不动，漠然视之，则势必遭到淘汰。

1995 年 8 月 8 日，网景公司成为众人注目的焦点。其引人注目的原因是股票在发行第一天就从 28 美元涨到了 58 美元，使 Internet 股票行市呈现牛市走向。这家公司推出了商品化的网络浏览器，从而引发了互联网淘金热。网景当时宣称，这种新奇的软件将会把微软的旗舰产品 Windows 操作系统削弱为"稍微有一点瑕疵的设备驱动程序"。在网络浏览器方面，网景取得了微软式的统治地位。

仅仅两年，在网景通信公司和太阳微系统公司的带领下，一群电脑和软件公司将 Internet 变成事实上的信息高速公路，不仅震动了电脑业，而且使其他工业也发生了变化。网景公司也获得了与那些在经营中一贯处于获利地位的客户们签约的机会。这些公司正使用网景公司的服务器程序建立其网络地址。与此同时，整个电脑王国因为太阳公司的 Java 软件而变得充满生气。这一软件使得通过 Internet 改变程序或网络页面成为可能，这一体系使得 Windows 在环球网上的地位变得无足轻重。

网景在浏览器市场上的飞速发展，一举成为硅谷蓬勃发展的 Internet 业务公司中富有活力的明星，这个成长迅速的公司成立后 18 个月，董事长克拉克便成为亿万富翁。这可以说是创富的奇迹。在短短的时间里，网景已经形成了事实上的霸权地位，拥有几百万用户和几十亿美元的市场价值，使用其王牌浏览器"导航器"的用户达 85％。

盖茨由于对互联网资源利用上的疏忽，而忽略了相关软件的研发工作。当看到对手拥有了如此巨大的市场份额，成长成如此大的巨人时，盖茨决定利用自己的优势彻底打倒这个迅速成长的对手。

为了对付网景，盖茨动用了微软所有的资源，包括 14 亿美元的研究开发资金、2 万名员工以及众多的软件用户。而在此之前，微软只有 4 人在开发自己的浏览器。如此大的战略变化让人生畏。不久后，盖茨就开发出了微软的浏览器"探险家 3.0"（IE3.0），它与"导航器"相比，在功能上毫不逊色，在价格上却低出许多——用户可以免费从环球网上下载。推出后第一周，下载统计就已突破 100 万次。目前，微软股价上升了 50％，而网景却比去年下降了 1/3。

微软从最早卖程序设计语言，到出售操作系统，再到向零售店出售各种应用软件产品，从国内到国外，不断获得发展。但微软始终保持着公司早期结构松散、反官僚主义、微型小组文化等特性的基本部分，从而与顾客更接近，也更了解市场的需要。

为了开拓大规模市场，为了开拓新产品，为了防止公司退化，比尔·盖茨推动着公司一直向前进，该公司似乎拥有永无止境的创造系列产品和利用大规模市场的能力。他们一直积极地面

对内部问题、外部挑战和新的市场机会，当新的机会出现时就改变方向。比尔·盖茨及其人才群体的创新大体表现在以下几个方面：一是内部组织结构的调整与创新；二是适应市场需求开发产品的创新；三是开拓市场，营销策略创新；四是人员管理，运用人才创新，引导公司成员集中力量进行创新。正因为如此，创新才成为微软生存和发展的内在动力和活力。人员、资金、技术、组织结构都处在变革的动态过程之中，为了培育富有创造力的人才和不断开发新技术，适时地调整组织结构，做到内部单位能建又能撤，人员能进又能出，待遇能高又能低；建立了"没有太多的官僚主义规则和干预"的人员管理体制。

微软把大规模市场作为目标，开发小组不断地对产品进行改进，为了在竞争中先声夺人，微软使用更高级软件的新版本取代旧版本；为了使微软的批量销售最大化，他们就简化包装，把销售机会扩大到成千上万的家庭中。

为了达到将软件普及到每个家庭的目的，比尔·盖茨甚至推出了车载软件。目前已有数十家汽车制造商和电子公司，开始在这个新兴市场中展开地盘角力战。而微软则针对汽车软件推出它的 Windows CE 第三代版本。Windows CE 第一代是用 CLARI-ONAIJTOPC，这是一种结合了汽车音响、手机和个人数码助理元件，由声音控制的设施。至于通用汽车则计划把使用第二代 Windows CE 的网络计算机，输入部分凯迪拉克的车款里面。微软的汽车业务部门总经理麦肯兹表示，新款的 WindowCE 可以用在各式各样的设施上，如简便型、类似通用汽车 Onstar 的按钮流动服务系统等。微软预期这项业务会逐渐地扩展。另外，微软也推出了 Car. Net，这是一套微软希望汽车制造商和其他的公司能采用的 Incar 标准规格。Car. Net 并非为微软所独有的产品，是以开放式的计算机程序语言为基础的标准规格模式。Car. Net 使用者可以在住处、办公室和汽车之间互相通信，并且能够经由不同的设备，像是传呼机和台式计算机来进行信息交换。毫无疑问，所有这一切都是微软创新动力的表现。

正如比尔·盖茨所指出的，微软成功的秘密就是向未来进军，不断创新，连续创新。人们总是向往未来、憧憬明天，对公司的经营者来说，明天比今天更重要，未来比现在更宝贵。时间是稀缺资源，时间稍纵即逝，从事高科技产品开发，开拓高科技产品市场，更感时间比黄金宝贵。微软的比尔·盖茨及其助手们珍惜时间，争分夺秒地创新，他们牢牢地把握计算机产业的发展命脉——连续不断地创新。

人生智慧

孙子曰："兵无常势，水无常形，能因敌变化而取胜者，谓之神。"在市场竞争中，只有积极进取，随机应变，才能在商战中得时顺势，勇往直前。墨守成规，不求应变，那么失败是必然的。

不在创新中发展，就在守旧中死亡

通用汽车公司总裁杰克·韦尔奇说过，在目前这个竞争激烈的新经济时代，一个企业家最差劲的表现就是缺乏创新、不思进取。没有知识和技术创新，对一个企业是非常危险的致命信号，西方企业界流行一句话："不创新，即死亡。"

创新一直是盖茨和微软的主旋律。盖茨曾经表示："我们正在完成一些有史以来最杰出的工作。在过去几年里，我们的很多工作都并不引人注目。媒体上连篇累牍的都是有关诉讼案的消息，然后又是网络公司在唱独角戏。我们并没有刻意要这么做，但的确有一股产品浪潮即将来临，它将显示，我们正站在一个新时代的前沿，而这个时代却与互联网时代全然不同。"

技术在不断进步的计算机行业正面临着各种接踵而来的新挑战，而盖茨的工作是要确保他的公司永远比竞争对手领先一步，他还必须要考虑到广大顾客的需求。1994年，微软把教育作为计算机发展的领域来重点考虑，并为8岁至14岁的青少年开发出增进智力发展和培养实用计算机技能的软件包，代替了那些具有暴力和侵略行为等内容的软件。

这个措施的突破在于把电脑用户转向一种新的产品——一种在当前充满着不断增长的暴力的世界里更易于为社会所接受的产

BIERGA

153

比尔·盖茨告诉我们什么

条忠告

致全球所有领导的7

WOMENSHENME

品——无疑这又是盖茨做出的一项英明的商业决策。当时软件开发集中在操作系统和应用软件上，盖茨这一突破常规的做法让他的微软在市场上名利双收。

而盖茨的这种善于突破常规的思路在创业之初表现地更为明显。早在微软与IBM合作之时，盖茨这个PC产业的"先知"就意识到，如果将计算机操作系统和软件及硬件分离，各种类型的厂商和产品也将随之出现，盖茨正是这些"先知"中的一个。当时，这毫无疑问是一个具有革命性意义的想法，因为它意味着计算机技术的研发不再局限于少数工程师。盖茨本人也表示："这是一个相当了不起的想法，不仅为硬件提供了发展机会，而且还给软件领域带来了创新的可能。"

同样重要的是，盖茨意识到在新兴的PC市场，拥有一套占主导地位的操作系统对公司的前途有多么重要。因此，等到1980年的夏季，IBM为了推广PC，找到盖茨时，盖茨就毫不犹豫地答应了IBM，并在合同中提出了一个创新的方案，即在向IBM提供操作系统的同时，又说服IBM同意微软向其他计算机厂商提供操作系统授权。这样，微软在当时不仅仅扩大了操作系统的市场，同时也借助IBM机器的推广创建了所有公司共同使用的标准平台。

微软公司另一位创始人艾伦表示："盖茨总是想着如何让公司的产品更成功，更具市场竞争力。如果换一个人回到当初那个年代，我真不知道他是否会拥有同盖茨一样的远见卓识。"

为了保证创新性，微软还创造性地将研究人员和业务经理置于一处，每当对一个问题的研究有所突破时，其成果就会传递给产品人员来检验，检查是否符合微软现在产品发展的需要。如果答案是肯定的，相应的生产、市场推广活动就会展开，这也就是为什么今天几乎所有微软的产品都同研究院的研究相关。

在过去的几年中，盖茨和微软的工程师们将越来越多的新功能集成到微软的产品中，其中包括网络浏览器和多媒体功能。当然，微软的这一举措也招致了美国和欧洲反垄断机构的调查。尽管如此，微软还是能够毫不费力地让消费者一如既往地使用该公司产品。

　　由于视窗操作系统和 office 办公软件市场日趋饱和，微软就开始寻求新的收入来源。利润丰厚的商业软件市场进入了软件巨人的视野，这一市场将为公司带来 100 亿美元的收入。但是，在开发的过程中微软做出了许多不合常规的举动。盖茨虽然通过收购方式已经拥有了 4 套商业应用系统，这些软件系统已经具备了财务、人力资源以及 ERP、CRM 功能，但是盖茨却没有直接使用这些软件，而是选择了重新开发。

　　盖茨认为，在商业软件市场，如果你的系统拥有更多的工具和具备更多灵活性，你就可以赢得更多用户。在目前推出的"绿色"计划中，微软正在开发一套全新的商业软件系统，它能够和微软的下一代台式机和服务器软件系统紧密结合在一起。它意图实现商业应用软件系统与微软整个产品线的无缝集成。这样的组合让微软在操作系统上的标准得到了进一步地强化。

　　首席执行官鲍尔默认为，小企业市场是一个诸侯割据的市场，但其潜力巨大，该市场一直将信息技术行业拒之门外，现在进军这块市场的时机已经成熟。员工不足百人的公司的产出占美国经济总产出的一半以上，但是目前市场上为这些公司提供的软件只是一些专业应用程序的随意拼装。

　　为了打破这一常规，微软公司可能需要在将几种技术综合在一起进行创新方面投入更多的精力。无论研究实力多么强大，微软看到机会时都不会太晚，届时它将面临激烈竞争。但在微软的发展史上不乏后来居上，追赶市场佼佼者的事例。于是，微软希望开发一些新的软件来获利，这些软件能补充、吸收其他公司的应用程序的数量。

　　而且，微软一向不惜重金网罗天下电脑英才，敏锐地捕捉每一项技术创新，倾全力研制开发最新产品。微软视窗 3.0 版是图形化操作系统的革命性进步，尽管它只是附属在 DOS 下的虚拟操作系统，但其图形化的友善操作界面，使用户耳目一新、惊喜万分。视窗 3.0 版上市后不仅流行极快、极广，而且还极大地刺激了 IBM 兼容型电脑的销售和以视窗为最新标准的应用软件开发产业。

　　微软还倡导"鼓励冒险"的文化，以求创新微软。在经费

上，只要你向公司负责任地解释清楚这笔支出的必要性，公司从不设投资的上限。对于失败，只要你勇于承认，并换一个方向继续开发，也是不会遭到什么非议。正是这良好的工作环境，使得大批创新型人才期望在微软长期地干下去。

只有创新，才能让企业有机会超越常人。这种思想正是微软所强调的思想，就是要时时刻刻想着："我如何跟别人不一样，并且比他更好"，而不是"我如何与别人一样好"。

人生智慧

对于一个企业来说，创新不但意味着超越自己，也意味着要超越对手。因为只有这样的创新，才能使企业在激烈的竞争中立于不败之地。

没有一劳永逸的成功

比尔·盖茨说："在计算机领域内，技术与应用发展更新极快，对其技术的掌握很难做到一劳永逸。"有些人掌握了某种技能，生产出某种产品，就以为能一劳永逸，万事大吉了。这是非常危险的，世界上没有一劳永逸的事情，IT技术也是科学技术发展的结果，它本身也在日新月异地向前发展，创新、淘汰、再创新、再扬弃，而永无止境。

所以，在计算机软件强烈的竞争市场中，如果你一打盹，那么成功的机会就转眼即逝。比尔·盖茨给自己制定了一条座右铭，即永远向新目标转移。

比尔·盖茨说：产品总会有过时的时候，所以最好还是不断研制新版本。这就像在玩弹球游戏，如果你这局打得出色，你就可以继续玩下一局。

常用微软公司软件的用户都有这样的体会，微软公司的软件产品，"版本更新速度更快，而且，通常旧版本的文件也能够在更新之后的新版本中使用"，这样用户就无须重新学习如何使用新软件，当然会觉得微软公司的产品简便、好用。如微软公司的文字处理软件Word，无论是在windows操作系统还是麦金托什

BIERGA 156 比尔·盖茨告诉我们什么 ——致全球所有领导的7条忠告 WOMENSHENME

电脑上，都是采用相同的使用者界面，而且微软公司推出的程序语言工具都具有方便、好用的特点和优异的纠错能力。

在功能方面，微软公司通过对产品的不断扩充，提供各种各样的新功能。如微软公司的 Windows 系统，就是从当初的仅仅为了取代 DOS 操作系统，提供好用的界面工具，而逐渐发展成为一个支持多媒体、网络、游戏等功能的超级软件平台；而微软公司的文字处理软件 Word，现在甚至还加入了对互联网络的支持功能，用户可以利用最新的 Word 软件，设计图文并茂的电子网页。

当今，信息技术传播和更新速度快，所谓"长江后浪推前浪，前浪死在沙滩上"，任何领先技术维持时间都不会很长，一劳永逸的技术领先不存在。要想挺立在市场浪尖，惟一确定可以做的就是不断监测和研究顾客的需求动态，灌输品牌价值观，适时推出能够形成新卖点和支持品牌忠诚度的产品，最大限度地创造客户价值的同时获得双赢。

在微软与同行的竞争中，产品的完整性是微软不计代价而追求的一个策略。对于微软的竞争性策略而言，还有一点也是十分重要的，即不仅对世界上不同的市场，同时也对不同的硬件平台准备好每种产品的不同版本。项目在资源分配上权衡，以期最大化地在不同产品版本之间进行调试、最终发送、服务于不同的硬件和操作系统平台以及服务于不同最终用户语言的可共享的代码的数量。这种共享使得不同项目可以同时开发和测试所有这些版本。比如 Excel 组构造了 Excel4.0 的 30 个不同版本，以适应五个不同的语言区——英语、德语、法语、西班牙语和远东语区（日语、汉语以及韩语），适应"视窗"和 Macintosh 操作平台，并且同时有产出（或出品）版本和"调试"版本（它包括了测试和发现错误的额外代码）服务于每一个语言/平台组合。

微软公司一向勇于推出新产品，只要现行产品技术可能过时或被超越，它就会推出新一代的产品，让新旧产品同时在市场上竞争，不但可以打击竞争者，更可以刺激消费者升级，从而创造销售额。微软公司作为一家以软件事业为主的厂商，做到以上这点既是天赋，也是不得不走的棋。

如果微软公司的软件无法快速更新版本、增强功能，也许使用者会迁就旧版本而延迟使用其他厂商的新产品，但一旦其他厂商提供功能强大许多的替代软件，甚至提供转换原来微软公司旧版本功能时，使用者还是会移情别恋的。

　　比尔·盖茨是这样告诫他的员工：我们不能满足于现在的产品，我们要不断地自我更新；另外，必须明确的是，本公司的产品是由我们自己来取代，而不是被别人所取代。

　　在定期淘汰产品方面，盖茨的态度是非常坚决的，如在微软公司的 Linux 操作系统与图形化 Windows 系统的界面完全结合以后，盖茨毅然宣布，决定以后停止 DOS 操作系统的进一步研发，让使用者能完全享受 Windows 系统的图形化界面。等 Windows 95 被市场认可后，微软公司又宣布不再出售 Windows 3.1，以便把 Windows 95 推向使用者。

　　要努力创新，同时构造一种产品的多个版本的真正好处，在于微软可以在很短的时间内向不同的平台和市场推出各自的产品版本。公司的目的是对每一种主要产品在每一个主要的平台上和在每一种语言的市场上都拥有同时的出品，这意味着在约 30 天内发布完各种版本。在很短的时间间隔内发布不同的版本对于成功营销产品而言是至关重要的。当国外顾客听说在美国已有一种新版本上市，他们就会停止购买产品的旧版本。

　　在同时推出多版本的同一软件来使产品更加完整的问题上，微软给予了足够的重视，这一点使别的软件公司的产品无法竞争。这样做的好处还体现在使用户有了一个感觉，那就是微软的产品是无处不在的，掌握了微软的产品，就会有许多使用它的机会。

　　正是这种突破传统限制，打破常规，敢想就要敢做，才有可能获取更多的财富，盖茨的创新思维无疑是非常丰富的。

　　有时候，成功像一尊摸不透的女神，也许你认为已经拥有了她，可她却转瞬即逝。拿破仑曾经说过，"最危险的时候就是胜利之后。"一劳永逸的成功其实是最不牢靠的。成功需要不懈地追求，而不能有丝毫放松。胜利如果不能成为取得更大成就的工具，那对我们来说就是毫无意义的凯旋，反而有害无益。正如塔利兰德所说："人怎么用剑都可以，惟独不能坐在上面。"对待成功也是如此。

一劳永逸的产品、一劳永逸的知识和技术是不可能存在的。这就像电脑的杀毒软件一样，永远也无法攻克不断出现的新病毒。因为病毒在不断地发生，病毒在不断地变化，总是有新的病毒产生，所以一劳永逸的杀毒软件是没有的。

人生智慧

任何东西都不可能一劳永逸，成功也是如此，她像一尊摸不透的女神，也许你认为已经拥有了，但是她却转瞬即逝。

只有不断地追求，才能做得更好

比尔·盖茨说：一个企业要求得到更大的利润，就要不断地去开拓市场。商战犹如一场游戏，你手里的牌再好，也不能只打一张牌；如果那样的话，你就会被别人吃掉。

在目睹了被誉为互联网四骑士的思科系统、EMC、甲骨文和太阳微系统公司逐渐取代了微软，成为华尔街的高科技新宠之后，盖茨开始痛定思痛，着手变革，以应对网络时代的挑战。在这种奋起直追中，除了推出 IE 浏览器外，研发新一代的操作系统 Longhorn 来挑战 Google 的举动更是惹人注目。

信息搜索如今已成为仅次于电子邮件的因特网第二大应用，在这个领域，Google 是世界第一，它所取得的辉煌业绩在网络世界已经成为一个令人叹为观止的神话，其上市价定在了 250 亿美元。在看到搜索这个前景无限的新市场后，微软向 Google 抛出了收购的橄榄枝，但经历了几个月的接触之后，Google 拒绝了微软的收购请求。

于是，微软决心在内部开发最新的搜索技术，并凭借其雄厚的财力和人力资源，迅速使自己的 MSN 在搜索引擎中占据了第三的位置，前两名分别是 Google 和雅虎。微软确立的在搜索领域的目标就是：以 Google 的形象再造 MSN 搜索服务，并超越目前的第一号网络搜索页面提供商 Goolge。

　　在竞争的过程中，微软使出了惯用的招数——先模仿，后利用技术和资金挤压对方的市场空间。MSN 搜索页面的用户都可以看到，这个搜索引擎已经把自己打扮的更像 Google 了；同时，微软已经不再试图诱惑你点击它的广告链接，因为这些广告链接往往会分散真正的搜索结果。这种办法有可能给微软带来短期的金钱损失，但是对用户来说则会有巨大利处。

　　在微软 MSN 发展的第二阶段，人们将看到微软正忙于精心打造自己的全新搜索技术。微软称这种"下一代搜索体验"将超过 Goolge，以便在一两年内替代雅虎授权的搜索技术。微软的目标不仅仅是找到网站那么简单。微软正在开发与搜索相关的一系列技术，这些技术能分类搜索数字图片以及搜索散落在计算机不同目录中的文件。微软真正的动机是要将搜寻技术纳入其各类软件产品内，而且很可能纳入代号 Longhorn 的下一版 Windows 系统。

　　对比尔·盖茨来说，拒绝在荣誉的桂冠上休息。在他的内心似乎没有终点，自我超越也没有期限。从系统软件到应用软件，从多媒体技术到"信息高速公路"，比尔·盖茨总是将自己与更高的东西联系在一起，不断地追求，永远走在时代的前面。

　　早在 20 世纪 80 年代，当时微软的 MS—DOS 电脑操作系统已经成为信息行业既定的标准，但是由于其界面过于单调，功能相对简单，所以当个人电脑行业巨头苹果公司同时也推出图形用户界面时，引起了电脑界的"地震"。

　　盖茨看到苹果公司演示的图形用户界面后，大为欣赏，于是利用苹果公司委托微软开发应用软件的机会，对苹果公司三台安了图形用户界面的样机进行了全面地研究。在掌握了相关技术后，微软推出了模仿苹果操作系统的 Windows 1.0 和 windows 2.0 产品。由于技术上的不成熟，微软的 Windows1.0 并没有得到业界的普遍关注。

　　但是，盖茨却敏锐地指出图形用户界面将是今后操作系统发展的一个主要方向。因此，盖茨在随后与 IBM 合作开发某项目的过程中，暗渡陈仓，加大了对 Windows 产品系列开发的力度。到 Windows 3.0 上市时，不论是图形操作系统的稳定性，还是安全性，都有了巨大的提高，并引起了全社会的普遍关注。

随着技术越来越完善，电脑的运行速度越来越快，人们利用电脑的机会也越来越多，盖茨又再次瞄准时机，于 1995 年 8 月成功推出新版本视窗操作系统 Windows 95。微软投入了相当于当初 Windows 3.0 研发人员多倍的人力，对其核心技术进行了非常大的改造。Windows 95 操作系统的内存调度、CPU 调度和面向应用程序的工作任务调度的安全性和稳定性都有了实质性的提高，是真正意义上的单用户、多任务及多用户、多任务的操作系统。Windows 95 比前一个版本运行效率要高很多，同时盖茨根据自身对多媒体和信息高速公路的理解，将界面风格设计的更加人性化、更加友好。盖茨始终认为，用户在操作系统上肯定有访问 Internet 的需求，所以从 Windows 95 开始，微软开始提供给每个客户一个很重要的东西——浏览器，有了浏览器后，整个操作系统对于网络应用的支持就有了很大的增强。Windows 产品从此也不再是依赖于 DOS 而存在的操作系统了。

Windows 95 的成功，使得用户逐渐开始认同图形用户界面。盖茨也越来越强烈地感受到网络对于整个社会的影响，于是在他的坚持和主导之下，微软在软件开发方面对网络功能的支持越来越强大。所以说，新的产品不仅重视操作系统的内部改进，也注重于网络功能的提高。

正是因为有这种永不停止、不甘落后的精神，才能促使盖茨不断地追求。这也是微软立于不败之地的法宝，是比尔·盖茨积累财富的成功秘诀。

人生智慧

人应该不断去追求，才会有所前进，生活如此，事业也是如此，只有不断地为自己设立更高的目标，然后尽一切努力去实现它，才能使我们更优秀。

机会只垂青有准备的人

比尔·盖茨说：若你没有准备，你也就失去了选择的机会。

因为一切机遇都是为有准备的人服务的。如果在机遇来临之时，你没有做好充分的准备，那么再好的机遇，也只能与你擦身而过。

1977年，苹果公司推出风靡一时的微型个人电脑。八十年代初，一直对微型电脑不屑一顾的电脑巨人IBM终于如梦初醒，决心尽快进军个人电脑市场。可是，因多年来忽视了对微型电脑的研究，一时来不及研制微处理器和操作系统这两项核心技术，加上曾被诉讼反垄断官司，IBM决定暂时向技术领先的小公司购买微处理器和操作系统应急。

经调研和论证，IBM决定采用英特尔公司的8088微处理器。在操作系统领域，当时领导潮流的是数字研究公司的CP/M操作系统。为了尽快推出产品，当时已经是大型公司的IBM屈尊俯就，登门商讨合作事宜。但该公司恃才傲物的年轻老板基德尔博士却未能把握住这次千载难逢的商机，一开始就开出了高价码，每台电脑按惯例收取授权费200美元，并附加其他条件。

在盖茨的回忆里，"当时有一位黑衣男子到来，我正好在公司，亲自接待，并实质性会谈，而这个时间，基德尔不巧正搭乘私人飞机外出游玩，来客由他的妻子礼仪性接待"。心急如焚的IBM公司工作人员在基德尔那儿一无所获后，当然把合作的重心转移到了曾经为第一台微型计算机开发过BASIC程序的微软公司。

这个机会来的是那么地突然。IBM公司需要微软为即将开发的新型个人电脑提交一份操作系统方案。事实是，微软当时既没有操作系统，也没有时间开发IBM所需的那种操作系统。但是，盖茨当时却敏锐地意识到，IBM微型电脑有可能轻易击败苹果电脑，成为真正人手一台的个人电脑，那时市场前景将是十分可观的。

他毫不犹豫地对IBM的负责人说："是的，马上！"他考虑的是在市场开拓初期，技术水平一时的高低有时并不重要，具有决定性意义的是抢占市场份额及借此建立市场标准。如果能搭乘电脑巨人便车捷足先登，抢先占领个人电脑操作系统市场制高点，微软就有可能一步登天。

BIERGA

163

比尔·盖茨告诉我们什么

——条忠告
致全球所有领导的7

WOMENSHENME

于是，盖茨牢牢地把握住了这次机会，经过六个月的奋战，终于让微软的 MS—DOS 搭上了 IBM 的巨型战车。

凭借电脑巨人的赫赫威名和营销网络，IBM 个人电脑一时畅销全世界，全球电脑厂家争先恐后地为 IBM 电脑开发应用软件，使与应用软件紧密相关的微软 DOS 不费吹灰之力就成为软件产业的行业标准。如今，全世界 80％以上的电脑都是使用的微软产品，更有甚者，新出厂的个人电脑绝大部分都已经预装了微软的软件。因此，比起竞争对手，盖茨一起跑就领先了一大截。

事实上，每个人都可能成功，只要你看准了机遇，并及时地下手，紧紧地抓住它，你就向成功迈进了一步。

世界上最可悲的事情就是，"曾经有一个非常好的机会，可惜你没有把握住。"遗憾的是，这种事情在很多人身上都发生过。其实，机会对我们所有人都是平等的，它有可能降临在我们每一个人的身上；但前提是在它到来之前，你一定要做好准备。

愚者错失机会，智者善抓机会，成功者创造机会。对有准备的人来说，到处都是机会。

一家公司销售部的经理因为一场车祸而躺进了医院，而公司马上要和一家跨国企业进行一场市场合作的谈判，各种材料都已准备就绪，日期也早已定好了，这是无法改变的。于是，公司决定让这个经理的助手承担这次谈判任务。公司的董事长还对这个助手进行了暗示：由于销售经理受伤非常严重，出院以后也无法再回原岗位工作了，如果这次谈判成功的话，销售部经理的职位就是他的了。

从天而降的机会让这个助手兴奋极了，他认为，这次谈判的前期工作都已经做完了，合作方式、公司的底线都已经确定，销售部经理的职位肯定是他的了。

但是，当谈判才进行到第二天时，那家跨国公司就中止了这次合作意向。原来，虽然这个助手也参与了这次谈判的前期工作，但他却没有从一个谈判代表的角色上去进行必要的准备。比如：对方参加谈判的有几个人？他们是怎样的性格特点？他们有什么特殊的要求？其实，这些信息都存在销售部经理办公室的电脑里，被兴奋冲昏了头脑的他根本没有去想这些。结果，谈判从

164

一开始就进行不顺利。对方认为有一些事项早已沟通过了，可这位助手却一问三不知；对方都是对香烟极其厌恶的人，而这位助手却在谈判桌上吞云吐雾；对方有喝下午茶的习惯，而这位助手却没有准备……

这次谈判失败后，这位助手不但没有坐上销售经理的位子，而且连原来的职位也没有保住。董事长认为，一个做不好准备工作的人无法胜任任何工作，于是这位助手被公司辞退了。

在这位助手身上所表现出的懒懒散散、马马虎虎，对任务缺乏认真准备的工作态度，在许多人的身上都能找到。这种被动的行为，这种道德的愚行导致他们什么也做不了。

很多人都在羡慕那些看上去似乎是一夜暴富的人，总感慨自己没有得到像他那样的机会。可是，大家都只看到了他们成功的一面，却没有意识到在他们风光的背后，为达到目的所做的准备。如果说成功确实有什么偶然性，那么这种偶然的机会也只会垂青那些有准备的人。

人生智慧

机会对于有准备的人来说，是通向成功之路的催化剂；对于缺乏准备的人来说，却是一颗裹着糖衣的毒剂，在你还沉浸在获得机会的兴奋之中时，它却会给予你致命的一击。

时刻保持清醒的危机意识与远见

达尔文的进化论提出"优胜劣汰的自然选择"告诉我们，只有竞争，才能前进；只有互相竞争，才能筛选出符合生存条件的基因代代相传。在上个世纪六七十年代，从草原牧民和草原狼之间斗智斗勇的故事可以看出，由于有天敌狼的存在，所有草原上的其他动物和人为了自身的生存，要时时刻刻保持着忧患意识，时时刻刻提防来自敌方的威胁。

作为一个企业而言，也必须要有忧患意识。微软作为世界上最大的软件厂商，比尔·盖茨在一次给内部员工的邮件中写到，未来的软件业重点将转移到网上服务和网上广告。而在这些领域，微软的竞争对手均遥遥领先。因此，微软必须抓住机遇，成为下一个技术革命浪潮的领袖。

成功时的忧患意识和应对挑战的战略远见，可以说是微软一直保持成功的原因。微软的巨大成功世人皆知，它的年销售额达几百个亿，税后净利润也达到一百多亿美元。我国十三亿人口，在 2004 年的 GDP（国民总产值）才为 7.26 万亿美元。如果按这样等量计算，180 个微软的产值（或者是 600 家微软的利润）就等于中国十三亿人的 GDP。香港的 GDP 在全世界排名第 38 位，达 2345 亿美元，只相当六个半微软的产值。微软的产值，相当于全球第 83 位的国家国民总产值。

在如此巨大的成功面前，比尔·盖茨却从未自满或放松警惕。他时时刻刻都在探寻着软件行业的下一个技术革命与市场浪潮的新趋向，以确保微软在行业中的领先地位。

即使在 Windows 3.0 正式推出之后，微软也并未放弃 MS—DOS 的持续升级换代开发，公认的 MS—DOS 3.3 早已为全世界个人计算机的用户所接受，而在 1991 年初 MS—DOS 5.0 版也在纽约问世。

IT 历史上最大的一次讨伐运动正如火如荼，有人说已听到了微软帝国的丧钟。当然，官司并不是钟声的惟一来源。众多的迹象表明，微软更多的是掉进了自己挖掘的陷阱中，而且过去的成绩正一点一点地变成自己不能承受之重的包袱。

比尔·盖茨向主要的董事们分发了公司情况的备忘录，回顾了过去，同时也描述了公司的发展前景。其中也充满了比尔·盖茨一贯的精神风格："永远保持领先的激情和惧怕落后的忧虑。"正在蒸蒸日上对微软来说已成为事实，不甘落后的"蓝色巨人"正在系统软件领域狙击微软，而且 OS/2 并未完全退出历史舞台，这使整个备忘录充满了恐惧，也使比尔·盖茨清醒地认识到微软在各个领域正面临着强大的压力和危险。

造成微软面临危机并不仅只有这些，而还有 NOVELL 公司在网络通信等领域持续地遥遥领先；有许多机敏的善于攻战市场的应用软件开发商，不失时机地不断地向微软展开竞争，一切都并非如预料的那样一帆风顺。当年网景（Netscape）公司推出的

Internet 浏览软件如日中天，几乎每个网友都曾用它上网。网景公司也几乎造就了互联网一夜成名的神话。而当时的微软也是软件业界中的领袖，但由于盖茨清醒的忧患意识和远见，预测到一个浪潮就是互联网。于是，微软开始在互联网上大力投资。短短的几年内，网景就被微软的 IE 所击败，以至于最近几年来许多人连 Netscape 这个名字都没听说过。我们现在已经无法想象，如果没有 Internet Explorer，今天的微软是否还能如此成功。而这一切，均源于比尔·盖茨在成功时的危机意识和卓越的远见。

综观当今世界，企业间更新、淘汰的速度越来越快，呈现出令人眼花缭乱的景象。当一些著名大企业江河日下而难挽颓势之时，一大批中小企业却如旭日初升而光华显现。

每天都有新的公司创立，同样每天都有一些公司倒闭，更加明显的是企业的寿命越来越短，企业要想保持昔日辉煌也越来越难了。从某种意义上说，市场竞争是一场不进则退、永无止境的竞赛。

比尔·盖茨反复向员工强调："微软离破产永远只有 18 个月"，意在使员工保持创新的紧迫感。葛洛夫也有一句名言，即"惟有忧患意识，才能永远长存"，并说英特尔公司一直战战兢兢，不敢有丝毫懈怠。正是有这种强烈的忧患意识和危机理念赋予这些企业一种创新的紧迫感和敏锐性，才使企业始终保持着旺盛的创新能力。

在松下公司还是无名小厂的时候，松下幸之助本人不得不亲自带着产品四处奔波推销。松下每次总要费尽唇舌跟对方讨价还价，直到对方让步为止。

有一次，买主对松下幸之助的还价劲头钦佩不已，就向他讨教原因。松下幸之助微微一笑，扶了扶自己那副旧式黑框大眼镜，平静地说："每次当我要脱口说'我就便宜卖给你吧'时，脑际就会突然闪现一幅工厂景象。那是什么景象呢？那是正值盛夏、酷热蒸人的工厂尤如炽火烤着铁板，整座工厂宛如炙热的地狱一般令人汗如雨下，工厂中辛勤挥汗的从业人员的脸部表情。"就是这么一幅场景，时刻激励着松下幸之助不能懈怠，必须兢兢业业地工作。到了 1960 年时，松下公司已是日本乃至全球著名的大企业了，松下幸之助仍然保持着危机意识。

松下幸之助说过，五十多年来，他每天都是在连续的不安中度过的。虽然他时时都处在不安与动摇中，但他却具有能抑制不安与动摇的一面，克服它们，完成今天的工作，产生明天的新希望，从此找到生活的意义。他这五十多年就是这样度过的，如果他没有任何不安，也许就没有今天的他和今天的公司了。

我国古代的思想家孟子曾经说过："生于忧患，死于安乐"。这样的忧患意识，是一种动力，一种责任感和使命感，是一种智慧和精神。

增强忧患意识、居安思危是中华民族的传统美德，是国家富强、民族振兴、人民幸福的精神动力。就企业而言，增强忧患意识、居安思危是清醒认识面临形势，准确把握发展机遇，有效应对风险的需要。企业的发展始终伴随着风险，而最大的风险就是没有危机意识。

如今，很多优秀的企业和企业领袖都具有着强烈的忧患意识。张瑞敏的"我每天的心情都是如履薄冰，如临深渊"，以及任正非的"华为总会有冬天，准备好棉衣，比不准备好"等等。他们居安思危，居危思进，不断推动了组织或个人的发展。

在经济全球化发展，竞争愈演愈烈的今天，如果没有速度，就没有前进；如果领先一步，就会生机无限。也就说，"速进"就是组织或个人竞争制胜的武器。为此，我们更应深入领悟"速度就是时间，时间就是生命"、"慢进则退，不进则亡"的真正内涵，未雨绸缪，攻坚破难，开拓创新，快人一步，抢占先机。

沧海横流，方显英雄本色。在激烈的竞争大潮中，保持清醒的危机意识和忧患意识，才能立于不败之地。

人生智慧

成功时的忧患意识和应对挑战的战略远见是保持成功的原因，对一个企业而言，只有时刻具备忧患意识才能不被淘汰，只有具备应对挑战的战略远见，才能在行业中领先。

七、管理之魂　优秀人才是企业的生命

"如果把微软 20 个顶尖人才挖走，那么微软就会变成一家无足轻重的公司。"

"我需要世界上最优秀的人才"

比尔·盖茨说过："我需要的是世界上最优秀的人才！"对于一个企业来说，成功与否不在于雇用人员的多少，而在于所雇用的人员能否发挥近 100％的效益。这在微软招聘人才的时候得到了充分的体现。

盖茨在经营微软的过程中更引以为荣的就是利用自己的人格魅力吸引和团结了一大批优秀的程序设计者和产品推广者。曾经有人采访盖茨成功的秘诀，盖茨说："因为有更多的成功人士在为我工作。"盖茨对此充满了自豪感："在我的事业中，我不得不说我最好的经营决策是必须挑选人才，拥有一个完全信任的人，一个可以委以重任的人，一个为你分担忧愁的人。"而史蒂夫·鲍尔默就是这样一位可以让比尔·盖茨委以重任并能为其分担忧愁的人。

在微软创业团队中，史蒂夫·鲍尔默确实是一个不容忽视的传奇人物。史蒂夫·鲍尔默在微软的早期并不是特别重要的人物，他是盖茨在哈佛大学同一层宿舍楼的好朋友。1974 年，18 岁的鲍尔默在哈佛念二年级时，认识了同楼里一个瘦瘦的红头发学生盖茨。对数学、科学和拿破仑的热情，使他们成了神交，鲍尔默和盖茨搬进同一个宿舍，起名为"雷电房"。

1980 年，即比尔·盖茨创建微软的第六个年头，盖茨聘请小自己一岁的鲍尔默担任总裁个人助理，也就是他自己的助理。在盖茨的游艇上以 5 万美元的年薪和 7％股份的合同聘用了鲍尔默。

当时微软才 16 名员工，鲍尔默是第 17 位员工，也是微软第一位非技术的受聘者。从此，鲍尔默就开始了他在微软激动人心的创业生涯。

鲍尔默是早期微软公司中惟一的一个非技术出身的员工。他对计算机没有兴趣，也不具备基础技术知识。但他与盖茨一样对数学都有着共同的兴趣。鲍尔默与盖茨不同的是，他善于社交。鲍尔默穿梭于哈佛的每一个角落，他似乎认识哈佛的每一个人。鲍尔默有句口号，即"一个人只是单翼天使，只有两个人抱在一起才能飞翔。"

在微软工作期间，史蒂夫·鲍尔默几乎干遍了所有部门——招聘培养高素质的管理人员，管理重要的软件开发团队，同英特尔和 IBM 等重要伙伴打交道，控制公司的营销业务并建立了庞大的全球销售体系。身材魁伟、习惯咬指甲、大嗓门、工作狂的史蒂夫·鲍尔默的天赋之一就是激励才能。性格狂躁的他与性格偏内向的盖茨成为完美搭档：那些与史蒂夫·鲍尔默进行过谈判或是完全进行对抗的竞争对手，都了解他的强人作风。

在微软成长为一家大公司之前，盖茨事必躬亲，不管是工资单、计算税利、草拟合同、指示如何销售产品都是他一个人亲力亲为。但是随着公司规模的不断壮大，微软在人员配备上的缺陷也就暴露了出来。为了使软件做到完美，微软开始需要具有各种特殊技能的人才，而不仅仅是编程高手。微软开始需要产品规划人员、文档编写人员、实用性专家，以及使他们协同工作的聪明的经理、能够回答客户问题的技术人员、能够帮助客户更快上手的咨询专家等等。

盖茨开始为管理上的琐事而烦恼。于是，他随即意识到微软需要不懂得技术的智囊人物，就像史蒂夫·鲍尔默，与微软的开发人员共同工作使微软的软件成为成功的产品。"事实上，把鲍尔默引入微软是我做出的最重要抉择之一。"盖茨曾说。鲍尔默在盖茨的劝说下，从学校退了学，进了微软公司，最终成了仅次于盖茨之外的第二号最有影响的人物。1998 年 7 月，鲍尔默正式担任微软总裁。2000 年 1 月，鲍尔默更上一层楼，正式担任微软 CEO。

鲍尔默是天生激情派，他的管理秘诀就是激情管理。激情管理，给人信任、激励和压力。无论是在公共场合发言，还是平时的会谈，或者给员工讲话，他总要时不时把一只攥紧的拳头在另一只手上不停地击打，并总以一种高昂的语调爆破出来，以致于他1991年在一次公司会议上叫得太猛太响亮，喊坏了嗓子，不得不进医院动了一次手术。

鲍尔默的出现无疑为微软增添了更多的活力与激情，而且他在管理方面的得心应手让盖茨终于得以从捉襟见肘的管理状态中逃脱了出来，成为一名专职的程序员。

这位更擅长团队管理和公关的微软新掌门一上台，就向媒体公开了"重组微软"的核心价值观：用激情主义在合作伙伴、客户和业界同仁中塑造微软诚信的商业新形象。二十几年发展起来的组织机构被全盘打散重组，将产品研发和营销功能组合为各以目标客户为中心的六个业务部门，几个主流产品线从研发到销售连成一气，每个部门由同一位副总裁负责；另外，有一个统管市场营销和服务的集团副总裁扮演鲍尔默从前的角色，对这6人协调指挥，并兼管客户服务。

如果说盖茨是微软的"大脑"，那么鲍尔默就是微软公司赖以起搏的"心脏"。盖茨与对手在法庭上对薄公堂之时，鲍尔默主持了微软的大部分工作，撑起了微软的一片天；当盖茨正醉心于计算机软件研发之时，鲍尔默却成为他的市场战略家，微软公司的销售工作在鲍尔默的主持下几乎是一步一个台阶，使微软的年利润增长率达到28％。

此外，头脑敏锐的鲍尔默始终眼观六路、耳听八方，根据市场变化即时调整战略决策。鲍尔默总裁酝酿了一年，1998年底宣布了全盘改组方案，重组的结果是副总裁的位置减少了一半。而微软公司随之也再一次公布了创纪录的营业额和利润。所以，微软公司所取得的巨大成就与鲍尔默的贡献是分不开的。

古今中外，治国也好，治企也好，得人心者得天下，失人心者失天下，这是一个谁也否认不了的真理。

刘邦打败了项羽，统一了天下，建立了大汉江山，心情非常高兴。一天，他大宴群臣，在宴会上他乘着酒兴，问群臣："你们知道我为什么能够夺取天下，而项羽那么多军队却失去了天下吗?"众大臣七嘴八舌，有的说："您治军严厉，甚至苛刻；项羽太讲仁义了。"有的说："您最大的特点，是有功者赏，有罪者罚；而项羽嫉贤妒能，有功者害之，贤能者疑之。这就是您得天下而项羽失天下的原因。"刘邦笑了，说："你们只知其一，不知其二。我之所以能夺取天下，主要是因为我善于识人用人。要说运筹帷幄之中，决胜千里之外，我不如张良；管理国家，安抚百姓，做好军队的后勤保障工作，我不如萧何；统帅百万之众，战必胜，攻必取，我不如韩信。这三个人是人中之杰，我能大胆地使用他们；而项羽有一个范增却不能用，这就是我能夺取天下，而项羽失去天下的原因啊。"

"我需要的是世界上最优秀的人才"，比尔·盖茨也曾无数次地这样说。在他看来，微软公司过去几十年所取得的种种进步，无不源自于天才身上的一种无法预测的创造力。他还直言不讳地说自己"更注重人的智慧或者聪明才智，而不太看重其他方面"。有一次，有朋友请求他回顾上一年度的重大事件，他的回答非常地不合常规，他的着重点不在于业绩，也不在于个人或公司的财富和排名，而将此总结为一个字"人"，惟一的成就就是帮助他的管理人员雇用了一大堆"聪明人"。

人生智慧

如果修长城，人才就是基石；如果建大厦，人才就是栋梁；如果搞企业，人才就是成功的保证。如果想把企业做大，不想当一个小作坊主，那就必须重视人才。无论干什么事业，人才都是成功的保障。

优秀人才就是企业的生命

任何新产品的开发都离不开人才，微软公司的创业史、成长史每一步都印证了这个道理。所以，比尔·盖茨一直把人才看作企业的生命。

比尔·盖茨在 1992 年的员工大会上说过："如果把我们公司

最优秀的 20 个人带走，那么我告诉你，微软就会变成一个无足轻重的公司。"

很多年前，在 Windows 还不存在时，他去请一位软件高手加盟微软，那位高手一直不予理睬。最后，禁不住比尔·盖茨的"死缠烂打"就同意见上一面，但一见面就劈头盖脸讥笑说："我从没见过比微软做得更烂的操作系统。"但盖茨没有丝毫的恼怒，反而诚恳地说："正是因为我们做得不好，才请您加盟。"那位高手愣住了。盖茨的谦虚把高手拉进了微软的阵营，这位高手成为了 Windows 的负责人，终于开发出了世界上最普遍的操作系统。

在比尔·盖茨的眼里，优秀的人才就是企业的生命，比尔·盖茨曾无数次地提到这一点。他相信人的智慧和创造性在一定程度上是"天生的"，世上存在许许多多的天才。他除了注意"现实的优秀"之外，也注意"潜在的优秀"。所以，他为那些每年暑期来到微软实习的学生制定了一项奖励规则，既可以去他的家中参观一次。

在微软 30 多年的历史上，从最初的两个人到现在的 6 万多人，人员招聘制度乃是其中最为重要的环节。公司每年接到 12 万人的申请。这些申请者来自全世界，若非拥有足够自信，不会找到微软的门上来。但比尔·盖茨仍然认为，许多令人满意的人才没有注意到微软，因而会使微软漏掉一些最优秀的人。在有关比尔·盖茨的诸多传说中，寻找人才的故事比他的财产增长更加激动人心。

据说，这个世界上无论任何角落，只要有哪个人才被他发现，他便不惜任何代价，必须弄到身边而后快。他安排的很多"面试"，不是在考人家，而是在求人家。用微软研究院的副院长杰克·巴利斯的话说，这是"推销式面试"。有趣的是，微软这些心高气傲的"考官"们，"求人家"的时候所迸发出来的那种兴奋感，甚至还要超"考人家"。他们知道谁是值得他们"恳求"的人，其"恳求"的方式常常会出人意料。

相比之下，我们的企业领导在对待人才的观念上则要逊色的多，尽管"重视人才"早已成为公司老总们的口头禅。但令人不解的是，许多公司一边不断地招人，一边听任人才大量流失。三洋总裁井植熏曾经说过："作为企业的经营决策者，不但要具备物色人才的慧眼，更加需要有爱护、使用人才的'诀窍'。得才不易，用才更难。现在该是考虑如何留住人才的时候了。"

近年来，我国各大公司都在完善企业自身的聘用机制，以求更多地吸引那些才华横溢、雄心勃勃的人才。但即使如此，仍有许多人才悄然而去。那么，一家公司流失的人员越多，它必须重新物色的人才也就越多。不论是那些新崛起的小公司，还是那些蒸蒸日上的大公司都发现吸引人才越来越难，因为它们的竞争对手也纷纷推出相似的甚至更加优惠的用人举措来吸引人才。

其实，吸引人才与留住人才之间的关系看似简单，却不容易做到。许多公司一边不断地招聘人，一边人才却在大量流失。持续不断地大量招聘新员工常使企业疲于奔命，甚至出现企业效益的下滑。如今各类管理人才变得越来越挑剔，要求越来越高，而日益增多的猎头公司也虎视眈眈，你的公司若留不住人才，就必然要付出更高昂的代价。人力资源经理们估计，考虑所有因素，包括因为员工离开公司而失去的关系、新员工在接受培训期间的低效率等，替换新员工的成本甚至高达辞职者工资的150%。而且，替换新员工的成本还不仅限于此。许多公司的财富正越来越多地要用知识资本来衡量，而很大一部分知识资本存在于公司雇员的脑子里。但是，许多公司和企业仍然认识不到知识是一种无形资产。

美国哈尼根公司的总裁莫里斯说："如果员工桌子上一台价值2000美元的台式计算机不见了，公司一定会对此事展开调查。但是，如果一位掌握着各种客户关系、年薪10万美元的经理被竞争对手挖走，就不会进行调查，员工们也不会被叫去问话。"许多公司意识到他们正在失去优秀人才，但他们却不知道什么人离开及因为何种原因离开，甚至不知道他们去了哪里。

因此，对于那些优秀的人才，企业老板要足够重视，因为大多数有才华的员工不愿意在没有领导才能的领导手下做事。井植熏就认为，无论怎样优秀的人才，如果他的领导不予重视，没有适当的指导、培养和监督的措施，那么他纵使有天大的才能也无从施展。人才是企业的生命，但是如果企业管理者没有嗜才如命的基本思想，企业的生命就会慢慢枯竭。

那么，怎样才能留住人才呢，人们往往以为是金钱，其实并非如此。员工在一段时间内会关注薪水，但员工如果对工作失去了兴趣，单单靠金钱是不能留住他们的。许多公司发现，向员工承诺吸引他们的更好的其他条件确实很困难。这些条件包括对工作的满意程度，对集体归属感，处理好工作与生活之间关系的能力，以及个人发展的机会。

因此，把人才看成是企业的生命，是微软一直坚持的一条管理准则。人才需要培养，更需要使用得当。那种认为找到一个出类拔萃的人才，企业就能万事大吉的想法是不对的。企业不但要善于发现人才、培养人才，更要懂得爱护和使用人才，这才是企业得以发展的基础。

人生智慧

优秀的人才是企业的生命，所以企业不但要善于发现人才、培养人才，更要懂得爱护和使用人才，这才是企业得以发展的基础。

让每一位员工都找到自己的位子

微软是一个集高技术、高智力于一体的公司，在这样的一个经济帝国里，保持员工的积极性和创造性是至关重要的。这一点，比尔·盖茨一直都知道怎样去做。在微软每年的新员工中，应届的毕业生占了绝大多数，为了帮他们尽快找到合适的位置，而又不失掉自由创造的个性，盖茨费尽了脑筋。

为了使员工的个性能够得到充分的发挥，微软最推崇的企业文化就是激情。微软员工的办公室看起来更像是一个大学的集体宿舍，如员工可以在墙壁上涂鸦，可以悬挂各种照片，可以有各种个性化物品装饰，就是把自己的臭袜子放在桌上，把电脑扔在地上，也没有人指责。盖茨说："我希望这样能增强他们的归属感。"

宋·欧阳修《文正范公神道碑铭序》："任人各以其材而百职

BIERGA

175

比尔·盖茨告诉我们什么

条忠告

致全球所有领导的 7

WOMENSHENME

修。"用人能够量材使用，发挥个人专长，那么各种职位的工作就都能做好。

微软公司的高明之处就在于不是靠制度管理，而是靠文化渗透。在一般的公司里，当一个员工表现非常出色时，领导会让他在管理轨道上发展，先做经理，然后做总经理，再做副总裁等等。但是，并不是每个人都适合从事管理工作，有的人就希望在技术的道路上钻研下去。为此，微软公司既允许优秀员工在管理轨道上发展，也允许他们根据自己的意愿在技术轨道上发展，甚至还允许员工在某个轨道上尝试失败后转入另一轨道发展。有一个在微软做了12年的非常优秀的软件工程师，他有很多机会做管理，但他拒绝了。他说，第一，我对管理没有兴趣，我管不好人；第二，我就想把我的所有时间都花在技术上。按照传统观念，你不做管理，你就只是一个兵，而不是将，你的工资肯定上不去。但微软价值观是看贡献，而不是看职位。正是这样的环境，才让员工可以在自己擅长的领域充分地展现自己的竞争力。在微软，一个软件工程师的工资可以比副总裁高，这是其他公司没有的机制。

这两条平行的轨道为微软、为员工提供了足够的上升空间。而对这两条轨道，盖茨的重视程度是毫无差别的。研究机构发展科技，生产部门制造产品，研究人员通常都是"思想家"，而产品开发人员更多的是"实践家"。这两类工作和两种技术人员之间的差别非常明显。

让最优秀的人才在最合适的岗位上施展手脚，成了盖茨在经营微软时的一大特色。盖茨的这招妙棋让这群世界上顶尖聪明的年轻人在微软这个软件帝国里如鱼得水，左右逢源。

盖茨一直坚持公司要分成许多小的单位，最重要是保持它的机动、灵活、弹性和效率。许多人看微软是一个单一、巨大的企业，事实上微软是由许多小而独立的单位集合在一起。在微软，各个单位都各自进行着不同的方案。各个团队有自己的领军人物，通过团队的竞争，众多团队的核心人物在管理中脱颖而出，成长为微软的管理层后备力量。这样的模式不仅给予了员工充分的尊重和信任，而且还锻炼了员工的管理才干。

前微软中国的总裁唐骏曾经在公司里提出"让他人变得伟大"的理念。而这同样是培养员工竞争力的一种方式。这个理念有一个制度配合，就是"优秀员工评选"。微软员工最在乎这个奖，这个奖不仅是公司内部给他们的最高评价，而且还是员工晋升中很重要的一项考核。另外，还有一个制约的制度，不断地提醒员工"你不要忘了，你要去拿这个奖"。

用准人、激活人、激励人，让每一位员工都能找到自己最合适的位置，做正确的人做正确的事，把个人利益与企业发展紧密联系在一起，实现个人成长与企业发展的和谐统一，这是微软用人的一贯准则。

人生智慧

成功的企业通常还都有一个统一的准则，就是让每一位员工都能找到自己最合适的位置，做正确的事，将个人利益与企业发展紧密联系，实现个人成长与企业发展的和谐统一。

优胜劣汰，适者生存

据说，在挪威渔民出海捕沙丁鱼，如果抵港时鱼仍活着，卖价要比死鱼高出许多倍。因此，渔民们千方百计地想办法让鱼活着返港，但种种努力都失败了。惟独只有一艘渔船总能带着活鱼回到港内，而收入丰厚，但原因一直未明，直到这艘船的船长死后，人们才揭开了这个谜。原来这艘船捕了沙丁鱼，在返港之前，每次都要在鱼槽里放一条大鲶鱼。鲶鱼进入鱼槽后由于环境陌生，自然四处游动，到处挑起磨擦，而大量沙丁鱼发现多了一个"异己份子"，自然也会紧张起来，加速游动。这样一来，就一条条活蹦乱跳地回到了渔港。

其实，一个公司也是如此，如果人员长期固定不变，就会缺乏新鲜感，也容易养成惰性，从而就缺乏竞争力、没有紧迫感、没有危机感。只有有了压力，存在竞争气氛，员工才会有紧迫感、危机感，才能激发进取心，企业才能有活力。

在管理方面，盖茨运用的管理风格既不是美国本土的个人自由主义式，也不是日本的共识主义式，而是独树一帜的达尔文式——适者生存。"能者上，浑水摸鱼者走人。"这是微软的管理方式。不断地裁掉最差的员工，是微软的一贯做法。

达尔文的进化论认为，有机体神经系统的表现优异可协助决定它察觉变化和快速反应的能力，因此能活下来，甚至更强盛。这就是适者生存。与此相似，微软公司的管理模式也是很残酷的。杰克瑞就曾这样说过："冲突处于微软每个重大决定的核心，这是一家时刻在交战中的公司，不只是与局外人作战，而且也和自己作战。"

贾特纳集团分析员史考特·温克勒认为，微软的成功依赖全力投入的员工，而他们对这位具有领袖魅力的领导人极为信服："比尔要他们做某事，他们就会照办，他们信赖他。他从不让他们失望。他们的企业文化是对的。"

盖茨善于激发忠诚的员工，但同样他也以言语和行动表达他对具有优异表现的员工的赞赏："本公司公开发行股票之前，我做了一些安排，把少见的大部分股权分配给员工。这种做法可以让他们了解，他们的表现是多么重要。"另一方面，"奖励绩效的反面是，确定谨慎的管理或重新调派那些毫无贡献的员工。员工需要亲眼看到，他们的同事真的很强，所以如果谁不称职，就必须做一番调整。"

虽然微软采用的是"高压式"管理策略，讲究优胜劣汰、适者生存，但微软的员工流动率仍然低于同业界平均值。

据 2000 年的数据显示，美国电脑公司平均离职率为23.1％，在微软离职率为 10.7％。但这个数字都高于盖茨期待的水准。"本公司比较异常的一点是，对公司很重要的大多数职员都是公司的股东。因此，通常通过我们的认股权计划可以获得很多钱。他们通常有财务上的自由，可以不用工作。"

因此，在微软，竞争随处存在，你会发现周围的每一个人都极其优秀，进而感到一种由衷的自豪，最终转化为前进的动力。这样的环境里，员工犹如欧洲五大联赛的球员，自豪的同时还不敢有丝毫的懈怠，而充满激情。

"如果一个部门 20 个人，就你一个人努力工作，你会不会做

下去？如果 20 个人，19 个人在努力工作，你会怎么样？"微软的一位员工这样说道。微软从盖茨的小公司开始就创造这种努力工作的氛围，后来的人也继续把这个氛围保持下去。微软现在有这样一个大环境，新来的员工什么都不用想而只知道努力工作。

从微软公司的竞争结果来看，并没有形成一种让人感觉"残酷无情"的企业文化。这是因为，首先，微软的绩效管理体制的核心是形成内部竞争，保持员工对绩效评定的焦虑，驱使员工自觉地寻求超越自己和超越他人的办法。在实际操作中，对有些已经很稳定、很强势的部门，每年只有 5％ 的人离开。对处于底端的 5％，微软给他们做出个人改进计划，勒令改进。所以，微软并不是每年都要走掉很多人。

微软不在乎人员的流动，最在乎的是能否得到和保持足够的激情和智慧，是否每一个具体的工作都有最好的专才在做。对于微软来说，速度和结果是最重要的。通过推行绩效管理，将员工的薪酬、发展和淘汰机制的建立与管理系统挂钩紧密连接起来，用压力机制创造"鲶鱼效应"，让员工紧张起来。

"比尔·盖茨一贯履行'高压式'的管理风格，他很少赞美员工，通常都只是批评，他始终给予员工足够的压力，员工一旦出错，他绝不手软。微软公司最终能够留住的都是些适合公司发展要求，也能经得起磨炼的比尔·盖茨想要的人才。"这正是许多人对盖茨管理方式的评价。

的确，比尔·盖茨"高压式"的管理风格是不近人情的。作为高科技产业，微软公司采用的是一种适者生存的管理，通过严格的筛选制度来"将员工榨干与强制淘汰"，留下的人就如同盖茨一样有过人才智、有野心、愿意长期付出，以换取长期利益的人才。因此，微软公司才能畅通无阻地发展。

微软公司的管理风格，简单而言，似乎就是在不断的压力中追求成长。因为微软公司现在要做的是领先的创造，压力刺激了员工的灵感，同时也赋予了他们使命感。当然，也有许多人会问，为什么微软公司如此多的员工可以在备受盖茨的压榨之下，还愿意继续坚持下去呢？除了因为微软公司能够给予员工较好的薪水和福利待遇，还因为它是当今世界软件产业的龙头企业，员工来这里可以学到很多东西，也能够享受领导时代的成就感和背负下一世纪科技未来的使命感。

因此，若不是有这样特殊的环境，盖茨的管理方式很有可能会适得其反，尤其是在美国这种自由风气盛行的国家。

但盖茨也绝非一味地压制员工，如果公司的员工确实有优良的成绩，仍可获得实质奖励。对于表现突出的员工不会马上加以赞赏，因为不遗余力地贯彻既定的目标是比尔·盖茨集权式的管理体现。

盖茨赏罚的目的极为明确，并不是在于员工对他崇拜，而是希望通过各种赏罚制度，将员工行为导向企业经营目标所期望的发展方向。

所以有人说，盖茨不只是一个管理者，他更是一位策略领导者。盖茨就是利用独树一帜的达尔文式的"高压式"管理风格，一步步使自己的财富越积越多。

|| 人生智慧 ||

"优胜劣汰、适者生存"是自然界生物进化的规律，它的本意是指不能适应竞争进化的物种会遭到无情地淘汰。这个理论运用到人才竞争中，也同样适用。如果你不想被淘汰，那么你就要努力使自己做到更优秀。

以人为本的"柔性"管理

当代管理的趋势是什么？在人员管理的问题上，我们该应用什么样的管理模式及哪种更有效？盖茨认为，将管理的"柔性"和"刚性"结合在一起是最好的管理方法。盖茨明确地指出，现代企业管理已逐步由以物为中心的刚性管理，走向以人为中心的柔性管理。企业要走向人本管理，第一步是学会尊重员工。

美国心理学家马斯洛在《人类动机的理论》一书中，阐述了人类生存五大需求层次理论，其中第四层就是地位和受人尊敬的需要，这是人类维护人格的起码要求。人与人之间的共同语言，只有建立在相互尊重的基础上，才能产生"你敬我一尺，我敬你

一丈"的效应。

盖茨常常感叹：现在企业中快乐的员工越来越少，其根本原因就是管理者对员工缺乏应有的尊重。许多员工很努力地工作，却总是得不到老板或主管的认同，在这种工作环境下的工作效率也就可想而知了。

他认为，要办好一个企业，就必须摆正自上而下的利益关系，让处于企业内部各个层次的人，在发挥自己在企业中作用的同时，有一个相应的回报。但是建立良好的劳资关系，取得相互尊重，享受人与人之间的温暖和快乐同样是企业管理的大事。从人性上说，这是一种需要；从经济角度上说，则更加有利于企业获得稳定的利润和长久的生存空间。

现代最新经济理论研究表明，经济系统的知识水平及人力素质已经成为生产函数的内在部分，而其外在的表现则受到人际关系的制约。

从某种意义上说，企业管理就是人际关系的总和。刚性的制度管理和柔性的亲情管理各有所长，而历来重视人际关系的东方人常以赢得对方的尊重为追求目标。

盖茨的管理控制经验就是试图将严格标准与情感投资相结合。他看到，在那些家族企业中，领导者总是努力做到以法服人、以情感人，把家和万事兴的家训推行到企业中去。在公司创造一种家庭式气氛，互相尊重。由此，他认为微软的经营管理不能只靠制度，更重要的是靠人。只有上上下下有感情，才能很好地合作，从而调动每个人的才能，并发挥他们的最大潜能。

在微软公司，工作应该是有趣的、充实的、让人激动的。但是，这些都是存在于人获得尊重的前提上。乐趣意味着挑战，也意味着工作的成长及自由与成就。如果你尊重别人，他们也将会尊重你，甚至会以责任来回报你。因此，如果员工因为责任而拥有对企业的一种使命感，他们必然就会充满干劲。

从投入的角度来看，所有的人都可以成为比尔·盖茨，只要这种投入的方向是正确的。从成功人士的经验来看，每个人的生命都不过是与周围的环境进行交易的过程，如果这个交易的过程好，那成功的概率就大。因此，经营好一个人的工作和生活空间

对一个人的事业成败至关重要。

盖茨指出，如果经营者只重视现在的劳动力，而忽略他们未来的发展布局，那经营者永远都会在寻找劳动者，当然最后的结论就是企业缺乏人才。

一个企业学会了尊重别人，这只是迈出了人本管理的第一步。懂得相互欣赏，在欣赏中互相激励提高，则是建立人事氛围不可或缺的第二步。其实，懂得欣赏既是一种享受，也是一项核心的修炼。这里所说的"欣赏"，有对他人能力和成就的欣赏，也有对自我超越的欣赏。人自赏容易，难能可贵的是懂得欣赏别人。

欣赏你的下属吧，千万不要吝惜你的语言。去真诚地赞美每个人，这是促使人们正常交往和更加努力工作的最好方法。因为每一个人都希望得到称赞，希望能得到别人的认可。在人们的日常生活中，你会惊奇地发现小小的关心和尊重会使你同下属的关系迥然不同。

假如你的同事或下属今天气色不好、情绪不高，你要是问候了他，表示你的关切，他就会心存感激。再推进一步，假如你的同事或下属感到你在真诚地欣赏他，他就会以最大忠心和热忱来报答你和你的企业。

盖茨认为，对一个组织来说，感情留人、事业留人、待遇留人。这三点缺一不可，但感情更为重要。双方只有在感情上能融合沟通，公司员工才能对管理者有充分的信任，这是公司发展的最大前提，也是企业迈向人本管理的核心所在。

美国国际农机商用公司的老板西洛斯·梅考斯是一个坚持原则的人，如果有人违反了公司的制度，他就会毫不犹豫地按章处罚；但他同样能够体贴员工的疾苦，设身处地地为员工着想。有一次，一位老工人迟到，而且喝醉了酒，梅考斯知道后会同有关部门决定开除这名工人。当他了解了实际情况后，及时采取了补救措施。

原来，这位工人的妻子刚刚去世，留下了两个孩子，一个不小心摔断腿，一个太小而成天哭闹，这位工人在极度痛苦中不能自拔，借酒消愁，结果误了上班。梅考斯知道了情况后，当即掏

出一大笔钱救急，同时继续执行开除的命令，以维持公司的纪律；同时又将这位工人安排到自己的一家牧场当管家。这样做既保障了工人的生活，也赢得了公司其他职工的心。

在开除这位老工人的事情上，梅考斯的做法看似是一个小问题，然而他却体现了一个大的管理，既维护了公司制度的权威性，又做到了以人为本。

企业的管理者应该牢牢树立"以人为本"的观念。以人为本，就是以企业的员工为本。作为一个人，如果当你悲伤时，有人替你分忧；当你快乐时，有人与你共享喜悦，那么你定会把他当作你的知己。作为一个公司，如果管理者对员工悉心关照，想员工所想，急员工所急，就会有较大的功效。如果你对员工不关心，虽然可以节省经费和开支，但只是短期的；虽然关心职工要付出更多的时间和金钱，但它的效果是长期的。从人作为感情动物的特性来说，你关注我，我也会想着你，这就会形成员工与公司忧乐与共、共同进退。

┃人生智慧┃

人是公司得以存在的支撑，要办好一个企业，就必须摆正自上而下的利益关系，让处于企业内部各个层次的人，在发挥自己在企业中作用的同时，有一个相应的回报。

提高待遇，吸引优秀人才

《孙子兵法》中说："上下同欲者胜"。对企业来说，"上下同欲"就是指企业主与员工之间齐心协力，而这是建立在员工感到自己的利益和命运同企业的效益和前途息息相关这个基础之上的。

在对员工的奖励方面，盖茨和微软一直是最慷慨的。微软的薪酬激励体现在期权和股票上。作为第一家用股票奖励普通员工的企业，毫无疑问，微软乐意与员工分享财富，在这方面能与微软相比的公司没有几家。比尔·盖茨在最初创业时就在争取股份的多少，也是因为股票的增值空间之大。他一度在世界首富的交椅上稳坐了十多年之久，这并不是因为他的工资高，而在于他拥有公司 25％ 的股票。当微软公司股票价格持续上涨时，盖茨的财富还会水涨船高。

同样，微软公司付给员工的工资也不高，但公司有年度奖金和给员工配股。一个员工工作 18 个月后，可以获得认股权中 25％ 的股票，此后每 6 个月可以获得其中 12.5％ 的股票，10 年内的任何时间兑现全部认购权。每 2 年还配发新的认购权。员工还可以用不超过 10％ 的工资以 8.5 折优惠价格购买公司股票。公司高级专业人员可享受巨大幅度的优惠。

这是一种激励和吸引人才的措施。在员工被录用之时按职位将不同数量的微软股票免费划到该员工名下，待其离开时划出，该员工可提取划入日与划出日之间的差额。据说，对微软员工来说期权是比其他待遇高出数倍的一笔财富。

公司故意把薪水压得比竞争对手还低，创立了一个"低工资高股份"的典范，这使得微软公司职员的主要经济来源并非薪水，而是股票升值。这种不向员工保证提供某种固定收入或福利待遇，而是将员工的收益与其对企业的股权投资相联系，使得员工个人利益同企业的效益、管理和员工自身的努力等因素紧密结合在一起，具有明显的激励功效。

比尔·盖茨给职员分配股份是想借此来刺激他们的工作积极性。他还认为，向雇员售股的方法可使公司吸引更多的优秀人才，持有股票对雇员们所从事的低工资高强度的工作是一个补偿。所以，微软的薪水虽然在同行业中比较低，但股票带来的收益却相当可观。在微软，雇员拥有股票的比率比其他任何上市公司都要高，当公司股票急剧升值时，微软的经济补偿政策的确使相当大的一部分雇员直接受益。在 1986 年微软股票上市之前，以每股 1 美元购买微软股票的早期雇员的确发了大财。他们手中的股票仅在一年之内就增值 90％。这种报酬制度，也造就了若干的百万富翁。早在 1994 年，这个数字就达到了 3000 人。这场极具期待价值的物质激励对员工有长久的吸引力，在微软工作 5 年以上的员工，就很少有离开的。正如比尔·盖茨所说："雇员拥有股票，这也是我们吸引人才并借以维系集体团结的一个办法。"

在决定奖励的过程中，微软公司对员工的业绩考核采取经理和员工双方沟通的形式。每年度工作伊始，经理会和员工总结上年度的工作得失，指出改进的地方，制定新一年的目标。目标以报表形式列出员工工作职能和工作目的，经双方共同讨论后确定下来，大概过半年时间，经理会拿出这张表来和员工的实际工作对照，作一次年中评价。年底时，经理还会和员工共同进行衡量，最后得出这个员工的工作表现等级，依此来决定员工的年度奖金和配股数量。

双向的沟通保证了评价的真实准确性，即体现公司尊重员工，发挥员工主动性的一面，也使得公司得到了更多的信息反馈，使公司的发展目标得以夯实。

我们无法确定有多少雇员会永远忠于微软，那也许取决于他们对微软的兴趣，或许取决于报酬的多少。但微软在相同的条件下，通过激励机制、提供更好的待遇吸引优秀人才的方式不失为一种好方法。

既然办什么事情都要靠人，那么人才就是企业的生命线。胡雪岩深明此理，他收揽人才的方法更令人称道。他用厚利来吸引人才，却并不买人，而是买心，以诚相待、信则不疑，这样不但调动了手下人的积极性，而且使得许多人对他感恩戴德，追随一生。

胡雪岩在筹办阜康钱庄之初，急需一个得力的"档手"。经过考察，他决定让原大源钱庄的一般伙计刘庆生来担当此任。钱庄还没有开业，周转资金都没有到位，胡雪岩就决定给刘庆生一年200两银子的薪水，还不包括年终的"花红"。靠厚利，胡雪岩一下子就动了刘庆生的心。当他将200两银子的预付薪水拿出来的时候，刘庆生激动地对胡雪岩说："胡先生，你这样子待人，说实话，我听都没有听说过。铜钱银子用得完，大家是一颗心；胡先生你吩咐好了，怎么说怎么好！"他从一开始就让刘庆生心悦诚服了。与此同时，胡雪岩还替他考虑到家里的事情，让他把留在家乡的父母妻儿接来杭州，这样上可尽孝、下可尽责，解决了后顾之忧，以便倾尽全力照顾钱庄生意。

公司的发展离不开人才，人才的发展决定公司的发展。现在老板和员工的关系也不再是古代的那种剥削关系了，也不能看作单纯的雇佣关系。在科技高速发展的信息社会里，应该是一种合作关系。既然是合作就一定要双赢，这样合作才能维持，合作才能长久。

人生智慧

人们奋斗是为了活得更好。因此，任何企业要想吸引住人才，就必须"以欲从人"，即关心员工的物质利益，以此来充分调动员工的积极性。

创造环境，留住最核心的员工

现代企业的核心竞争力往往是由企业所拥有的人力资源决定，而在软件开发这样的行业当中，人才的作用更是显得关键。而根据"二八"原则，企业80%的效益又是由最关键的20%的员工所创造。关键员工的去留对企业，尤其是对软件企业具有举足轻重的影响，他们的工作成果直接决定着公司的成败。因此，如何留住公司的优秀员工是许多企业迫切需要解决的问题。

人力资源管理是软件企业管理的核心工作，将人员合理地分配到各个开发团队中，在各个开发团队之间进行人员的协调是保证软件项目顺利完工的前提条件。软件开发是一个智力密集的工作，除了办公场地和支持开发的软件和硬件等设备投入外，基本上就全部是人力的投入。软件开发对人的要求高，甚至可以用苛刻来形容。软件开发绝对不是现在外面培训机构所宣称的蓝领就可以完成的任务，对于大型或者复杂一点的项目，没有一定的思考、创新和设计能力的人才是不可能完成的。

因此，对于软件开发人员来说，一个适宜、安全、和谐、愉快的工作环境是十分重要的，不仅是每个人都梦寐以求的，而且也是促使员工积极工作的条件之一。

微软的工作地点在风景秀丽的西雅图北区，四周都是葱郁的树木。盖茨希望微软的员工能因此而骄傲，并由这种骄傲产生依恋和归属感。1985年，公司在讨论设计方案的时候，盖茨就明确指示：所有楼房都设计成 X 型，让每间房子的窗外都可以看到郁郁葱葱的树木，每间房子只能住一个人。盖茨在会上说："我们这些姑娘和小伙子，在进大学前几乎足不出户。现在我们把他们带到这荒郊野外的地方，应该想方设法让他们觉得舒适。"

充分地利用人才、尊重人才，是留住人才的关键。而创造良好和谐的企业文化氛围，追求组织与个人的共赢，却是留住人心的根本。而如何把个人优势转化为企业优势则是保留关键员工的重点工作，如骨干人员所拥有的核心技术、经验积累、个人声誉、客户关系等，这些资源常因人才流失而带给组织很大的损失。加强团队建设是转化个人优势的有效方法之一，团队使个人的作用有限，团队内资源共享，从而分散和降低了组织对个人的依赖性；另外一个有效方法是加强制度化的规范管理，如技术知识的管理制度、客户关系的管理制度等，通过制度把个人所拥有的资源记录、整理、分享并保存，从而变成企业的资源和优势。

在西方记者撰写的关于微软的书籍中，多次提到一件事情：加州"硅谷"的两位计算机奇才——吉姆·格雷和戈登·贝尔，他们在微软千方百计地说服下终于同意为微软工作，但他们不喜欢微软总部雷德蒙冬季的霏霏阴雨。盖茨听说后，马上在"硅谷"为他们建立了一个研究院。

在微软总部里，所有成员每人都享有同等的约 11 平方米的单间办公室，里面可以听音乐、调整灯光，做自己的工作，可以在墙壁上随意贴自己喜欢的海报或在桌上摆置喜欢的东西，让这间办公室像自己的一个家。X 型的双翼和各种各样的棱角使每个办公室的窗户增多，员工可以很好地欣赏附近的风景，但也只有聪明的人可以在这复杂的过道中找准自己通过的路线。

在这里，无论是开发人员、市场人员，还是管理人员都可以保持个人的独立性。不管你是新来的大学生，还是高级管理人员或是老牌的微软人，大家都一样。这种工作环境体现着微软崇尚高度独立的企业文化，且能做到对员工的挑战和考验。盖茨认为，只有在一个独立的富有个性的环境中，软件开发人员的智慧才有可能最大限度地发挥出来。所以，他的这种"反叛"一下子把那些老牌软件公司远远地甩到了后面。

在他创立的公司里，员工可以任意穿他们自认为最舒适的服装上班，短裤或汗衫都可以，有些人甚至光脚，就像在家里。在微软，每栋楼里有 4 个供应间，里面堆满了可再贴便签本、软盘、钢笔、便笺簿、专用信纸、文件夹、各种颜色的标签以及所有你能想得出来的东西，并且没有人看管。

楼内设有快餐店，实行 24 小时服务，厨房里有所有能想像得到的饮料并且都是免费的。在碗橱里有汤羹，是为那些熬长夜的人在自助餐厅关门后准备的。

而在微软亚洲研究院所在的希格玛大厦，其卫生环境之差大概能评上世界之最，员工在办公室有放家庭照片的，有养花种草的，有摆食品的，有放芭比娃娃的，还有养松鼠、蟒蛇的……人的邋遢和不拘小节举世闻名。

1995 年，微软内部刊物刊登了一名雇员的来信。在信中雇员指出："现在该是公司放弃一直自以为是的做法的时候了。公司应该沿用主流行业的着装标准。请同事们在我们为之骄傲的整洁的公司大厅里走一走，就会发现有人光着脚，有人穿着显然没有熨烫的 T 恤衫，有的办公室杂乱无章，咖啡厅有鼾声传来……难道说软件公司不应该有一个井然有序、纪律严明的环境吗？软件本身是一个讲求秩序、讲求规则的科学，不整齐的着装也许意味着纪律松散。任何一种衣衫不整、敞胸露怀的行为都能说明一定的自由松散问题。"在信的末尾，他极为严肃地号召全体员工"净化自己的举止，在一个文明的公司要做一个文明的人"。然而，就是这些"举止不文明"的天才成就了微软。比尔·盖茨关心的是他们是否喜欢微软，是否长期就职微软。这正是盖茨在整洁与高效之间的权衡中做出的明智选择。

盖茨的这种崇尚自由的"办公室理念"不仅为员工创造了最理想的工作环境，而且突出了"办公平等"的意识。程序员出身的盖茨把程序员不拘小节的特性发挥到了极致。

人生智慧

企业要想真正地留住人才，最主要的是留住人才的心。这就要求企业不仅创造一个能够发挥他能力的环境，还要体现他的价

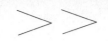

值，最重要的是要让他有成就感。这是留住人才的最佳途径，很多时候比起加薪水更加吸引人。

要英才，不要庸才

比尔·盖茨说："拥有大量庸才的公司很容易退化成一个由傲慢的、极端独立的个人和小组组成的混乱的集体。"

为了得到更好的人才，微软公司采取了一种独特的办法来挑选参加面试的人员，即通过计算机检索用户所用的关键词选择具有创造性和一定技能的计算机人员作为聘用候选人。

有人问负责这一工作的戴维·普里查得微软公司招聘人才的秘诀有什么时，他爽快地回答道："招聘工作乃至整个微软公司成功运转的因素主要有三个：公司高层领导参与招聘工作；我们挑选应聘人员的独特方式；我们与众不同的面试方法。现在，让比尔·盖茨打电话给某个刚毕业的大学生，并对他表示欢迎几乎是不可能的，因为一位总裁不应把时间花在这些细枝末节上。但是，如果盖茨和其他负责人都不参与招聘工作，那么员工们就会认为他们不重视招聘工作；如果领导都不重视，我们又怎么会重视呢？糟糕的招聘工作会毁掉公司的前程。如果我现在招聘了一些低素质的人，过一段时间他们就会渗透到公司的各个部门；再过一段时间，这些低素质的人又开始招聘低素质的人，从而形成恶性循环。实际上，我们一直在努力寻找比我们更出色的人。"

对关于如何防止招入低素质人员及如何吸引最出色的人才时，普里查得微笑着说："负责招聘的人员必须对各部门的工作了如指掌，他们与各部门必须有良好的合作关系，他们要参加各部门的业务会议，并从现在的员工那里得到反馈信息。他们应对各部门的长期规划心中有数，这样可以使负责招聘的人员在有关部门出现人才危机之前就物色到合适的人选。面试中，许多人都喜欢出难题，但我反对这种做法。因为在面试中，无论我们问什么，应聘者都会有极大的压力。我认为，让应聘者在面试中成功地表现自己的才能是非常重要的，这可以使我们看到他们究竟有多少创造力。不管他们是否被聘用，我们都应给他们一个获得成功的机会。"

报纸上常常报道说，对刚刚毕业的大学生，微软的招聘人员会问"为什么下水道井盖是圆的"或者"如何算出每天有多少水流过密西西比河"等诸如此类的问题。其实，他们并不是想得到"正确"的答案，他们是想看看应聘者是否能找到最好的解题方案，看看应聘者是否能够创造性地思考问题。他们还想知道应聘者是否具有很强的可塑性。在知识日新月异的时代，如果不能不断地学习新的知识，就不可能获得成功。他们常常在上午教给应聘者一些新知识，下午则提出相关的问题，看看应聘者究竟掌握了多少。

根据微软考试应聘者的这一原则，大学考试成绩并不是衡量一个人的最重要的标准，一个人的成绩只要没有差到"平均线"以下，就有资格走进微软去进行面试。一些在大学里分数第一的人，在微软通不过面试的大有人在。另外，学校导师极力推荐的学生不一定能为微软所接受，导师竭力说"不"的学生也不一定会被微软拒绝。面试的目的，在于检验应试者的书本之外的能力。一些到微软进行过面试的人说，应试者进入微软后就会觉得过去学过的书本上的知识全都用不上。

那什么样的回答会给普里查得留下深刻的印象呢？

普里查得的回答是："如果有人对我说'这真是一个愚蠢的问题！'，那么这并不是错误的回答，当然接下来要问他们这样回答的原因。当时，我见到了许多人，但给我印象最深的是史蒂夫先生（微软公司执行副总裁）提的问题，即'你对什么感兴趣？'，如今在我面试应聘者时，我也常常提出这个问题。因为应聘者谈起自己感兴趣的东西，我就可以很自然地插入一些问题，面试也就变成了一种双向交流。在这个过程中，我就可以看出：他是否精于此道，他的相关知识是如何积累起来的，他对该业务的前景有何见解等。"

普里查得接着就提到应聘测试问题，他说："我对心理测试不感兴趣，因为在这种测试中你只能选出回答问题正确的人，而这并不是我们所需要的。你想想，一个多项选择题怎么能够说明一个人是否具有创造性呢？"

比尔·盖茨告诉我们什么
——致全球所有领导的7条忠告

　　在招聘时，微软关心的不是人员具备什么样的知识，因为知识很容易获得；也不是人员在校成绩好坏。微软需要的人才必须是最精明的且勤于动脑和思考，因为只有精明的员工才会很快改正错误，并用各种方法改善工作，从而节省公司的时间和金钱。

　　这种人才的高明之处，就在于他们既拥有雄厚的科学技术和专门的业务知识存量，又能了解和把握经营管理规则，并能运用这些知识存量和规则在市场激烈竞争中操作自如、得心应手。微软公司以比尔·盖茨为代表，聚集了一大批这样的人才，在技术开发上一路领先，在经营上运作高超，使微软成为全球发展最快的公司之一。

　　微软建立的这套网罗顶尖人才、珍惜顶尖人才的机制，使其形成了一种"宁缺毋滥，人尽其才"的选人用人模式。因为人才的可贵，比尔·盖茨常提到要继续发掘和雇用和现有员工一样优秀的人。因为研究的成功与否完全靠人才，所以微软追随人才。

▌人生智慧▐

　　人才对于现在及未来社会都有着极为重要的作用。在盖茨眼中，人才就是财富，要让他们发挥最大作用来为自己创造财富。所以，要用就用最优秀的人才，一直都是微软用人的理念。